悲恋に憧れる悪役令嬢は、婚約破棄を待っている

風見くのえ
Kunoe Kazami Presents

fairy kiss

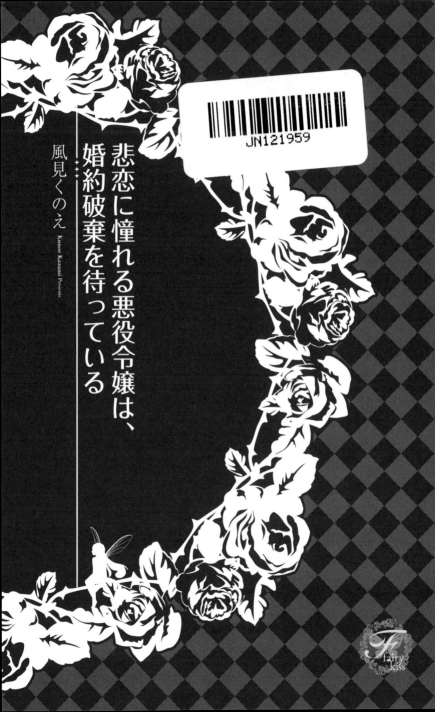

この作品はフィクションです。
実際の人物・団体・事件などに一切関係ありません。

悲恋に憧れる悪役令嬢は、婚約破棄を待っている

fairy kiss

第一章　幼き日の出会いと痛い思い出

「アルしゃまぁ～、アルしゃま、どこでしゅか～？」

美しく整えられた庭園に幼子《おさなご》の声が大きく響く。

舌足らずの声を聞いた通りすがりのメイドや騎士たちは、思わず頬をゆるめた。

「あ！　アルしゃま、見つけたぁ～」

可愛《かわい》い声が高く弾む。

こっそりそちらを見た者の目に最初に映ったのは、輝く黄金だった。それは陽光をそのまま切りとったかのような幼子の髪。子どもゆえに結い上げずにふわりと流した髪が、その場にいるもう一人の人物の周りでぴょんぴょんと跳ねている。

「アルしゃま、アルしゃま、ごきげんようなのですわ」

天使もかくやと思われる純粋無垢《むく》な幼子の笑みを向けられたその場にいた人物――――幼子の呼ぶ『アル』は、ムッと眉をひそめた。

「……相変わらず元気すぎるほど元気だね」

不機嫌そうなアルも、やはりまだ幼い。少しクセのある黒髪と利発そうな黒い目をした少年だ。

歳《とし》は幼子より二つ上なだけのはずなのだが、もう少し大人びて見えた。

「ありがとうごじゃいましゅ、アルしゃま。アルしゃまにお会いできて、ユリはとっても元気でしゅわ！」

明らかに嫌みとわかる少年のセリフを真っ直《す》ぐ受け止めた幼子は嬉《うれ》しそうに礼を言う。

曇りない碧空《あおぞら》の目で見つめられ、先に目を逸《そ》らしたのはアルの方だった。

プイッと横を向いた少年の白い頬は、ほんのり赤くなっている。

見守っていたメイドや騎士たちは、その光景に微笑《ほほえ》んだ。

しかし、もしもこの場に心を読む力を持つ魔法使いが居合わせたのなら、きっとその人物は顔を引きつらせたことだろう。

なぜならば――――、

（ああ！　ショタのツンってたまらないわ！　さすがメイン攻略対象者よね。陶磁器みたいなほっぺ、つんつんしたいわ！　迷惑そうな横顔まで美少年って罪作りよね。……私、今はまだそんなに嫌われていないみたいだけど、これから徐々に疎《うと》まれて最終的には蔑《さげす》まれ婚約破棄される予定なのよね……ああ、想像するだけで胸がキュウウッと痛くなって、カ・イ・カ・ン！）

――――ドン引きである。

金髪の幼子は、ユリアンナ・アリューム・セイン公爵令嬢。御年《おんとし》五歳。

今、彼女の目の前にいるギルヴェイ王国の第一王子アルスマール・パルム・ギルヴェイの婚約者だ。

そして彼女は、前世の記憶を持つ転生悪役令嬢だった。

◇

ユリアンナが、前世の記憶をとり戻したのは一カ月ほど前。

その日は第一王子アルスマールの七歳の誕生日で、同時に婚約発表があった。

お相手はもちろんユリアンナ。

そして、テンプレといえばテンプレだが、アルスマールの姿を見たユリアンナは、その場で前世の記憶を思いだしたのだった。

あまりのことにしばらく呆然《ぼうぜん》としてしまったが、気絶しなかっただけ上出来だろう。

前世の彼女は、日本という国に住んでいた中小企業に勤務するOLで、名前は加藤由梨《かとうゆり》。

趣味は読書や観劇という根っからの文系で、スポーツはやるものではなく見るものというインドア派。少々無理をして買った高画質大画面テレビで、甘い物を食べながらドラマを見たりゲームをしたりするのが至福の時間という女性だった。

当然そんな状況では出会いなんてものには縁がなく、三十歳まで独身、恋人なし。

最後の記憶は、刺し貫かれたような上半身の痛みと強烈な吐き気。耐えきれずに意識を失ってここにいるということは、間違いなく死んだのだろう。

(きっと心筋梗塞か何かよね。独り暮らしだったし発見が遅れたんだろうな)

このとき、珍しく大人しいユリアンナを心配した父公爵に健気《けなげ》な笑顔を返しながら彼女は考えを巡らせていた。

なんだかパッとしない前世だが、感傷に浸っている場合ではなかったからだ。

そもそもどうしてアルスマールを見て前世を思いだしたのかということなのだが――――。

（間違いなく本物のショタアルスマールだわ！　ってことは、ここは『魔法学園で恋をして』の世界ってことよね！）

『魔法学園で恋をして』は、由梨のお気に入りの乙女ゲームだ。

平民なのに強い回復系魔法に目覚め王立魔法学園に入学したヒロインが、複数の攻略対象者と出会い恋を育むという、乙女ゲームとしては定番中の定番もの。そのため古くさいという酷評もあったが、スチルは美麗で、奇をてらわない真面目で地道な展開は由梨の好みだった。

何度も繰り返しプレイした記憶がある。

（なんていうか、ゲームなのに妙にリアルっぽかったのよね。派手なイベントは少ないけれど、日々の生活の中で小さな出来事を積み重ねることで思いを徐々に強めていくって感じがたまらなかったわ）

ゲーム中の大きなイベントといえば、入学当初の魔力暴走事件と終盤で起こる魔獣襲来くらい。それですら、それほど大規模な戦いとはならず学園内で収まる程度の戦闘だ。

アルスマールは、メイン攻略対象者。

そしてユリアンナは、アルスマールを攻略する際のヒロインのライバルとなる悪役令嬢だ。

アルスマールにベタ惚《ぼ》れで、ことごとくヒロインの邪魔をし、最終的には卒業パーティーで断罪され婚約破棄される役どころである。

由梨は、よりによって乙女ゲームの悪役令嬢に転生してしまったのだ。

それに気づいた彼女は、……快哉《かいさい》を叫ぶ！

（やったわ！　私が、あの不憫《ふびん》ナンバーワン悪役令嬢ユリアンナに転生できるなんて！　神さま、ありがとう！）

――――実は、由梨は大の悲恋好きだった。本を読むなら悲恋もの。ドラマも舞台も心がキュウッと軋《きし》み涙が止まらないような切ないストーリーに惹《ひ》かれてしまう。

（人魚姫、ロミオとジュリエット……悲恋には人の心を揺さぶるものがあるわよね！）

乙女ゲームに悲恋はあまりないのだが、しかしそこには悪役令嬢がいる。攻略対象者の婚約者として登場し、相手を想《おも》うあまりヒロインをいじめる悪役令嬢は、視点を変えれば立派な悲恋物語の主役なのだ。

まさに由梨の好みドンピシャな存在だった。

（どうしよう？　嬉しすぎるわ！　ユリアンナの悲しみを実体験できるなんて！）

死んでしまったのは残念だが、転生、しかも大好きな乙女ゲームの悪役令嬢に転生できたことには、感謝しかおぼえない。

そして、その感動のままに由梨、いやユリアンナは決意した。

（悲恋を堪能するには、まず本気で恋しなきゃダメよね。私、ゲームのユリアンナと同じくらい、うぅん、それ以上にアルさまに恋してみせるわ！）

見つめる先のアルスマールは、まだ七歳の幼い少年。

いくら将来美青年確実の王子さまだとはいえ、三十歳ＯＬの記憶を持つユリアンナが恋するにはいささか難しい相手だ。

（でも負けない！　誰よりアルさまの側《そば》にいて、アルさまを知り、アルさまを大好きになるのよ！）

この日から、ユリアンナのアルスマールをストーカー――――もとい、婚約者として親しく交流する日々がはじまったのだった。

◇

そして、日参しているお城の庭園で、今日も無事にアルスマールを見つけだしたユリアンナは、ニコニコと笑み崩れている。

反対にアルスマールは、ブスッとしていた。

舌足らずの言葉でユリアンナが一生懸命話しかけても知らん顔。

（まあ、この年頃の少年じゃ仕方ないわよね。私がくるときには、いろいろと隠れ場所を探しているみたいだけど、本気で会いたくないのなら城から出るくらいの行動力がなくっちゃ逃げきれないでしょうし）

アルスマールはまだ七歳。それはさすがに無理なのだろう。

七歳といえば中間反抗期の真っ最中。自立心が芽生え、なんでも自分でやりたい気持ちと甘えたい気持ちがせめぎ合っている頃だ。

ただでさえ苛々《いらいら》しているのに、自分より小さな女の子がベタベタと甘えて後を追ってくるのだ。アルスマールの不機嫌は推して知るべしである。

（うんうん、それはわかるけど、でも離れてはあげられないかな？　『男子、三日会わざれば刮目《かつもく》して見よ』っていうじゃない。男の子の急成長を見逃すわけにはいかないわ）

まだまだ可愛いアルスマールだが、第一王子としてきちんと教育されているせいか、ときにキリリとした大人びた表情を見せることもある。そんなときの強い光を宿す黒曜石の瞳は、見惚れるほどに美しく、お宝ものの姿に、ユリアンナは心の中でシャッターをきりまくっている。

今のユリアンナの心境は、新種の蝶《ちょう》がさなぎから脱皮する瞬間を見逃すまいとする昆虫学者にも負けないくらいだった。

（それに、本気で嫌がっているのなら考えないでもないのだけど）

ユリアンナが見る限り、アルスマールの拒絶は照れが八割だ。ユリアンナのことを可愛いと思っていながらも、男の自分が女の子と遊ぶなんてカッコ悪いと思っているのが丸わかり。

（いずれ本当に嫌われてしまうのだもの。今の内に多少眼福を味わってもいいわよね）

そのときのことを考えれば、ユリアンナの胸はキュウッと締めつけられて……うっとりする。

悲恋好きなのだから、仕方ない。

「アルしゃま」

「…………何？」

（ううっ！　その嫌そうな目つき最高ですわ！）

「アルしゃま、大好きでしゅ！」

「――――ぐっ！　用がないなら話しかけないでくれないかな」

「はい！」

冷たく叱られてもユリアンナはへっちゃらだ。

（だってだって、耳が真っ赤になっているんだもの！　ああ、可愛い！）

「アルしゃま、大、大、大好きでしゅ！」

「君はっ！」

こうしてユリアンナの日常は過ぎていくのであった。


それが変化するきっかけは、ユリアンナにとって少々痛いものだった。

彼女がアルスマールと出会って半年後。

いつものごとく登城した先で見た光景に、ユリアンナは碧の目を丸くする。

（へぇ、あんなに高く登れるようになったのね）

目の前には庭園のシンボルともいうべき大樹があった。

その木の真ん中くらいに張りでている太い枝の上に黒髪が揺れている。

誰がいるかは考えるまでもなかった。

枝のある場所の高さはザッと見た感じで四メートルくらい。

アルスマールの顔は見えないが、きっとドヤ顔をしているに違いない。

（ここなら絶対近づけまいとか思っていそうよね？　危ないから登っちゃいけませんって注意されたのを覚えていないのかな？）

いくら王子さまとはいえ七歳の少年。そこは大目に見るところかもしれない。

（そういえば魔法の練習をはじめたって聞いたわ。あの高さまで登れたのは魔法の力なのかしら？）

この世界には魔法がある。誰もが使えるわけではないが、貴族であれば七割方は使える。

かくいうユリアンナも使えるのだが、彼女の魔法適性は補助強化系。高位貴族の令嬢に多く内助の功を発揮するには最適だと言われている魔法だった。

（でも、めちゃくちゃ地味なんだけど！　どうせなら派手な攻撃系とか、イメージのいい回復系の魔法が使ってみたかったわ。召喚魔法なんかも憧れよね）

無いものねだりをしても仕方ない。

ちなみにアルスマールは攻撃系。いずれ現れるヒロインは回復系の魔法の使い手だ。

さすがメイン攻略対象者とヒロイン。おいしいところを持っていく。

魔法の訓練をはじめるのは七、八歳くらいが最適と言われていた。

アルスマールもつい先日はじめたばかりで、どんな魔法でも、初期の訓練は魔力を体に循環させることからはじめるそうだ。

体力や運動能力を高められると聞いているので、きっとその効果を使い高い木に登ったのだと思われた。

（そんなに私と会うのが嫌だったのかしら？　あぁ、悲しくて……嬉しくなっちゃう）

ユリアンナの心はキュウッとして、ときめいた。

――――相変わらずである。

とはいえ、このままにしておくのは危険だった。

「アルしゃま、あぶないでしゅ！　降りてきてくだしゃい」

大樹に近づいたユリアンナは、樹上を見上げ声をかける。

「うるさいな。あっちへ行ってくれ」

当然、アルスマールが素直に言うことを聞くはずなかった。

ユリアンナとアルスマールが会っている間、警護の騎士たちは広い城の庭園を囲むように配置されていてあまり側に寄ってこない。庭園内に危険はないし、大人に囲まれてばかりでは二人が自由に交流することができないだろうという配慮をしているらしい。

（後は、お若いお二人で、っていうことなのかしら？　お若すぎるでしょうって思うけど）

つまり、今この場で直ぐには大人の助けを期待できないということだ。

騎士を呼びに行くことも考えたが、ユリアンナが離れた間にアルスマールが一人で木から降りようとして足を滑らせる事態もありえる。

（木登りは、登るより降りる方が難しいって聞いたことがあるもの。一人にさせるのは危険よね。ここは誰かくるまで見張っていましょう）

そう思ったユリアンナは、アルスマールのいる木の下に持ってきていたハンカチを敷き、ちょこんと座りこんだ。

「アルしゃま、では今日はここからお話ししましゅね」

「は？　な？　君は、どこに座って？」

「ユリアンナは、きのうからお隣のシェレミアム王国の言葉の勉強をはじめたんでしゅの。将来アルしゃまと二人で表敬訪問しゅるときにお話しできないと恥じゅかしいでしゅからね。ちょっとたいへんでしゅけれど、がんばりましゅわ」

日本でも英語の幼児教育が叫ばれていた。前世の由梨は英語が苦手だったため、ユリアンナは今の内から外国語の勉強をはじめた方が後々よいと思ったのだ。

もちろん将来的には婚約破棄をされる予定だが、どんな身分になっても外国語ができることはマイナスにはならないはず。

「そ、そうか。それは偉いね――――っていうか、違う！　何を当たり前に会話している！　それにシェレミアム王国じゃない、セレミアム王国だ！」

「そうそう、そのシェレミアム王国でしゅわ。外国語はシャ、シィ、シュ、シェ、ショの発音が難しいでしゅわね」

「外国語じゃなくたって、君は言えていないだろう！　――――じゃない！　そこで話をするな！さっさと、どこかへ行ってくれ！」

アルスマールは、大声で怒鳴った。

おかげで騎士たちの注意を引けたようだ。遠くからこちらに駆けてくる姿が見える。

「あら嫌でしゅわ。私は大好きなアルしゃまとお話ししたいんでしゅもの」

ユリアンナは可愛らしくいやいやをした。

「――――ぐっ！　もういい。だったら俺が降りる！」

「え？」

それは想定外だった。

ユリアンナは、慌てて立ち上がる。

「あ、あぶないでしゅわ、アルしゃま！　あともう少しで騎士がきましゅ。それまでジッとしていてくだしゃいましぇ！」

「何っ！　騎士が！　早く降りないと！」

忠告は逆効果だった。

ザワザワと木の葉が鳴って、アルスマールが降りようとしている気配がわかる。

ユリアンナは、ハラハラしながら樹上を見上げた。

「うわっ！」

突然、叫び声と同時に少年の足が二本、木の枝からぴょんと飛びだす。

（きゃあっ！　美少年の生足！　いただきましたぁっ！）

いやいやそんな場合ではないのだが、ユリアンナもかなりテンパっている。

「アルしゃま！」

テンパりながらもユリアンナの体は反射的に動いていた。

足に続いて上半身が現れ、落ちてきたアルスマールを受け止めようと体を動かし手を伸ばす。

実は、このときのユリアンナに危険を冒しているという自覚はなかった。

アルスマールは七歳の少年で、それくらいの男の子なら、自分は十分受け止められると思ったのだ。

そう、ユリアンナは、今の自分が五歳の少女だということを失念していたのである。

結果、かなりの高さからドサッ！　と落ちてきた少年の体を受け止めきれず、したたかに地面に体を打ちつけることになる。

息が止まるような痛みと、ゴキッという音がして、咄嗟《とっさ》についた手がものすごく痛んだ。

（……骨が折れたわね）

前世で由梨は、鉄棒から落ちて腕を骨折したことがある。あのときと同じくらい痛いから間違いないだろう。ついた手以外の手足は動くから、腕の骨折以外の大怪我《おおけが》はないようだ。

「う、う〜ん」

一方、ユリアンナを下敷きにしたアルスマールは、ほとんど無事なようだった。一瞬意識を失ったのか、頭をふりふり唸《うな》っているが、痛がる様子は見せていない。

（美少年を助けたわ！　グッジョブ、私！）

自分で自分を褒めて、ユリアンナは痛みを紛らわせる。

「……はっ！　ユリアンナ？　ユリアンナ！　無事か？」

意識をはっきりさせたアルスマールは、自分がユリアンナの上に乗っていることに気づき、慌てて飛び退いた。

「うっ！」

その反動が手に響いたユリアンナは、思わず呻《うめ》く。

「ユリアンナ！」

「アルスマール殿下！　ユリアンナさま！　ご無事ですか？」

そこにようやく騎士が駆けつけてきた。

「俺は大丈夫だ！　でもユリアンナが」

悲愴なアルスマールの声が響く。

大人がきたことにホッと安心しながら、ユリアンナは真っ青な顔で自分を覗《のぞ》きこむアルスマールに微笑みかけた。

「私は、……大丈夫、でしゅ。……アルしゃま、ご無事で……よかった」

アルスマールは、泣きそうになっていた。目の前に大怪我をした人間がいるのだ、無理もない。

ユリアンナは、手を伸ばして彼の頭を撫《な》でてやりたいと思った。

しかし、それは果たせない。

彼女の様子を確認した騎士が、着ていたマントで折れた手を動かないように固定しながら包みこみ、マントごと彼女を抱き上げたからだ。

「直ぐに医師の元にお運びいたします。少しの間ご辛抱ください」

この世界の医師は、強い回復魔法の使い手だ。きっとユリアンナの怪我もきれいに治るに違いない。

（だから、そんなに心配しなくていいんですよ）

そう言ってあげたいのに、騎士はそのまま走りだす。

騎士の腕の中から振り返って見た先では、黒髪の子どもが頼りなさそうに立ちすくんでいた。

結果から言えば、ユリアンナの腕は見事にポッキリ折れていた。

王族お抱え医師が魔法で直ぐにくっつけてくれたので痛みは長引かなかったのだが、父であるセイン公爵からはこってり叱られてしまった。

母にはさめざめと泣かれ、さすがのユリアンナも反省する。

「これからは強化魔法をいっぱい勉強して、アルしゃまくらい余裕で受け止められる婚約者になりましゅわ！」

「そうじゃない！」と、全員から怒られたのは言うまでもないだろう。

（軽いジョークのつもりだったのに、冗談が通じない世界だわ。おまけに登城まで禁止になるなんて、ついてない）

それは別にユリアンナへのお咎《とが》めというわけではなかった。

危険を顧みず木に登ったのはアルスマールだし、落ちたのも彼の責任だ。

むしろユリアンナは、幼いながらもアルスマールを助けようとした勇気ある令嬢として一部の騎士や侍女からは賞賛されていた。

(まあ、無謀すぎるから目を離しちゃいけない要注意人物って認識もついているみたいだけど)

これればかりは仕方ない。

ユリアンナ自身やりすぎた感もあるので、そこは甘んじて受け入れることにしていた。

登城禁止は、ユリアンナではなくアルスマールへの罰だ。

彼は『婚約者として交流を深めようと熱心に通ってくれる少女を疎み、逃げようと木に登ったあげく落ちたところを助けられ、あまつさえ大怪我をさせた最低王子』として責められて、謹慎中なのだという。

当然ユリアンナに会うことは禁止され、反省文百枚を含む山のような勉強と心身の鍛錬を課せられているそうだ。

(七歳の子どもに厳しすぎないかしら？　まあ、私との面会禁止はアルさま的にはご褒美でしょうけれど)

遠くからでいい、せめてユリアンナの無事な姿が見たい！　という熱心な申し入れがあったという話を聞かされたが、眉唾ものだろうとユリアンナは思っている。

そうでなければ、反省していますという周囲へのパフォーマンスだ。

(私はアルさまに迷惑がられていたんだもの。罰が厳しければ厳しいほど恨まれそうだわ。……ひょっとしたら、これをきっかけに嫌われコース一直線かも)

それはちょっと切なくて——キュウッとした。

悲恋好きのユリアンナは、そこからの妄想でしばらく時間を潰す。

そう、ユリアンナは暇だった。何せ日課にしていたアルスマールとの面会がなくなってしまったのだ。骨折はもはや治ってしまったし、その分まるまる浮いた時間を持て余している。

（魔法を習うのも王妃教育もまだ早すぎるみたいなのよね）

魔法はともかく王妃教育は無駄になりそうなので受けたくないのだが、まあそれは今考えることではない。

（そうね。この際だから以前から考えていたあの計画を実行してしまおうかしら）

それはユリアンナのためというより、このゲームのヒロインのための計画だった。

ゲームのヒロインは元々平民。ユリアンナと同じ五歳で、今は孤児院で暮らしているはず。この後、十四歳で回復系の魔法の素養を表して男爵家に引きとられ、十五歳で魔法学園に入学してくる。そしてアルスマールをはじめとした攻略対象者たちと出会い、切磋琢磨《せっさたくま》している内に恋を育んでいくのだ。

そのとき障害として立ちはだかるのがユリアンナだった。

ユリアンナは王子アルスマールの婚約者。貴族令嬢としての教養を身につけている上に王妃教育も受けている完璧なご令嬢だ。

（私がそんな完璧令嬢になれるかどうかは別問題だけど）

ゲームの中でユリアンナは、ヒロインに対し厳しい言葉を投げつける。

「礼儀がなっていないわね」

「この程度のこともわからないの」

「基礎のできていない人が授業を受けても無駄だわ。さっさと出て行きなさい」

等々きつい言葉のオンパレードを浴びせるのだ。

(でも、考えてみれば当たり前のことなのよね。貴族になって、たかが一、二年の人間が生まれたときから貴族として教育を受けてきた人間と同じ学園で並んで学べるはずがないじゃない)

それはとんだ無茶ぶりというものだ。

できないヒロインも、それに苛立つユリアンナも、十五歳の少女としては無理からぬこと。

まあ、だからこそ乙女ゲームが成り立つのだが、今のユリアンナは前世三十年の記憶を持つ大人。

理不尽な理由でヒロインを貶《けな》すのは、できればしたくない。

(もちろん悪役令嬢として立派に断罪されるためにはヒロインへのいじめは必須だけど、どうせいじめるなら、もっと高尚にして優雅ないじめを目指したいわよね。……そうね。たとえば難しい学術論議や高度な政治問題を議論した末に相手を言い負かして高笑いするなんて最高じゃないかしら!)

果たしてそれは乙女ゲーム的にどうかと思わないでもないのだが、理不尽ないじめをするよりもずっといい。

(少なくともウザい悪役令嬢にはなれそうだし)

今のやんちゃなアルスマールにも、とことん嫌われそうである。

それにゲームではヒロインは教育格差をものともせず立派に学園を卒業するのだ。アルスマールを攻略すれば王妃にだってなれるのだが、現実問題それは難しいと思う。ヒロインが王妃になるために裏でどれほどの努力が必要となるか、考えるだけで気が遠くなりそうだ。

（そこで私の計画よ。この計画がうまくいけば、私は将来ヒロインに苛々しないですむし、ヒロインだって楽できるはずだわ）

「誰か、誰かいましゅか？　ユリアンナは、お父しゃまにお会いしたいでしゅ！」

ベッドからムクリと起き上がったユリアンナは、大きな声を上げた。


その翌日。

「孤児たちに教育ですか？」

突然公爵とそのご令嬢なんていう高貴な方々の訪問を受けて、テンパっているだろう初老の男が、額の汗を拭き拭き問い返してくる。

詰襟の神父服を着ているだけでも汗だくの男のハンカチは、絞れるよう。

ここは孤児院を併設する教会で、神父はここの代表者だ。

「その通りだ。慈善活動の新しい形として試行したいと思っている。資金援助ばかりではその場しのぎだからな。将来的に孤児たちがよりよい職を得て独り立ちできるようきちんとした教育を施したいのだ」

「は、はぁ」

神父の返事は曖昧だった。そんなことをしても無駄なのにとか思っていそうである。

「お言葉ですが、そのようなことに継続的に資金援助をしていただけるのなら、もっと違うこと――――例えば孤児院の建て直しとか修繕にお金を出していただくわけにはいきませんでしょうか？　孤児の教育はいいことですが、それは受けたこの子たちにしか有利に働きません。私は一部の子どもたちより、より多くの子どもたちの益になる資金援助を望みます」

汗を拭くだけで何も言えない神父に代わり声を上げたのは三十歳くらいに見えるシスターだった。ピンと背筋を伸ばして立つ彼女が、きっとこの孤児院の実質的な責任者だろう。

「お、おい！」

神父は焦ってシスターをこづいた。おそれ多くも公爵閣下にもの申したのだから、当然だ。

セイン公爵――――ユリアンナの父は、面白そうにニヤリと笑った。

「ほう？　私の申し出を益がないと批判するのか？」

「そこまでは申しておりません。ただもっと多くの子どもたちを救っていただきたいとお願いしているだけです」

シスターは自分の意見を曲げない。

聞いている神父は青息吐息。

公爵は、ますます楽しそうだ。

「私の援助は、将来的には一つの孤児院の建て直しなどより、もっと多くの子どもたちを救うことになるのだがな」

強く言いきる公爵に、シスターは困惑したように黙った。

公爵は隣に立っていたユリアンナを両手で抱き上げる。

同じ金髪の親子は、まるで一幅の絵のように美しい。

「実は、今回の教育援助は、我が娘ユリアンナからのたってのお願いなのだ」

「お嬢さまの？」

神父もシスターも驚いたようにユリアンナを見てきた。

彼女はまだ五歳の少女。当然の反応だろう。

「ああ。ユリアンナは第一王子アルスマール殿下の婚約者だ。未来の王妃に一番近い存在だと思ってもらってかまわない。この子は将来自分が王妃になったときに、現在貴族のみに限られている教育を受ける権利を、平民も含めた全国民に平等に与えたいと願っているのだ」

公爵の言葉に、聞いている者たちは全員絶句した。

誰もが信じられないとばかりにユリアンナを見てくる。

ユリアンナは、ニッコリと天使の笑みを浮かべた。

公爵は愛娘《まなむすめ》の笑顔にデレッと表情を崩す。コホンと一つ空咳《からせき》をしてから言葉を続けた。

「とはいえ、今の段階でそれは夢物語だ。教育の大切さを理解する者は多いが、貴族も当の平民すらもそこまで大きな変革の必要性を感じていないし、何より変革のもたらす有益を信じない」

公爵の言う通りだった。理想論は理想論。理想を現実とするには、それがどれだけ自分たちに利益をもたらしてくれるかが示されなければならない。

「そこで今回の援助だ。私は同じような援助をあと数カ所、国内のあちこちで行うつもりでいる。

今直ぐ成果は出ないだろうが、十年二十年の後には援助を受けた子どもたちが結果を出し、教育を受けることの有益性を証明してくれるはずだ。そのときユリアンナは王子妃に、そしていずれは王妃となる。未来のこの子の政策案を、彼らの実績が後押しするのだ」

シスターは、目を見開いた。

「そんな将来を見据えた提案を、幼いご令嬢がなさったのですか？」

絶対信じられないと言いたそうだ。

「うちの子は天才だからな」

セイン公爵は、ニタニタと締まりのない顔で笑った。なんだかいろいろぶち壊しである。

公爵に抱っこされているユリアンナは、内心冷や汗タラタラだった。

（何か、あらためてお父さまの口から聞くと、ものすごい計画みたいに聞こえるわ。……どうしよう？　これって、その場しのぎの言い訳にすぎないのに）

そう。ユリアンナの真の目的は、そんな大それたものではない。単純にこの孤児院にいるはずのヒロインに教育を受けてもらおうというものなのだ。知識と教養をあらかじめ身につけていれば、後々学園に入ったときにヒロインはそれほど苦労しなくてもすむし、ユリアンナだって好き好んで差別発言をしなくてもよくなる。

そのためには、父公爵からお金を出してもらわなければならないため、説得するための言い訳が未来の教育大改革だった。

（だいたい私は王子妃、ましてや王妃なんかになるつもりはないんだし）

そんなくる予定のない未来に期待してもらっても困る。

なのに、周囲の人間は驚愕《きょうがく》と尊敬の目をユリアンナに向けていた。

そんな中、ただ一人疑り深い目を向けてくるのが、先ほどのシスターだ。

「セイン公爵令嬢さま。あなたさまがそこまで考えて孤児たちに教育を授けてくださるのなら、それは本当に素晴らしいことなのだと思います。……でも、私は不安なのです。大きな変革にはリスクが伴います。教育を受けたからといって受けた子どもたちすべてが結果を出すわけではありません。うまく結果を出せなかった場合はどうなるのか？　そんな不安を抱えながら教育を受けさせることが本当に子どもたちのためになるのか？　どうか、私が不安を払拭できるように、あなたさまのお言葉をいただけませんか？」

「おまえは！　聡明《そうめい》でお優しいお嬢さまに対してなんて失礼なことを言うんだ！」

神父は慌ててシスターを怒鳴りつけた。

スポンサーである公爵家のご令嬢に一介のシスターがもの申したのだから、これもまた当然だろう。

神父は無理やりシスターの頭を下げさせようとした。

ユリアンナは慌ててそれを止める。

「やめてくだしゃい！」

シスターの気持ちはよくわかった。

立場が反対ならユリアンナだってそう思う。

このシスターは、孤児たちを本当に真摯に思っているのだ。

彼女に育てられるから、ヒロインはヒロインになるのかもしれない。

そう思いながらユリアンナは、どうしようと考えた。

きっとシスターは不確定な未来の話をしても納得してくれないだろう。彼女は、実を結ぶかどうかわからない少人数への教育なんかより、確実に大勢のためになる施設の建て直しや修繕の方を望む人なのだ。権力で押しきることや難しい言葉で煙に巻くことができないわけではないが……できればしたくないと思う。

「……しょうですね。私は、教育と同時に子どもたちには給食を提供したいと思っていましゅ」

考え考えユリアンナは話した。

「給食？」

「食事のことでしゅ。勉強するのにもお腹《なか》は減りましゅからね。あなたが私の提案に協力してくだしゃるのなら、あの子たちは、もうしゅこし大きくなれると思いましゅよ」

そう言ってユリアンナが指さした先には、この園の孤児たちがいた。

大人たちが言い争っている声が聞こえたのだろう。不安そうにこちらを見ている子どもたちは病気の子こそいないようだが、でもみんな痩せている。

太れるほど満足に食べられていないのがよくわかった。

（それでも、ここは貴族の寄付があるからましな環境のはずなんだけど。……あの中に、ヒロインもいるのかしら？　ヒロインの髪はピンクブロンドだったわよね）

見える範囲にピンクブロンドの髪は見えない。後ろの方に埋もれているのかもしれなかった。

「勉強もできてお腹もいっぱいになる。いいことでしゅわ」

教育とだけ比較するのでは、設備の修繕要望に勝てない。

では、その教育に食事がつけばどうだろう?

(これでもダメなら諦める以外ないんだけど。落としどころとしてはいい条件だと思うのよね?)

ハラハラとしてユリアンナが見つめる先で、シスターはゆっくりと頭を下げた。

「ありがとうございます。セイン公爵令嬢さま。……聡明なる未来の王妃殿下に神の祝福があらんことを」

どうやら納得してくれたようである。

未来の王妃への祝福はまったくいらないと思ったが、ユリアンナはニッコリと笑った。

「シシュターと、この園の子どもたちにも神の祝福を」

これでヒロインの学力不足はなんとかなるはずだ。

早速神父と今後の段取りを話しはじめた父の腕の中から、ユリアンナは子どもたちの方を見た。

あの中にいるだろうヒロインを見つけだし話してみたい気はするが。

(やめとこう。どうせ十年後には嫌でも会うんだから)

そして乙女ゲームの舞台がはじまる。

(憧れの悲恋も、そこで十分味わえるんだわ)

自分が婚約破棄される未来を思い描いたユリアンナは、ちょっとうっとりしながら父公爵の胸に頭をあずけた。

その夜、草木も寝静まったセイン公爵家。

屋敷の中でも奥まった場所にあるユリアンナの部屋の窓が、コンコンと叩《たた》かれる。

昼間、父の腕の中でたっぷり寝てしまったためか目が冴《さ》えていたユリアンナは、びっくりして窓を見た。

滑らかなピンクのベルベット生地のドレープカーテンが揺れている。

窓はきちんと閉めたはずなのにと思って見ていれば、カーテンの向こうから黒い髪、黒い服の少年が現れた。

「アルしゃま！　え？　どうしてアルしゃまがここに？」

「ユリアンナ、窓が開いていたよ。不用心すぎるだろう！」

質問には答えてもらえず怒られた。

不用心だと言うが、ここは二階。窓の外に大きな木はあるのだが、普通の人は二階の窓から侵入しようとはしない。それに、窓だってたしかに閉めた。

そう言い返そうと思ったのだが、自分たちの声が聞こえたはずなのに扉の外に控えている警護の騎士が入ってこないことを、ふと疑問に思う。

「――――しゅみません、アルしゃま。でも、どうしてここに？」

「ユリアンナに会いたかったんだ！　何度も君に会いたいと父上やセイン公爵に頼んだが、許してもらえなかった。でも、どうしても直接会って謝りたかったから、こっそり忍んできた」

アルスマールは、そう言った。

それを聞くと同時に、ユリアンナはこれが大人たちのアルスマールへの情けなのだと気づく。

謹慎を申しつけている手前、表立って許しを出せない国王や父公爵が、気づかぬふりで彼のお忍びを見逃しているのだろう。

そうでなければ閉めたはずの窓が開いていた理由がわからない。

ベッドに体を起こしたユリアンナの元へアルスマールは近づいてきた。

「アルしゃま、私もお会いしたかったでしゅ」

慌ててベッドから出ようとしたのだが、それを止めるようにアルスマールが手を動かす。

「そのままで。ユリアンナ、本当にすまなかった。傷はもう癒えたのか？」

言いながらアルスマールは、ベッドの脇に膝をついた。

「は、はい。大丈夫でしゅわ」

滅多にないアルスマールを見下ろすという事態に、ユリアンナはちょっと焦る。

（それに、こっそり忍んでくるほど私を気にかけているとも思わなかったわ。やっぱり目の前で骨折されたのはショックが大きかったのかしら？）

アルスマールは、まだ七歳の子ども。トラウマになったらどうしよう？

「もう私は元気なのでしゅわ！　今日もお父しゃまとお出かけしたんでしゅのよ」

目一杯元気ですよアピールをしてみせた。

アルスマールは、黒い瞳をフッと和ませる。

「そうか。それはよかった」

「アルしゃまは？　アルしゃまはお元気でしゅか？　お勉強たいへんだったりしましぇんか？」

たいへんなのは知っている。反省文百枚とか地獄だろう。

しかしアルスマールは「大丈夫だ」と言って微笑んだ。

「ユリアンナは優しいな。あんなひどい怪我を負わせてしまった俺を心配してくれるなんて、天使みたいだ」

天使は褒めすぎである。外見はともかく中身は三十歳のユリアンナは返す言葉を失う。

頬がとても熱いから、きっと真っ赤になっているだろう。

（夜でよかったわ。赤くなっているのはバレないわよね？　それにしても、アルさまったらいったいどうしたのかしら？　いつもとまったく違うじゃない）

今のアルスマールは、本気でユリアンナを心配して気づかっているように見えた。

今までみたいな近づくなオーラが消えて、ものすごく優しいのだ。

突然の変化に戸惑っていれば、突如立ち上がったアルスマールが顔を近づけてきた。

「ア、アルしゃま？」

「顔色もいい。本当によかった」

超至近距離から、心底安心したように息を吐きだすアルスマールに、ユリアンナはパニックになりかける。

（ち、近い！　近い！　近い！　いくら七歳でも美少年のアップは、心臓が――――）

これでは、優しいというより甘いという雰囲気だった。

アルスマールの手が伸びてきて、ユリアンナの髪をそっと撫でる。

「ああ、本物のユリアンナだ。やっと実感できた。セイン公爵は順調に回復していると言ってくれたが、それが俺のための嘘《うそ》だったらと思うと信用できなくて……ずっと不安だった」

ずいぶん疑り深い七歳男子である。

驚いて目を見開けば、アルスマールはフッと笑った。

「さんざん君から逃げ回っておきながら今さら何をと思うだろうが……君のいない城は火の消えたようだ。あの日、騎士に抱きかかえられて連れ去られた真っ青な君の顔を思いだす度に胸が痛んで苦しくなるんだ」

やはりトラウマになってしまっていたようだ。

（あげく、うるさがっていた私にまで会いたがるとか重症だわ！）

先ほどまでのパニックも忘れ、ユリアンナはアルスマールが心配になる。たとえこれがトラウマからくる一時の気の迷いといえど、今のアルスマールは本気でユリアンナの心配をし、無事を喜び、彼女が側にいないことを寂しがってくれていた。

それはアルスマールの優しさであり情の深さだ。

ユリアンナの胸はドキドキと痛いくらいに高鳴る。

（ああ、こういうところからユリアンナはアルスマールに恋して夢中になっていくのね）

ゲームのユリアンナの気持ちが、実感としてわかった。

「アルしゃま、私は元気でしゅ。またお城に行きましゅからね！」

「ああ、今度は逃げないで待っているよ。一緒にお茶を飲んでたくさん話をしよう。もっとずっと二人で過ごしたい。……そうだ！　こうしてくる方法もわかったし、今後は俺からも君に会いにこよう！」

それは、護衛の騎士や周囲の大人たちがたいへんそうなので、やめてやってほしい。

ユリアンナが内心で顔を引きつらせていれば、ほとんどゼロ距離だったアルスマールとの距離が、本当にゼロになった。

チュッと軽い音がして、額に何かが触れる。

「え？」

呆然として見れば、アルスマールの頬が真っ赤になっていた。

「帰る。――――またくる」

（いや、くるのはやめてって、――――え？　え？　え？　私、今、キスされた！）

デコチュウだが紛れもなくキスである。

（私がアルさまとキスを！）

感動で心がグルグルと回った。

「ユリアンナ――――ユリ、そう呼んでもいいか？」

「は、はい！　もちろんでしゅわ！　アルしゃま！」

アルスマールは、嬉しそうに笑う。

もう一度顔が近づいてきて、今度は頬にキスされた。

「柔らかいな。……おやすみユリ」

そう言ってアルスマールは、出て行く。もちろん窓へ一直線である。

彼が出て行ってからも、ユリアンナはしばらく固まっていた。

「…………おやしゅみなさい。アルしゃま」

誰もいない部屋でそうささやき、ボスンとベッドに倒れこむ。

そのまま気絶するように眠った。

◇　俺の婚約者（アルスマール視点）

七歳の誕生日、俺に婚約者ができた。

その日はじめて会った少女は黄金の綿菓子みたいな可愛い女の子。はじめての王城の雰囲気に驚いていたのだろう、しばらく呆然としていたが、やがてふんわりと花のように笑った。

「アルシュマールしゃま」

「……アルでいい」

「はい、アルしゃま！」

舌っ足らずでよくしゃべりよく笑う少女は、あっという間に城の大人たちを陥落させる。

「お前にはもったいないような賢く可愛い令嬢だ」

父の国王は真顔でそう言って、

「ああ、可愛いわ！　やっぱり女の子はいいわよね！」

俺の後、弟二人を続けざまに生んで女の子を諦めた母の王妃は、身悶《みもだ》えた。

「メイドの私たちにも、いつも笑顔でお礼を言ってくださるんですよ！」

口うるさいメイドたちも彼女のことは褒めまくり、

「あの可愛いお声で『お仕事お疲れしゃまでしゅ』とか言われて、疲れが全部ふっ飛びました！」

……その程度でふっ飛ぶ疲れなど、訓練を怠けている証拠だろう。

俺は、はしゃぐ騎士を横目で睨《にら》んだ。

等々、俺の婚約者は誰からも褒められまくりの完璧令嬢だ。

おかげで、そんな令嬢を婚約者にしてしまった俺は、少々ひねくれた。

このときの俺は七歳の子どもで、しかも国の第一王子。甘やかされて育った自覚はなかったが、現実はそうだったのだろう。

今思えば、本当に愚かだったと呆《あき》れてしまうのだが、俺は婚約者を邪険にした。彼女が城にくると聞けばわざと見つかりにくい場所に移動し、それでも見つけて話しかけてくる少女におざなりに返す。トゲのある言葉をぶつけては、めげない少女を鈍い奴《やつ》だと嘲っていた。

今思い返しただけでも殴り倒したくなるような愚かさだ。

そして、そんなことばかりしていたから、バチが当たったんだ。ここなら近づけないだろうと登った木から間抜けにも足を滑らせた俺は、婚約者の小さな体の上に落ちてしまったのだ。

「……アルしゃま、ご無事で……よかった」

血の気の失せた青い顔で痛みを堪《こら》えながらも俺を心配してくれるユリアンナ。

駆けつけた騎士に抱えられた体は、本当に小さく見えた。

「――このバカモノ！　お前は、自分が何をしたかわかっているのか！」

その後、俺は激高した父に怒鳴られた。

「しばらく自室で謹慎しなさい。ユリアンナちゃんは運ばれて治療を受けている間も『自分はいいからアルしゃまを先に治してくだしゃい』とお願いしていたのよ」

母のあんなに冷たい顔を見たのは、はじめてだ。

謹慎も罰として下された山ほどの課題も辛《つら》くはなかった。

ただ、ユリアンナの無事をたしかめられないことが、何より俺を苦しめる。

「お見舞いに行かせてください！　もしそれがダメなら遠くからでもいいです、せめてユリアンナの無事な姿を一目見せてください」

ユリアンナの父セイン公爵に謝罪しながら、俺は心から懇願する。

しかし、返ってきたのは素っ気ない拒絶だけ。

しかも――、

「お気づかいは結構です。どうやら殿下はうちのユリアンナがお気に召されなかったご様子。当家としても、可愛い娘を愛情も向けてくれないバカ王子――失礼、お相手に嫁がせるようなことは本意ではありません。どうか婚約のお話はなかったことにしてください」

婚約の解消を申し出られてしまった。

俺は、あのセイン公爵を本気で怒らせてしまったのだ。

セイン公爵は父の友人で、貴族の中でも切れ者と評判だ。そして公爵夫人は、儚《はかな》げな外見を裏切る並外れた力を持つ攻撃系の魔法使い。結婚し軍を引退した今でも、当時の活躍が武勇伝として語り継がれている。

セイン公爵家を敵に回してはいけないというのは、貴族社会の常識だった。

それは王家でも例外ではなかったが、そんな事実がなくとも婚約の解消だけはしたくない！

「嫌です！　いくらでも謝ります。どうかユリアンナに会わせてください！」

何度も何度も謝った。父や母にも頭を下げ、婚約を解消する以外の言いつけにはなんでも従い、公爵にとりなしてもらう。

そしてなんとか婚約解消だけは回避したのだが、ユリアンナには会わせてもらえなかった。

――ユリアンナが城にこない日が、会えない日々が、積み重なっていく。

それは、思ってもいなかったほど寂しく味気ない日々だった。

ユリアンナの笑顔が見たい。

舌っ足らずな声が聞きたい。

真っ直ぐ駆け寄ってくる足音が聞きたい。

（ああ、今度君が駆けてきてくれたなら、両手で受け止めて絶対離さないのに！）

そんな思いばかりが積み重なって――ついに俺は城を抜けだした。

そして、ようやく会えたユリアンナは、やっぱり俺のユリアンナで、喜びが爆発する。

………いや、違う。こんなに可愛かっただろうか？

胸が、ありえないほどドキドキした。

「アルしゃまは？　アルしゃまはお元気でしゅか？　勉強たいへんだったりしましぇんか？」

ベッドの上で、なおも俺のことを気づかうユリアンナに対して湧き上がってくる愛《いと》しさを、俺は持て余す。

（大切にしよう。もう二度と怪我なんてさせない！）

そう思いながら衝動的にしてしまったキスで真っ赤に染まったユリアンナの顔は、超絶可愛くて一度なんかで終われなかった。

自分だけの呼び名がほしくて「ユリ」と呼ぶ許可を得る。

（ユリ――俺の婚約者）

それでも、このとき俺の中にあったのは、純粋にユリを可愛いと思う気持ちが大きくて、例えるならばそれは妹や身内に向ける家族愛に近かったのだと思う。

胸の中に広がる温かな感情にふわふわと浮かれながら城に帰った俺は、この想いが、これからどんどん大きくなるだなんて思ってもいなかった。

そう、恋というものが、ときにはもっと切なく苦しいほどに身を焦がす熱いものだなんて、まるで知らなかったのだ。

第二章　幼き日の甘い思い出と困惑

三日後、アルスマールの謹慎は解けた。本当はもっと長く謹慎させる予定だったのだが、アルスマールが毎日のように城を抜けだそうとするものだから、急遽《きゅうきょ》とりやめになったのだ。

七歳の男の子の行動力はバカにできない。

そして、同じくらい七歳の男の子の腕力もバカにできなかった。

「アルしゃま。しゅこし離れてくだしゃい」

「どうして?」

どうしてもこうしてもないだろう。現在ユリアンナは城の客室でお茶を飲んでいるのだが、その彼女の隣にぴったりとはりつくようにアルスマールが座っているのだ。その近さといったら服越しとはいえ腰と腰、足と足とがくっつくくらい。なおかつユリアンナの右手はアルスマールの左手にがっしり握られていた。

絶対離すまいという強い意志がひしひしと感じられて……少々怖いくらいだ。

もちろん最初からこうだったわけではない。

客室に招かれたユリアンナは、はじめは大きなソファーの真ん中に座ったのだ。

しかし、アルスマールが徐々にくっついてきて、今はソファーの左端に追い詰められている状態だった。

「きゅ、窮屈でしゅわ！」

ついにユリアンナはそう叫ぶ。この状況はあきらかに異常だと思うから。

「ああ、そうか。ごめんね。少しでも近くでユリアンナを実感したかったんだ」

アルスマールは謝ると、ほんの少しだけ――五センチくらい離れた。

追い詰められている状況に大きな変化はない。

「こ、これではお茶が飲めましぇんわ」

「俺が飲ませてあげるよ。でも熱いからもう少し冷ましてからね。……先にお菓子はどうだい？おいしそうだよ」

小さな焼き菓子を右手にとったアルスマールは、そのままユリアンナの口に近づけてくる。

「はい。あ～ん」

「………」

どうしろというのだろう？

ユリアンナは、ダラダラと冷や汗を流しながら固まってしまった。

（いったい、アルさまどうしたの？　何が起こっているのよ！）

頭の中は絶賛大混乱中である。

たしかに、先日アルスマールがユリアンナの部屋に忍びこんできたときも、彼は以前とはまったく違っていた。

その様子に戸惑ったユリアンナだったが、しかしそれは一時の気の迷い。彼の目の前でユリアンナが怪我をしてしまったがゆえのトラウマからくる言動なのだと思っていた。

（それがまだ続いているっていうの？　っていうか、この前よりひどくなってない？）

前世の由梨は三十歳独身、恋愛経験ゼロのＯＬだ。当然、こんな甘い雰囲気には慣れていない。いくら七歳の男の子が相手とはいえ「あ～ん」は難易度が高すぎた。

（しかもアルさまったら文句なしの美少年だし！　その色気は、いったいなんなの？　ドキドキが止まらないんですけど！）

ユリアンナは心の中で吠《ほ》えた。

何せ彼女は、これからアルスマールがどれほどの美青年になるか知っているのだ。今のアルスマールにその姿を重ねて見てしまえば抗《あらが》う術《すべ》などないも同然。

（もうっ！　もうっ！　もうっ！　私が好きなのは悲恋なのよ！　こんなヒロインみたいな扱い、望んでいないわ！）

それとも、こうしてどっぷり甘い恋に浸らせておいてからの裏切りとその後の転落人世が、悲恋物語の王道なのだろうか。

（そ、それはそれでまた魅力的なような？　……でも！　それまで私の心臓がもつ気がしないわ！）

「どうしたの？　ユリ、ほらおいしいよ。口を開けて」

至近距離のアルスマールの笑顔は、逆らうことができないほどに美しかった。

いっそ素直に口を開けて食べさせてもらった方が楽なのだとは思う。

思うのだが、ユリアンナにその選択肢は選べなかった。

「……アル、それ以上やると嫌われてしまうぞ」

なぜなら、この場には彼女とアルスマール以外の第三者がいるからだ。

呆れたように響いた声の持ち主は、燃えるような赤毛とルビーみたいな赤い目を持つ少年だった。

彼の名は、キール・セドィ・レーシン。

レーシン侯爵家の次男でアルスマールとは同い年。いわゆるご学友という立場の少年だ。

キールという第三者の存在が、ユリアンナの歯止めになっていた。

(だって恥ずかしすぎるもの！)

キールとユリアンナは今日が初対面。

片や王子の婚約者、片やご学友と立場は違えどアルスマールを支える存在であることは同じな二人だが、なぜか今までアルスマールと会う場所にキールが一緒にいたことはなかった。

(それだけアルさまは私のことが嫌いだったのよね？　いつか婚約破棄するような相手に自分の大切な友人を紹介する必要はないと思っていたのだと思っていたんだけど？)

それなのに、今後は同席すると言われて先ほど紹介されたばかり。

(ひょっとしたら、私とアルさまが二人きりで会うことに、お父さまが反対したのかもしれないわ。お父さまは最後までアルさまの謹慎を解くことを渋っていたもの)

とことん親バカなセイン公爵だった。

「ユリは俺を嫌ったりしない。……というか、俺は黙って座っていろと命令したはずだよね？」

ジロリとアルスマールはキールを睨む。

「ユリアンナ嬢がアルに無体なことをされそうになったら、何がなんでも止めろと、俺は命令されているからな」

「……誰にだ？」

「君たち両方のお父上からさ」

キールは、あっけらかんとしてそう言った。

つまり、国王とセイン公爵両方からの命令だということだ。

アルスマールは「チッ」と舌打ちする。

同時に目の前の焼き菓子をスッと引いてくれたので、ユリアンナはホッとした。

しかし次の瞬間、引かれたと思った焼き菓子は、ムニッと彼女の唇に押しつけられる。

びっくりしている間に、ユリアンナの唇を離れた焼き菓子がアルスマールの口にそのまま入った。

サクサクと焼き菓子を咀嚼《そしゃく》して飲みこんだアルスマールは、赤い舌で自分の唇をペロリとひと舐《な》め。

「おいしい」

焼き菓子よりも何倍も甘そうな笑みがユリアンナに向けられた。

「う、わぁ～」

思いっきり呆れ声をだしたキールが顔を引きつらせる。

「ア、ア、ア、アルしゃま！」

ユリアンナの頬は、お茶の入ったカップより熱くなった。

「なんだいユリ？　俺が食べるのを見てやっぱり食べたくなった？」

ブンブンブン！　と、ユリアンナは首を横に振る。

「残念だな。食べたくなったら直ぐに言ってね？」

今度はコクコクと頷いた。

今のアルスマールには逆らってはダメだと、なぜか思えるのだ。

（これで七歳？　乙女ゲームの七歳、どうなっているの？）

誰にも言えずに心の中で叫ぶ。

「……聞きしに勝る、だな」

そんな二人を見たキールは、大きなため息をついた。

「アルの態度があんまり変わったもんだから、今城内では、第一王子殿下は木から落ちて頭を打ったのだとか、罰として課せられた勉強のしすぎで頭がおかしくなったのだとか、みんな興味津々なんだぞ」

「言いたい奴には言わせとけ。俺は痛くもかゆくもない」

「そりゃ、お前はそうだろうが、お前に直接言えない奴はみんな俺に聞いてくるんだ。いちいち相手をしなきゃならない俺の身にもなってみろよ」

「……俺が頼んだわけじゃない」

けんもほろろにあしらわれ、キールはますますため息を深くした。

（やっぱりキールさまは不憫属性なのね）

ユリアンナは心の中で納得する。

現実では初対面なユリアンナとキールだが、実はユリアンナは彼をよく知っていた。

キールもアルスマールと同じく乙女ゲーム『魔法学園で恋をして』の攻略対象者だからだ。

赤髪赤目で今は可愛いという印象の強いキールだが、これからニョキニョキと背が伸びて、ゲーム開始時には背の高いイケメン細マッチョになるはずだ。十八歳の彼は、若いながらも騎士としての頭角を現していて、アルスマールの護衛騎士にもなっている。

（ただ、派手な外見のわりには苦労性なのよね。面倒見がいいからいろんな事件の後始末を任されることが多くって、そのくせヒロインとはなかなか結ばれないから不憫騎士って呼ばれていたわ）

キールに婚約者はいない。理由はいろいろと取り沙汰されているのだが、一番の有力説はレーシン侯爵夫人とセイン公爵夫人の昔の約束説。

よくある幼なじみで親友の両家の夫人が互いの子どもを結婚させようと学生時代に約束し、セイン公爵家にユリアンナに続く次女が生まれるのを待っているのだというものだ。

本当はユリアンナが生まれたときにそういう話があがったようなのだが、アルスマールの存在がそれに待ったをかけ、結局ユリアンナは王子の婚約者となった。女の子のもう一人くらい生んでみせるわと豪語したセイン公爵夫人だが、これればかりは神の采配次第。そうそう思い通りにいくかはわからない。

（ゲームでもキールの婚約者はいなかったもの）

そのため、彼にとって一番に配慮すべき令嬢は、主君である王子の婚約者のユリアンナだった。

結果、キールルートでの悪役令嬢の役割もユリアンナとなって、キールは主《あるじ》の婚約者が自分の好きな子をいじめるという事態に葛藤することになる。

（ユリアンナったらアルスマールにぞっこんなくせに、護衛騎士のキールの一番も自分じゃなきゃ我慢できなかったのよね。未来の王妃に騎士が忠誠を誓うのは当然だとか言っちゃって。わがままにもほどがあるわ）

最終的にキールはヒロインのためユリアンナの悪事を暴いて王子に注進。怒った王子がユリアンナを断罪、婚約破棄というのがゲームの展開だ。

ちなみに、キールルートでもほかのどの攻略対象者のルートでも、ユリアンナはもれなく婚約破棄される。違いはヒロインをいじめる主犯になるか共犯者になるかくらいである。

どちらも罰は修道院送りだが、主犯の場合は北部辺境の厳しい環境の修道院。共犯の場合はセイン公爵領の比較的環境のいい修道院となる。

（どのみち、王子に婚約破棄されたっていう事実だけで、その後の人生真っ暗闇なんだけど）

その暗闇の中で、それでも王子を慕い叶《かな》わぬ想いに涙する。

そんな悲恋の悪役令嬢になることがユリアンナの願いだ。

（どちらかといえば、辺境の修道院の方がより悲恋っぽいわよね？　――冷たく肌を切り裂くような空気の中、かじかむ指に息を吐きかけながら、遠い空の下で笑っているだろう愛する人の幸せを切なく願う！　――――ああ！　想像するだけで胸がキュウッとするわ！）

相変わらずユリアンナの悲恋好きはブレなかった。

まだ見ぬ修道院を思いうっとりしていれば、いつの間にかアルスマールが先ほど開いた五センチの距離を詰めている。

「ユリ、何を考えているの？　まさかキールが気に入ったんじゃないよね？」

なんとなく不穏な空気を感じたユリアンナは、慌てて首を左右に振った。

気に入るも気に入らないも、ユリアンナはまだまともにキールと会話していない。

「アルしゃま。私をレーシン侯爵子息しゃまに、きちんと紹介してくだしゃいましぇ」

同じ部屋にいるのに、正式な紹介もしてもらえないとかありえない。

「なぜ？」

「これからレーシン侯爵子息しゃまは、私とアルしゃまがお会いしているときずっとお側にいてくだしゃるのでしゅよね？　ならばご紹介いただけないのはおかしいと思いましゅ」

「置物か何かだと思えばいいよ」

そんなわけにはいかない！

「置物は、おしゃべりなしゃいましぇんわ」

「キール、今後一切しゃべることを禁じる！」

「アルしゃま！」

プーッと頬を膨らませて怒れば、アルスマールは「まいったなぁ」と苦笑した。

「ユリには勝てないな。嫌だけど、ものすごく嫌だけど紹介しよう。キール・セドィ・レーシン、レーシン侯爵家の次男で俺の幼なじみだ」

嫌だけどを二回も強調する必要はないはずだ。

キールは半眼でアルスマールを睨む。

「キール、彼女はユリアンナ・アリューム・セイン公爵令嬢。俺の大切な婚約者だ」

ようやく正式に紹介されて、ユリアンナは立ち上がった。

キールと向き合い二人同時にお辞儀をする。

「はじめましてセイン公爵令嬢さま。まずはお怪我が治りましたこと、お喜び申し上げます」

「はじめましゅてレーシン侯爵子息しゃま。どうぞユリアンナとお呼びくだしゃい」

「では、俺の方はキールと」

いくら子どもとはいえそこは高位貴族同士。礼儀に則《のっと》った挨拶を交わし合う。

「ダメだ！」

しかし、そこでアルスマールがまさかのダメだしをした。

ユリアンナとキールは、二人揃《そろ》ってアルスマールの方を見る。

「なぜでしゅか？」

「君を名前で呼んでいいのは俺だけだ」

「……狭量すぎるだろう」

キールは眉をひそめた。

ユリアンナは、小首を傾げてアルスマールを見上げる。

「アルしゃまには『ユリ』というアルしゃまだけの呼び方があるではないでしゅか？」

自分だけと言われたアルスマールは、頬を赤くした。

「そうか。そうだな。俺には俺だけの呼び方があるか。……うん、名前呼びを許そう」

「チョロすぎだろう！」

呆気《あっけ》なくユリアンナに言いくるめられたアルスマールに、キールは呆れたようだ。額に手を当てると、その手の下からユリアンナに視線を向けてくる。

「お噂《うわさ》はかねがね伺っておりましたが、本当に聡明な方なんですね」

「しょんなことありましぇん。普通でしゅわ」

むしろユリアンナとしては、目の前の七歳児たちの方が信じられないハイスペック児童だ。王族や高位貴族の子どもというのはみんなこんなに大人びているのだろうか？

（ううん。二人が特別に優秀なだけよね？）

何せ攻略対象者さまたちだ。

きっとそうに違いない！

絶対、そうであってほしい！

そうユリアンナは願う。

「ユリアンナ嬢が普通なら、ほかの令嬢たちはみんな底抜けの阿呆《あほう》になってしまいますよ。特に俺の妹のジーナなんて最悪だ」

キールはそう言って顔をしかめた。

キールの妹ジーナはユリアンナと同じ五歳。侯爵令嬢の彼女は、アルスマールとキールのほかに三人いる攻略対象者の一人と、既に婚約しているはずだ。

つまり悪役令嬢候補で、ヒロインがジーナの婚約者ルートに入ったならば、キールに兄妹の縁をきられ追放される運命である。

「キールしゃまは、ジーナしゃまとあまり遊んでおられないのではないでしゅか？」

余計なお世話かと思ったが、ユリアンナはそう言った。

「は？」

「私はお兄しゃまがおりましぇんのでよくわかりましぇんが、もしもお兄しゃまがいたのなら、うんと甘えて遊んでほしいと思っておりましゅ。ジーナしゃまは、お寂しいのではないでしょうか？」

それというのもゲームの中で断罪されたジーナが「私はレーシン侯爵家の不出来な娘で、両親やお兄さまたちにも無視されてずっと寂しかった！　私だってもっと愛してほしかったのよ！」と叫ぶシーンがあるからだ。

きっとジーナは高位貴族としてはちょっと成長が遅い子どもだったのではないだろうか？

優秀すぎる兄たちに比べられひねくれてしまったがために家族の愛情が得られなかった。

ゲームの中で自分の思い通りにならず怒鳴り散らす彼女の姿は、かまってもらえずに泣き叫ぶ子どもとそっくりだった。

（ここで私が何か言ったからといって、どうなるわけでもないかもしれないけれど）

それでも言ってみるくらいタダである。

「ジーナがねぇ？」

キールは眉をひそめて考えこんだ。

今はそれだけでも進歩だとユリアンナは思う。

「ユリは甘えたかったのかい？　だったら俺を兄と思って思う存分に甘えてもいいよ」

突然そう言ったアルスマールが、ユリアンナに向かって両手を広げた。

たぶん、俺の胸に飛びこんでこい！　といったところなのだろうが、ユリアンナは顔を引きつらせる。

「け、結構でしゅ！」

「なぜ？　ユリ、遠慮はいらないよ」

遠慮ではなく心からお断りしたい！

七歳の美少年に抱きつく三十歳ＯＬとか、もはや犯罪者だと思う。

（今は五歳の女の子だけど、できないものはできないのよ！）

「ア、アルしゃまは、ユリアンナのお兄しゃまではありましぇんわ！　アルしゃまは、ユリアンナの婚約者でしゅから！」

涙目で叫べば、アルスマールは嬉しそうに笑った。

「そうか、そうだね。俺はユリの婚約者だものね」

コクコクとユリアンナは頷《うなず》く。納得してもらってよかったと安心する。

しかし――――、

「婚約者なんだから、兄以上に甘えても大丈夫だよ」

そう言ったアルスマールは、自分からユリアンナをギュッと抱きしめた。

おまけに頰にチュッとキスまでする。

（………………っぎゃあぁぁぁっ！）

ユリアンナは声もでなかった。

その後、ユリアンナはキールのおかげで、なんとかアルスマールの腕から脱出した。

キールに告げ口されたアルスマールに二度目の謹慎が言いつけられ、山ほどの課題が出されるのだが、自業自得だと思う。

速攻で課題を片付け、また城から抜けだそうとしたアルスマールの謹慎が早々に解かれるまでが一連の流れで、それが三回繰り返されたあたりで、ユリアンナはいろいろと諦めた。

（まあ、ちょっとスキンシップが激しいくらい……お互い子ども同士だし……どうせ学園に入ってゲームがはじまれば、疎遠になって婚約破棄されるんだし）

それまでくらいならいいだろう。

むしろ、ここで甘ければ甘いほど、迎える悲恋はより切ないものになるはずだ。

（うんうん、最高に胸がキュウウッとしそう。今から楽しみだわ！）

「ユリ、何考えているの？　よそ見はダメだよ。――――はい、あ～ん」

既に習慣となりつつある「あ～ん」に応えて、ユリアンナは口を開ける。

キールは呆れ果てて、もう何も言わなかった。

（でも、『魔法学園で恋をして』のアルスマールとユリアンナは、こんなに仲がよかったかしら？ ユリアンナはともかく、アルスマールの方は王家の政略で決められた婚約者を大切にしていても愛情はないという設定だったと思うんだけど？）

……………深く考えても仕方ない。

なるようになると考えたユリアンナは、アルスマールの差しだしたお菓子をパクリと口に入れるのだった。


そして、あっという間に七年が経った。

ユリアンナは十二歳。貴族にとって十二歳は社交界デビューを果たす特別な年だ。

それまでの子どもたちは、社交の場にいてもあくまで親の付属という扱い。正式な招待を受けたり、主催者として名を連ねたりはできないのだが、社交界デビューを果たせば可能となる。

（それゆえに責任もなかったんだけど。これからは自分の行動に自分で責任を持たなきゃいけないってことよね。……日本じゃ十二歳は小学生なのに、貴族社会って厳しすぎるんじゃないかしら？）

それだけ貴族に権力があるということだろう。力を持つ者が無責任では社会が乱れるばかり。自覚を促す上でも社交界デビューは大切な通過儀礼だ。

「お母さま、おかしくないですか？」

デビュー当日。鏡を見ながらユリアンナは母であるセイン公爵夫人に確認した。

今日のユリアンナは淡いピンクのドレスに黒いサッシュ。ふわふわのフリルの裾から見えるペチコートにも黒いレースが使われていて、可愛らしさの中にも大人への憧れを覗かせる少女といった雰囲気だ。黄金の髪を結い上げるのも黒いリボンで、これらはすべてアルスマールから贈られたものだった。

「ええ、大丈夫。とっても綺麗《きれい》よ。……それにしても、ここまで自分の色を目立たせなくてもいいのに。独占欲の強い王子さまね」

ユリアンナの母は呆れ顔。黒はアルスマールの目と髪の色だからだ。

婚約者や配偶者が互いに相手の色の入った衣装を身につけるのは最近の貴族の流行で、かくいう母も父から贈られた金色のブローチをつけている。

アルスマールの執着ぶりを指摘されたユリアンナは、ちょっと頬を熱くした。

あれから七年。アルスマールの甘い態度は変わらない。

一昨年社交界デビューを果たし王子としての公務もはじまり忙しいはずなのに、ユリアンナと会う回数も時間もまったく減らしていないのがいい証拠だろう。贈り物や手紙も頻繁で、しかも心のこもったものばかり。そのすべてに愛の花言葉のついた花々が添えられているのだから、彼の愛情を疑う余地などまったくなかった。

（でもでも、信じきったらいけないわ！　アルさまはメイン攻略対象者で、いずれは私との婚約を破棄する人なんだもの！　今は私を好きでも未来は違う。……過度の期待は身を滅ぼすわ！）

ユリアンナは自身にそう言い聞かす。

いくら悲恋が好きでも耐えられる悲しみには限度がある。ゲームを知っているユリアンナは、自分が愛してもらえると信じきることができなかった。

しかし、未来はどうであれ、今は今のアルスマールと向き合わなければならない。

ユリアンナの今日のエスコートは彼がすることになっていた。

仕度がすべて整うと同時に見計らったようなタイミングでアルスマールの来訪が伝えられる。

黒い靴――言うまでもなくアルスマールからの贈り物――を履いてエントランスホールに赴けば、そこには正真正銘の王子さまがいた。

(うっ！　カッコイイ。普段もすごいけど今日は特別気合いが入っているみたい！)

今日のアルスマールは黒の正装だ。金の飾緒《かざりお》が品良くつけられていて白いクラバットに碧玉《へきぎょく》を純金で縁取ったピンが留められている。

金はユリアンナの髪の色、碧は目の色で、このピンは最新の流行に則った彼女からアルスマールへの贈り物。つまり二人の衣装は彼らの仲の良さをこれでもかとアピールするものなのだ。

十四歳になったアルスマールは背も伸びて、かなり大人っぽくなっている。青年期特有の凜々《りり》しさと可愛らしさを同時に併せ持つ彼の魅力に、ユリアンナはタジタジになった。

「ユリ！　すごく綺麗だ。こんなに綺麗な君をエスコートできるなんて、俺はなんて幸運なんだろう！」

情熱的にそんなことまで言われてしまったら、いくら前世の記憶があったとしても太刀打ちできるはずもない。

「ア、アルさまもステキですわ」

そう言ったきり恥ずかしくて目も合わせられなくなったユリアンナは、下を向いてしまった。

「フフ、ユリ、頬が赤くなっているよ。……可愛い」

嬉しそうな声が聞こえてきて、うつむいた視界に思っていたよりずっと大きなアルスマールの手が映る。

ひょっとして、この手に摑《つか》まれというのだろうか？

「アルさま、私はもう手を引いてもらわなくとも歩けますわ」

この上、手を繋《つな》いで歩くなんて、とてもできそうになかった。

ユリアンナは断ったのだが、アルスマールは強引に手を摑んでくる。

「ダメだよ。最近は物騒な事件が多いからね。中には貴族の子どもばかりを狙った誘拐事件もあると聞いている。……今日の君を守るのは俺の役目だ。お願いだからこの手を離さないで」

真剣な口調で頼まれては嫌とは言えなかった。

「…………はい」

結局ユリアンナは頷いて、おずおずと顔を上げる。

目の前には黒い瞳があって、甘く彼女を見つめていた。

ユリアンナの胸はキュンと高鳴る。

（もうっ！　もうっ！　私がほしいのはこのキュンじゃなくて、悲恋の切ないキュウッなのに！）

心の叫びとは裏腹に、ますます顔を熱くするしかないユリアンナだった。

その後、二人は馬車で城へと移動した。

キラキラと輝く王城の大広間には、色とりどりのドレスを纏《まと》った少女たちと誇らしげな顔をした少年たちが集っている。そのほとんどは、今日社交界デビューをする十二歳の子どもたちだ。

ユリアンナと一緒にアルスマールが入場すれば、彼らはピタリと会話をやめこちらに向けて頭を下げてきた。さすが貴族の令息令嬢たちで、礼儀作法は完璧だ。

(今日の社交界デビューに向けていっぱい練習したのよね)

もちろんユリアンナだって練習量は負けていない。

その後入場してきた国王と王妃に完璧な挨拶をしてから、アルスマールと二人で大広間の中央に立った。

これからダンスを踊るのだ。

ユリアンナは今年社交界デビューする者たちの中では一番身分の高い公爵令嬢で、アルスマールは第一王子。このため二人はダンスの先陣を切ることになっている。

(うう。練習はたくさんしたけれど、やっぱり緊張しちゃうわ)

硬くなっていれば、アルスマールがギュッと握っている手に力をこめてきた。

「大丈夫。俺のリードに任せて」

力強い言葉と優しい笑顔に安心する。

ゆっくりと音楽が流れて、ステップを踏みだした。

アルスマールの巧みなリードで踊りだせば、緊張してガチガチになっていた体から徐々に余計な力が抜けていくのがわかる。

音楽が大きく聞こえてきて、視界も広くなったような気がした。

そうなれば、後はいつもどおりに踊るだけ。

「そうそう、その調子。綺麗だよ、ユリ」

褒められて嬉しくないはずがない。

「ありがとうございます。アルさま」

二人は微笑み合い、踊り続けた。

そうして、長いような短いような時間の後で、最後のステップを踏み終える。

ワッと大きな歓声が上がり拍手の音が鳴り響いた。

大きく弾む息と一緒に安堵《あんど》のため息がもれる。

(よかった。これで今日一番の山場は過ぎたわよね)

安心したらお腹が空《す》いてきた。

我ながら単純だと思うが、この体は十二歳の女の子なのだもの、仕方ない。

それがわかったわけではないだろうが、アルスマールはユリアンナを飲食コーナーに誘ってくれた。そこには、さすが王城というべき豪華な料理が所狭しと並べられている。

「喉が渇いただろう？　飲み物を取ってくるからここに座って待っていて」

アルスマールは椅子を引いて彼女を座らせてくれると、その場から離れていった。去り際に、サンドイッチなどの軽くつまめる料理を用意するよう給仕に命令するのも忘れない。

実にスマートな気配りに、ユリアンナは感心した。

（子どもの頃のやんちゃぶりが嘘みたい。……でもいっぱい努力したのよね。お城の騎士や侍女さんたちが教えてくれるから知っているわ）

昔からユリアンナに好意的な城の人々は、彼女が登城する度アルスマールについていろいろな話を聞かせてくれる。その内容は、やれマナーの教師に叱られて泣きそうになっていただの、剣の稽古でキールに負けて勝つまで突っかかっていっただの。本人が聞いたら赤面間違いなしのエピソードがてんこ盛り。

（それでも、彼らは最後には必ずアルさまを褒めるのよね。みんなすごく温かい笑顔で、アルさまが愛されているんだなってよくわかるわ）

ただ、困ったことが一つ。彼らはみんなその後で決まったように『これもユリアンナさまのおかげです』とお礼を言ってくるのだ。

特別に何かしたつもりのないユリアンナは戸惑うばかり。

それでも彼らがそう思ってくれているのなら、自分も頑張ろうと思った。

（いずれ婚約破棄されてお城には近づくこともできない身の上になる予定だけど……私が頑張ることでアルさまも頑張って、ますますステキな王子さまになってくれるなら、これ以上はない相乗効果だもの。……そんな完璧で最高の王子さまに片思いして婚約破棄される私って、悲恋の主人公として最高なんじゃない？）

ユリアンナの胸は切なくキュウッと軋んで、うっとりした。

――――相変わらずのユリアンナである。

そんな彼女がアルスマールを待ちつつ何かつまもうと手を伸ばしたところに、声がかけられた。

「ユリアンナさま」

可愛らしい声の持ち主は鮮やかなオレンジ色の髪と赤い目をした美少女だ。

「ジーナさま」

彼女はキールの妹のジーナ・エヴァ・レーシン侯爵令嬢で、彼女の後ろにはそっくり同じ赤い目のキールが立っている。

ユリアンナは慌てて立ち上がった。

「ようやくご挨拶ができましたわ。ユリアンナさま、とってもステキなダンスでした！　私、うっとりしてしまって、まだ夢見ているみたいにドキドキしているんですのよ！」

どうやらジーナは、ユリアンナのダンスにいたく感動してくれたらしい。両手を胸の前に組んでうるうると赤い目を潤ませている。

「ありがとうございます。ジーナさま。ジーナさまは踊られませんの？」

「これから踊るところですわ。でもその前になんとしてもこの感動をユリアンナさまにお伝えしたくって、無理を言ってお兄さまに連れてきてもらったんです！」

ジーナの言葉を聞いたキールは、困り顔ながら苦笑していた。

その様子からもわかるように、キールと彼の妹ジーナの仲は良好である。

七年前のあの日、ユリアンナの指摘を受けたキールは、早速その日の内にジーナと積極的に関わってみたそうだ。そして、見事に妹の可愛らしさに墜《お》ちてしまったのである。今では立派なシスコンで、「妹をお嫁にやりたくない！」が口癖になっている。

（ひょっとして開けてはいけない扉を開けてしまったのではないかしら？　まあ、ジーナさまもキールさまに負けず劣らずのブラコンになっているから、今のところ問題ないみたいだけど）

今日の社交界デビューをキールがエスコートしていることからも、彼らの仲の良さは知れる。

それより、ユリアンナが気になるのはジーナと彼女の婚約者の仲だった。ゲームではあまり芳しくないようなのだが、実際はどうだろう？

「今日のジーナさまのエスコートは、キールさまなのですか？」

「ええ。ルカさまは、研究の関係でどうしても都合がつかないそうなんです」

ユリアンナの問いかけに、ジーナの顔は悲しそうに曇った。

ルカというのはジーナの婚約者の名前である。年齢は十八歳で、王立学園の学生でありながら教授の研究助手もしているくらいの成績優秀者。卒業間近な彼が、研究の関係でエスコートできないというのもありえない理由ではないだろう。

しかし――――。

「ハン！　社交界デビューの夜会の日程などかなり前からわかっているんだ。それに合わせられないなんて婚約者として失格だろう？　あんな奴ジーナの隣には相応《ふさわ》しくない。とっとと婚約破棄してやればいいんだ！」

妹が大好きなキールは納得していないようだった。

「お兄さまったら、ルカさまのことそんな風におっしゃらないで。ルカさまは本当に申し訳なく思っていらして何度も謝ってくださったのよ。このドレスだってルカさまのプレゼントですもの。とても似合うってお兄さまも褒めてくださったでしょう？」

キールを宥《なだ》めながら、ジーナはその場でクルリと回ってみせた。銀色のドレスのスカートがふわりと広がって、裾に向かって紫に変わるグラデーションが映えるドレスは、たしかに美しい。結い上げられたオレンジの髪につけられたアメジストの宝石が、シャンデリアの光を受けてキラキラと輝いた。

これからもわかるようにルカの髪は銀色で目は紫だ。乙女ゲームの攻略対象者なのだから美形なのは言うまでもない。

（でも自分の色だけのドレスって、私のもの以上に独占欲丸出しなんじゃないかしら？　ジーナさまって、ひょっとして婚約者にものすごく愛されているの？）

本当は今日直接会ってそのへんも確認したかったのだが、いないのならば仕方なかった。

「それはたしかに似合っているが――――」

キールはまだまだ不満そうだ。

「もう！　お兄さまったら。……それより踊りましょう！　私、お兄さまとダンスできるのをとても楽しみにしていたのよ」

妹に可愛らしくお願いされたキールは、たちまち表情をゆるめた。先ほどまでの不機嫌顔はどこへやら、上機嫌でジーナと手を繋ぐ。

「それではユリアンナさま失礼いたしますね。また後でアルスマール殿下と踊る姿を見せてくださいませ！」

そう言ってジーナは離れていった。真っ直ぐに背中を伸ばし歩く姿は美しく、ゲームの悪役令嬢だったときのスチルとはまるで別人だ。

（キールさまと仲良くなったことで性格が変わったのね。それで婚約者ともうまくいっているのかしら？　この場合、今後の展開はどうなるの？）

今のジーナを見る限り、彼女が悪役令嬢となり婚約破棄されることはないのではないかと思われる。万が一婚約破棄されたとしても、キールから兄妹の縁を切られることは絶対ないだろう。

（シスコンだもの）

大広間の中央で、キールとジーナは仲睦《なかむつ》まじく楽しそうに踊りはじめた。

ユリアンナはその様子を微笑ましく見つめる。

（どのみち私が悪役令嬢になれば同じよね。……そういえば、アルさま遅いわね）

飲み物を取りに行っただけにしては、なかなか戻ってこない。

心配になったユリアンナは、探しに行こうと思った。

城の大広間は、どことなく日本の大きなイベントホールを思いださせるくらいに広く、ここ以外にも飲食コーナーが数カ所にあるし、室内楽団が生演奏しているコーナーや付き添いの大人たちが酒を楽しむコーナーもある。しかも、たくさんの人が集まっていて迷子になってもおかしくない状態になっていた。

（アルさまにとってお城は自分の家だけど、でもこんなに大きな夜会はそれほど頻繁に開かれないんじゃないかしら？　……何よりアルさまは、大人っぽくなったとはいえまだ十四歳の子どもだもの、迷子になっても不思議じゃないわよね？）

日本であれば中学生だ。そう思ったユリアンナは歩きはじめる。

中学生の男の子は滅多に迷子にはならないし、何よりそうやって探しはじめた自分が十二歳の女の子だということを、彼女は忘れていた。

（アルさま、どこかしら？　……あら珍しい、曲芸師までこの夜会にはきているのね。なんだか面白そうだわ）

夜会に演《だ》し物があるのは普通だが、どちらかといえば庶民的な曲芸師が招かれるケースはあまりない。今日の主役が、社交界デビューを果たしたとはいえまだ十二歳の子どもたちだということで、退屈しないようにと主催者側が気づかったのかもしれなかった。

思わず立ち止まったユリアンナだが、周囲の人々もだいたい同じ反応で、物珍しさのせいもあり、このとき曲芸師は人々の注目を一身に集めていた。

参加者は言うに及ばず、城の使用人や警護の騎士たちまでが曲芸師の軽業に目を奪われている。

熱心に見つめていたユリアンナの体が、なぜか突然ふわっと宙に浮いた。

（え？）

驚いている間に口を塞がれ、素早く会場から連れ出されてしまう。

「やった！　身なりのよさそうなガキを一人捕まえたぞ！」

開いていた窓から庭に連れ出された瞬間に、そんな声が耳元で聞こえた。

「俺もだ！　曲芸師さまさまだな！　こんなにうまくいくなんて思っていなかったぜ」

別の声が聞こえて、そちらに視線を向ければ使用人の服を着た男が、小さな男の子を小脇に抱えている。その男の子は気絶しているのだろうか、ぐったりして動かなかった。

（え？　え？　これって、まさか……誘拐？　私って誘拐されたの！）

ユリアンナの頭の中はパニックになる。そういえばアルスマールが貴族の子どもを狙った誘拐事件が起きていると言っていた。

（でも！　ここは王城なのよ。ただでさえ警備が厳しいはずの城で誘拐事件なんて起こるものなの？）

現に起きているのだから仕方ない。

先ほどの男たちの会話から察するに、誘拐犯は曲芸師一行に紛れこんで城に潜入したのだと思われた。

（子どもたちを楽しませようという心遣いを悪事に利用するなんて、とんだ悪党だわ！）

誘拐犯なのだから悪党なのは確実だ。

（と、ともかくなんとかしなくっちゃ！　ああ、口さえ塞がれていなかったら魔法が使えたのに！）

ユリアンナは七歳のときから魔法の訓練をはじめている。使えるのは補助強化系の初級魔法だが、自分の力を強くすれば男の手から逃げだすくらいはできそうだ。

そう思ったユリアンナは、なんとか自分の口を塞ぐ手に噛《か》みつこうとしたのだが、これがなかなかうまくいかなかった。

（っていうか、この誘拐犯、私の鼻まで塞いでいるじゃない！　このままじゃ窒息死しちゃうわ！）

噛みつくどころか意識まで遠のいてきたユリアンナは、必死にもがく。逃れようと体をジタバタして暴れた。

「このガキ！　可愛い女の子だと思ったらとんだじゃじゃ馬だな。大人しくしねぇと一発くらわせるぞ！」

ユリアンナを誘拐した男は、彼女を抱き上げているのと反対の方の手を振り上げた。

きっと本気で殴るつもりなのだろう。

衝撃に備えてギュッと体に力を入れた瞬間、その場に大きな声が聞こえてきた。

『させるか！　ライトアロー！』

同時に眩《まぶ》しい光が爆発し、ユリアンナを抱えて走っていた男の足下で土が大きく抉《えぐ》れる。

「うわっ！」

バランスを崩した男の手が口から離れると同時に、ユリアンナは自分を助けようとしている人の名前を叫んだ。

「アルさま！」

「ユリ！　無事か？」

果たしてそれはアルスマールで、月明かりに照らされた黒い髪の少年は息を大きく弾ませている。

きっと誘拐された彼女に気づいて全力で追ってきてくれたのだろう。

「てめぇ！」

「ユリを離せ！」

一瞬怯《ひる》んだ誘拐犯だったが、攻撃してきたのがまだ少年だとわかると気を大きくしたようだった。

「貴族のお坊ちゃんは、大人しく家でおねんねしていな。ちょっとくらい魔法が使えるからって、出しゃばると痛い目を見るぜ」

バカじゃなかろうかと、ユリアンナは思う。

いくら子どもでもアルスマールは王子だ。この国の王族は、生まれながらに強い魔力を持っている。しかもアルスマールは、幼い頃より人一倍努力してきた頑張り屋さんだった。そんじょそこらの誘拐犯などに遅れをとるはずがない。

「ユリ！」

『プロテクト！』

短いその一言だけで、ユリアンナには通じた。

自分とアルスマール、そしてもう一人の誘拐犯に捕まって気絶している男の子に防御魔法をかける。ユリアンナだって、アルスマールに負けず劣らず努力を重ねていたのだ。

(たとえ婚約破棄されるにしたって、それまで彼の隣に立つのは、私なんだもの！)

『ライトアロー！』

先ほどと同じ呪文が、力強く唱えられた。

途端、目も眩《くら》むような光を発する矢が、その場に無数に降り注ぐ！

「ぐぇっ！」

その一本がもろに命中した誘拐犯は、情けない叫び声を上げて倒れた。

その拍子に、男に抱えられていたユリアンナの体は宙に投げだされてしまう。

しかし、地面にぶつかる寸前に駆け寄ってきたアルスマールに受け止められた。

結果、二人は一緒に地面に倒れこむ。

とはいえ、防御の魔法が効いていてたいした痛みはない。

「ユリ！　ユリ！　無事だった？」

「アルさま！　ご無事ですか？」

二人は同時に互いの無事をたしかめ合って、顔を見合わせる。

どうやらアルスマールに怪我はないらしい。

ホッとしたユリアンナは、次の瞬間強い力で抱きしめられた。

「無事でよかった。……君が、見知らぬ男に連れ去られるところを見たときは、心臓が止まるかと思った。……ユリ！」

アルスマールの体は、震えていた。

どれほど彼が自分を心配してくれたかが伝わって、ユリアンナの胸が熱くなる。

ユリアンナは、彼のこの優しさがとても好きだ。

「アルさま」

手を伸ばした彼女は、アルスマールの体を抱きしめ返した。ギュウッと力をこめれば、彼の体の震えも徐々に収まってくる。

「――――アルスマール殿下！」

「セイン公爵令嬢さま！　ご無事ですか？」

遠くから声が聞こえてきた。どうやら警護の騎士たちが集まってきたようだ。

安心したユリアンナは力を抜いたのだが、アルスマールの腕の力はゆるまなかった。

「アルさま？」

どうしたのだろうと思って見上げた視界がぼやけている。

「ユリ。涙が――――」

不思議に思っていれば、ポロリと何かが頬を伝った。びっくりして瞬《また》きすれば、後から後からそれは溢《あふ》れ出て目から頬に落ちていく。

（え？　まさか？　私が泣いているの？）

そんなつもりはなかったから、ひどく驚いた。

「怖かったよね。もう大丈夫。二度とこんな目には遭わせはしないから安心して」

アルスマールの声が耳から心に届いて、本当は自分が怖かったのだと、ようやくわかる。

（そうよね。私、十二歳の子どもなんだもの。誘拐なんてされたら怖いはずだわ）

前世の記憶があって自分は大人なのだから大丈夫だと思っていたのだが……どうやら違ったようだ。思っているよりずっと自分は子どもらしい。

（だって、アルさまに抱きしめられて、こんなに嬉しくて、心がボーッとするのだもの）

泣いたせいなのか、意識がふわふわとまどろんできた。

「もう誰にも指一本触れさせたりしない。俺が君を守るから――」

アルスマールの黒い瞳が視界いっぱいに広がってくる。

急に襲ってきた眠気に耐えきれず落ちたまぶたに、温かくて柔らかい何かがチュッと触れた。

なんだろう？　と思っている間にも柔らかな熱は、涙の跡を追うように頬から顎に移動する。

そして最後に、少し長く唇に押しつけられた。

経験はないのだが、まるでキスみたいだと思ってしまう。

（まさかね？　そんなはずはないわ。……だって、この国では唇へのキスは本当に愛する人への聖なる誓いなんだもの。たとえ婚約者にだって軽々しくはしない本気のプロポーズみたいなものだわ）

唇へのキスは神聖な愛の誓い。それゆえに想いを誓い合った恋人同士では普通に交わされる行為だが、そうでない者たちの間では行われない。

だから、これは夢だ。

アルスマールに、唇へのキスをされるなんて、ありえない。

（……………私は、いつか婚約破棄される悪役令嬢なんだから）

胸がツキンと痛む。いつもの甘く切ない痛みではない、氷みたいに冷たい痛みだ。

ユリアンナは、痛みから逃れるためにフッと意識を手放した。

その翌朝、ユリアンナは、城の一室で目覚めた。

なんでも彼女は誘拐事件直後に気を失ったため、空いている部屋で寝かせてもらったのだという。

「俺の隣の部屋だから心配いらない。ゆっくりして、なんだったらもう二晩か三晩泊まっていくといいよ」

嬉しそうにアルスマールが教えてくれた。

王子の部屋の隣で空き部屋といえば、未来の王子妃の部屋に決まっている。

そのことに思い至ったユリアンナは顔色を悪くした。慌てて起き上がり、家へ帰ると告げる。

アルスマールはひどく残念そうな顔をしたけれど、許してくれた。

その後、王族お抱え医師の診察を受け、身支度を整えられ、軽い朝食を取らされて、ようやく家へ帰るための馬車に乗る。

しかし、なぜか同じ馬車にアルスマールも乗りこんできた。

「社交界デビューのエスコートは、家に送り届けるまでが役目だからね。当然一緒に行くに決まっているよ」

そんなドヤ顔で言わないでほしい。

あんなイレギュラーな事件が起こったのだ。そこまで役目に忠実でなくとも誰も怒らないはずだ。

とはいえ断るわけにもいかなくて、結局二人で馬車に揺られることになった。ちなみに席は隣り合わせ。早朝のためキールもいなく、車内は二人きりだ。

——そこで誘拐事件の顛末《てんまつ》を聞いた。

犯人は、やはり最近王都で犯行を重ねていた誘拐犯で、曲芸師一行に紛れこみ城に潜入。使用人を襲って衣服を奪いなりすまし、周囲が曲芸に夢中になっている間にまんまと貴族の子どもたちを攫《さら》ったのだそうだ。

昨夜の内に一味は全員逮捕されたと聞いて、ユリアンナはホッと胸を撫でおろす。

「もう二度とこんな事件は起こさせないよ。警備の見直しと騎士団の鍛え直しを父上に進言したからね。本当はもっと厳しい対策を講じたかったんだけど――」

「アルさま！」

「わかっている。ユリは優しいからね。そんなことになったら誘拐された自分を責めてしまうだろう？　そう思ったから対策は穏便に済ませたんだ。……でも、もしもユリが連れ去られたことに俺が気がつかなかったらと思うと、自分でもどうにもならないくらい心が冷たくなっていくのを止められないんだ」

アルスマールは、ギュッと拳を握りしめた。

昨晩の夜会で、彼は飲み物を持ってユリアンナの元に戻ったものの、彼女の姿が見えなくなっていたために大広間を探して歩き回ったのだそうだ。そして、攫われて会場から連れ出されるユリアンナを見たのだという。そのまま追いかけてあの捕り物になったということだ。

「どうして、追いかける前に騎士を呼ばなかったのですか？」

「呼んださ。『賊だ！　捕らえろ！』と命じてから、追いかけた」

アルスマールの返答にユリアンナは頭を抱えた。

「アルさまは王子さまなのですから、そこは騎士に命じてご自分はその場にとどまるべきでしたわ」

「ユリが攫われたのに、追いかけずにいられるはずがないだろう?」

「でも――」

なおも言い募ろうとしたユリアンナの唇に、アルスマールの人差し指が触れた。

ビックリした彼女は口を閉じる。

「……ユリの言い分が正しいのはわかっているよ。それでも俺は、あのとき追いかけた自分の判断を後悔しないし、同じことがあったなら、きっとまたユリを追いかける」

そんなに真っ直ぐな目で見ないでほしいとユリアンナは思った。

胸がドキドキして頬が熱くなってくる。

「ユリ――」

唇から離れたアルスマールの手が、頬に移った。

思わずユリアンナは目を瞑《つぶ》ってしまう。ドキドキとうるさいくらいに心臓が高鳴って、どうしていいのかわからなくなる。

頬に触れている手に力が入り、軽く上向けられた次の瞬間――ガタンと音を立てて馬車が止まった。

「アルスマール殿下、ユリアンナさま、公爵邸に着きました」

外から御者の声が聞こえてくる。

「あ、……ああ。ありがとう。……さあ、降りようか」

「は、はい！　アルさま」

頬に触れていた手が離れていく。

慌てて目を開ければ、その手は彼女の前に差しだされていた。

ドキマギしながらアルスマールの手の上に自分の手を重ね、ユリアンナは馬車から降りる。

二人、ぎこちなく見つめ合った。

（び、びっくりしたぁ～！　キスされるのかと、思ったわ。……でも、まさかそんなはずないわよね。私はいずれ振られるんだもの。……昨日もキスされたみたいに感じたりして、自意識過剰だわ！）

心臓の鼓動はまだ大きいままだ。だから苦しく感じるのだと、そう思う。

「ユリ、君を無事に送り届けることができてよかった。今さらだけど、社交界デビューおめでとう」

そう言ってアルスマールは、優しく笑いかけてくれた。

十四歳の少年の美しすぎる笑顔に、ユリアンナはクラクラする。

（まだ中学生なのに！　これが乙女ゲームの攻略対象者の魅力なの？）

大声で心の中で叫んでしまう。当然、答えなどないのだが――――。

（私って、アルさまに振り回されすぎているんじゃないかしら？　こんな調子で、首尾よく婚約破棄をして悲恋を楽しむことができるの？　……あ、でもアルさまを大好きなのはゲームのユリアンナも同じだし……ってことはこれでいいのかな？）

さっぱりわからない。甚だ心配になるユリアンナだった。

第三章　乙女ゲームの開幕となんだか違う登場人物たち

昨夜の眠りは浅かった。

おかげでユリアンナは、小さなあくびをもらしてしまう。

「……ふぁ」

クスクスと前の席から笑い声が聞こえた。

「す、すみません。アルさま」

「かまわないさ。今日は学園の入学式だ。緊張して眠れなかったんだろう?」

その通りである。

恥ずかしさに頬を熱くしていれば、アルスマールが手を伸ばして頭を撫でてくる。

「私もだよ。今日からユリと一緒に学園に通えるのだと思えば、嬉しくてなかなか眠れなかった」

向けられる笑顔は優しく、瞳は甘い。

しかも、超がつくほどイケメンだ。

(お、おかしいわ。今日から乙女ゲームがはじまるのに、どうしてアルさまはまだ私にこんなに優しいのかしら?)

ユリアンナの社交界デビューから、さらに三年が経《た》っていた。

今日はユリアンナの入学式である。

この国ギルヴェイには各地に王立魔法学園があり、魔法を使える貴族なら誰でも学び通うことができる。入学は十五歳になった次の春からだ。ユリアンナが入学するのは王都の魔法学園で、当然アルスマールやキールも通っていた。

今日の入学式には、わざわざアルスマールが馬車で迎えにきてくれて、今は一緒に学園に向かっているところだ。

二歳年上のアルスマールは最上級生の三年生である。

「ユリは新入生代表の挨拶をするんだろう。婚約者として私も鼻が高いな」

「アルさまは在校生代表の挨拶をされるのですよね」

「一応生徒会長だからね。役職について回る仕事で大したことではないさ」

その生徒会長になるのが難しいと思うのだが、アルスマールはなんでもないことのように笑う。

魔法学園は実力主義。たとえ王子といえど贔屓《ひいき》なんてしてもらえないのだ。そんな中、学園はじまって以来の天才として、アルスマールは名声をほしいままにしていた。しかも容姿端麗、武芸百般に通じる完璧ぶりとくる。

子どもの頃の可愛らしさこそ消えてしまったが、今のアルスマールには人を惹きつけてやまないカリスマ性があった。非の打ちどころのないイケメンとは、まさしく彼のことだろう。

(最近伸ばした黒髪を一つに結んでいるのも、なんだかすごく色っぽいのよね。学園に入学してから一人称を『俺』から『私』に変えたのも、落ち着きのある大人って感じでステキだし……もうもう！　どこまで私をドキドキさせたら気が済むのかしら！）

心の中で八つ当たりをしたユリアンナは、上目づかいにアルスマールを睨んだ。

彼女の頭を撫でていた手を引っこめようとしたところで目の合ったアルスマールは、ピタリと動きを止める。

「ア、アルさま？」

ハァ～と大きく息を吐きだすと、なぜか席を移って彼女の隣に座ってきた。

カラカラと回る馬車の車輪の音が、高鳴る鼓動にかき消されて聞こえなくなっていく。

「ダメだよ。ユリ、そんなに可愛い顔をしたら。学園の男たち全員が君の虜《とりこ》になってしまう」

そんなことを言いながら、横から彼女を抱きしめてくるのだからたまらない。

「アルさま！」

「どうしよう？　私の婚約者が可愛すぎて辛い」

「もう！　ふざけないでください！」

ユリアンナは、アルスマールの腕から必死に逃れようとした。

（どうせ今日からはヒロインに惹かれてしまうくせに！）

乙女ゲームがはじまったなら確実にそうなるはずだ。

悲恋好きのユリアンナにとってそれは別にかまわないのだが、あんまり仲がよすぎると後々の婚約破棄に支障が出る可能性があった。

（私たちの仲がよければよかっただけ、周囲の同情が私に集まってしまうもの）

結果、非難はアルスマールに向かうだろう。たとえユリアンナがヒロインをいじめていたとしても、それだけ良好な関係を台無しにされたのならば仕方ないと、判断される恐れもあった。

（っていうか、お父さまなら間違いなくそう言うわよね？　いくら私自身が自分の非を認め婚約破棄に同意しても、周囲からの反対で破棄を認められない可能性だってあるわ）

そんなことになったら元も子もない。だから離してほしいのに、彼の力は強く、また馬車の座席に並んで座っている状況ではなかなかうまくいかなかった。

じたばたとしていれば、直ぐ近くから不機嫌な声が聞こえてくる。

「――――アル、それ以上やると嫌われてしまうぞ」

昔から変わらぬセリフを発するのは、当然キールだ。

「おや？　キールいたのか？」

「最初から一緒に乗っていただろう！　しかもお前の隣に！」

しらじらしいアルスマールをキールは怒鳴りつけた。

いくら王族専用の大型馬車の中とはいえ、一緒に乗りこんでいた人物に気がつかないわけがない。

「いなくてもよかったのに」

「俺だっていたくねぇよ！　文句は陛下とセイン公爵に言え！」

キールは十年前から現在まで、ずっとアルスマールのお目つけ役をしているのだ。

「俺だって、今日は可愛いジーナの入学式だから一緒に行ってやりたかったのに！　とんだ貧乏くじだ」

シスコン全開のキールの嘆きを聞いたアルスマールは、肩をすくめる。

「行けばよかっただろう？　私は止めないぞ」

キールは、キッ！　と自分の主を睨んだ。

「行きたくても行けなかったんだよ！　昨日、セイン公爵が直々に俺のところにきて『学園でも今まで通り、いや今まで以上に殿下の行動に目を光らせるように』なんて命令してきたんだからな。俺が断れるはずないだろう！」

それはたいへん申し訳ないことをした。

いつまでも親バカが治らない父に、ユリアンナは情けなくなる。

「チッ」

なんと、アルスマールは舌打ちをもらした。王子としていかがなものかという態度である。

「舌打ちするんじゃねえ！　だいたいこうなっている理由のほとんどは、お前がユリアンナ嬢に必要以上にベタベタしすぎるからだろ！　もっと節度を持ったつき合い方をしろ！」

「断る！」

キールの進言は、一考の余地なく断られた。

「即答するな！　形だけでも考える素振りぐらい見せろ！」

「今でさえスキンシップが足りないと思っているのに、これ以上減らすなんて考えられるはずがないだろう」

堂々と言い放ったアルスマールは、なおさら強くユリアンナを抱きしめてきた。

「そういう態度が問題なんだと言っている！」

「自分の婚約者と仲良くして何が問題だ？」

「節度をわきまえろ！」

アルスマールとキールは、喧喧囂囂《けんけんごうごう》と言い争う。

その間も、アルスマールのユリアンナを抱きしめる手の力はゆるまなかった。

（どうして？　なんでこうなっているの？）

ぎゅうぎゅうに抱きしめられながら、ユリアンナは混乱する。

本当にこんなことで、今日から乙女ゲームがはじまるのだろうか？

（私に冷たくするアルさまとか、全然想像つかないんだけど？　……ハッ！　ひょっとしてこれが、世に言う『上げて落とす』作戦なのかもしれないわ！　これだけ親しかったのに急に愛想を尽かされたら、悪役令嬢はヒロインをものすごく恨むもの。うんといじめたくなっても当然なのかもしれない。私だってアルさまに無視でもされたら――――）

想像するだけでユリアンナの胸は、ツキンと痛んだ。その後は、キュウッと切なくなってうっとりするのがいつもの反応なのだが――――なかなかそのキュウッがやってこない。

実は、これはここ最近の傾向だったりした。

（なんだかキュウッが遅いのよね？　反応速度が鈍るとか、年のせいなのかしら？）

体年齢は十五歳だが精神年齢はかなり上だ。心の反応が鈍くなるのも仕方ないことなのか？

嫌だなぁと思っていれば、急に目の前にアルスマールの顔が飛びこんできた。

（え！）

ドキン！　と、鈍くなったはずの心が、素早く大きな音を立てる。

「どうしたんだい？　ボーッとして、何か考えごと？」

ドキドキと高鳴る胸を押さえて、首を横に振った。

「無防備な顔も可愛いけれど……やっぱり私の腕の中でほかのことを考えられると悲しくなるな。ユリにはいつでも私を見ていてほしい」

そんなことを言われては、ますますドキドキが速くなる。

さっきまでの鈍い反応は、いったいどこに行ったのか？

こんなときにいつも止めてくれるキールはどうしたのかと見てみれば、やさぐれた雰囲気で窓の外を見ている姿が目に入った。

「俺も早くジーナに会って癒やされたい」

寂しそうにポツリと呟く背中に哀愁が漂っている。

「アルさま！　キールさまに何をしたんですか？」

こんなに落ちこむなんてただごとではない。そう思ったユリアンナは、アルスマールを問い詰めた。

ユリアンナが考えごとをしていたのは、そんなに長くないはずなのにどうしたのだろう？

「別に。何もしていないよ。ただ、私がいかにユリを大切に思っているかをじっくり話してあげた

いかい？」

「私はユリの可愛いところなら、いつまでだって話していられるからね。なのにキールときたら五分も聞かない内に『もういい』って言ってあの態勢になったんだよ。王子に対して不敬だと思わないかい？」

不敬だろうがなんだろうが、他人ののろけ話なんて聞きたい人はいないはず。

自分がボーッとしている間にそんな目に遭っていたのかと思えば、ユリアンナはキールに対し申し訳なくなった。……同時に、ものすごく恥ずかしくもなる。

「もうっ！　アルさまったら、今後そういう話はしないでください！」

「うん。ユリが言うならそうするよ。私も可愛いユリを、あまりみんなに知ってほしくないからね。君の可愛いところは私だけが知っていれば、それでいい」

（どうしてそんな恥ずかしいことをさらっと言えてしまうの？）

頬が熱くてたまらない。

結局ユリアンナは、ドキドキとうるさい心臓を静められないまま学園の門をくぐったのだった。


「ユリアンナさま！」

アルスマールにエスコートされ馬車から降りたユリアンナに元気な声がかかる。

「ジーナさま。おはようございます」

嬉しそうに駆け寄ってきたのはジーナだ。明るいオレンジ色の髪とキールそっくりの赤い目を持つ可憐《かれん》な少女は、ユリアンナと同じく学園の制服に身を包んでいる。

スカートの裾を翻して走る姿は、侯爵令嬢としてはちょっとはしたないかもしれないが、文句なく可愛いのでユリアンナ的には問題ない。

直ぐ近くにきてからアルスマールの姿に気づいたジーナは、その場で姿勢を正し完璧なお辞儀を披露した。さすが侯爵令嬢。見惚れるようなカーテシーだ。

「朝のご挨拶を申し上げます。第一王子殿下」

「ああ、おはよう。レーシン侯爵令嬢」

こういったやりとりが浮かないのは、やはり貴族の学園だからだろう。

朝の澄んだ空気に響くほかの学生たちの声も、どこか洗練された音楽のように聞こえてくる。

いかにも上流といった雰囲気だったのだが、しかし、それはあっという間になくなってしまう。

原因は、キールだった。

「ジーナ！　俺の天使、聞いてくれ。ひどいんだ、アルが俺をいじめる！」

スラリと背の高い細マッチョな青年が、泣き真似《まね》をしながら妹に抱きついた。

「お兄さま、髪型が崩れるから頭に頰を擦《こす》りつけるのはおやめください！　あと、お兄さまが殿下にいじめられるのはいつものことでしょう？」

ハーフアップに編み上げた髪を気にしたジーナは、キールの頰を両手で挟むと自分の頭から無慈悲に引き離した。しかし、その後直ぐに兄と目を合わせニッコリ笑いかけてやる。

「今日からお兄さまと一緒の学園に通えてジーナはとっても嬉しいですわ。お兄さまは?」

「もちろん俺だって嬉しいよ!」

「だったら泣かずに笑ってくださいませ。ジーナはお兄さまの笑顔が大好きなのですから」

「…………好きって」

キールは、たちまち元気になった。

いつものことながら、ジーナのキールあしらいの見事さにユリアンナは舌を巻く。

完全に掌《てのひら》で転がされていた。

「見事なものだな」

感心するアルスマールにジーナが形だけの笑顔を向ける。

「いったいどなたのせいでしょう?」

「私かな?」

アルスマールもジーナへ笑顔を返した。

二人とも目は笑っていなくって、こういうところが貴族らしいというのかなとユリアンナは思う。

(ホントにジーナさまはすごいわ。ゲームの中の彼女は、身分の低い相手には高飛車だけど、反対に自分より上位の人間の前ではおどおどと媚《こ》びへつらう悪役令嬢だったのに。今はアルさま相手でも堂々としているもの)

この違いは、いったいどこからくるのだろう? ゲームと今のジーナで変わっているところは、幼少時から兄と良好な関係を築けていることくらい。不出来な妹と蔑まれほぼ無視されて育つはずが、可愛いと溺愛されて蝶よ花よと大切にされている。

（たったそれだけで人間ってこんなに変わるものなのね）

感心して見ていれば、ジーナはクルリと体を回し、ユリアンナの方を向いた。

一転、心からの笑みを浮かべる。

「ああ！　ユリアンナさま、学園の制服がお似合いになっていてとっても美しいですわ！　今日からご一緒に学べるなんて、なんて幸せなことでしょう！」

両手を合わせて胸の前で組んだジーナは、うっとりとユリアンナを見つめてきた。

「え？　あ、そうですか。ありがとうございます。ジーナさまもとてもお可愛らしいですよ」

正面から褒《ほ》められてユリアンナは照れてしまう。

キラキラと輝くジーナの赤い目には、純粋な賞賛の色が見えた。

「ありがとうございます！　でも、ユリアンナさまのお美しさにはとても敵《かな》いませんわ！　陽光のような金の髪も至高の宝玉のごとき碧の目も、最高に輝いていますもの！　非の打ちどころのないスタイルに女神そのものの美貌。……もう完璧ですわ！」

怒濤《どとう》の勢いで絶賛されて、ユリアンナはムズムズした。そんなことはないと、力一杯否定したいのだが、そうもできないのが今の彼女の立場だ。

（実際ユリアンナは美人なのよね。乙女ゲームの悪役令嬢なんだから当然といえば当然なんだけど）

それは下手に謙遜なんてしたら、相手に対する嫌みになるくらいの美しさ。それに、幼い頃より受けている王妃教育でも、傲慢になることは問題外だが、あまりに謙遜することはよくないと教えられていた。

（日本人の感覚には合わないから、どうしても戸惑っちゃうんだけど）

結果、小さな声で「ありがとうございます」とはにかみながら返す。

すると、そんな彼女の腰をアルスマールが引き寄せた。

「アルさま？」

「ユリ、ズルいよ。今朝私が褒めたときには『あんまり褒めないでください』なんて言って止められたのに。レーシン侯爵令嬢の褒め言葉は受け入れるの？　……私の方が、もっともっとユリを賞賛できるのに」

そんなことで拗《す》ねないでもらいたい！　恥ずかしすぎて思いださないようにしていた朝の出来事を、蒸し返されたユリアンナは顔を熱くする。

「ご安心ください。私の方がたくさんユリアンナさまの美しさを表現できますから」

そんなアルスマールに、ジーナが張り合ってきた。

「いや。君ではユリの美しさは言い表せても可愛らしさへの言及が足りなくなるだろう？」

「ユリアンナさまの咲きはじめた花のようなお可愛らしさは、よ～くわかっております！」

「やはりわかっていないようだな。ユリの可憐さは、花より美しい」

アルスマールとジーナは、ビシバシと睨み合う。

ちょうど登校してきた学生たちがなんの騒ぎかとこちらを見てきて、ユリアンナは焦った。

二人が争っている原因がユリアンナをどちらがより多く讃《たた》えられるかなのだから、恥ずかしいこ

とこの上ない！

「アルさま！　ジーナさま！　いい加減になさってください！」

ついにユリアンナはそう叫んだ。

「そうだな。それ以上やると、今度こそ本当の本当に嫌われてしまうぞ」

肩をすくめたキールが二人を止めてくる。

アルスマールとジーナは、ピタリと固まった。

ちょうどそのタイミングで、学園の予鈴がリーンゴーンと鳴り響く。

「まったく。……さあ、行くぞ」

キールが引っ張れば、さすがのアルスマールも大人しく従った。

もっともユリアンナの方を振り返り、手を振るのは忘れない。

「ユリ、また会場で！」

「はい。アルさま」

ニッコリ笑って見送って、フーと大きく息を吐いた。

そんなユリアンナを、ジーナが申し訳なさそうに見つめてくる。

「すみません、ユリアンナさま。あまりにユリアンナさまが素晴らしかったので、私、少し熱くなってしまいましたわ」

殊勝に謝ってくれるのはいいのだが、褒め言葉はもういっぱいいっぱいだ。

「大丈夫ですわ。アルさまもジーナさまに合わせて悪乗りしていらしたようですから。入学式前のいい息抜きになったのではないでしょうか？」

ユリアンナが微笑めば、ジーナは不思議そうに首を傾げた。

「アルスマール殿下が悪乗り？　百パーセント本気のお言葉ばかりでしたよね？」

「……そんなことはないと思います」

「ええ？　どうしてそう思うのですか？」

（だって私は悪役令嬢だから）

今日これからヒロインと出会うアルスマールは、彼女を知るほどに恋をして、やがてユリアンナと婚約破棄をする。それがゲームのシナリオでユリアンナはそれを知っていた。

（婚約破棄ではヒロインへのいじめを暴かれて、『私は彼女と出会って真実の愛を知ったんだ』とか言うのよね）

つまりそれまでユリアンナとの間にあったように見えた愛情は偽物だったということだ。

きっと今のアルスマールのユリアンナへの思いは、政略結婚をする婚約者への義務と、あえてつけ加えるのなら幼い頃、彼のために怪我をしたことへの償い。

本気の思いだなんて、ユリアンナには到底思えなかった。

曖昧に視線を逸らせて歩きだせば、ジーナが隣に並ぶ。

馬車降り場から入学式の会場までの道は赤と白のレンガが敷いてあり、コツコツと靴音が響いた。

「殿下は、ユリアンナさまにベタ惚れですわ」

そんなことはありえない。たとえヒロインがアルスマールのルートを選ばなかったとしても、ユリアンナの婚約破棄だけは起こるのだ。

「……婚約者として大切にしていただいていると思います」

（今は）とユリアンは心の中でつけ加えた。

彼女の答えを聞いたジーナは、驚いたように目を見開く。

「そんな！　まさか？　……兄の言っていたことは本当でしたのね」

やがてポツリと呟《つぶや》いた。

「キールさまが？」

いったい何を言っていたのだろう。

周囲を見回し、自分たちの側に誰もいないことを確認したジーナは、声をひそめて話しだす。

「兄は、ユリアンナさまがアルスマール殿下との婚約を心から望んでいられないのではないかと心配しているのですわ。もちろんユリアンナさまの行動に不審な点があったとか、そういうわけではありません。ユリアンナさまは第一王子殿下に相応しい最高の婚約者であり、それは周囲の誰もが認めるところ。……ただ一番近くでお二人を見ている兄は、殿下に対してユリアンナさまが一歩引いているというか、あまり親しくなりすぎないように自分を抑えているように見えると言っていました」

ユリアンナは息をのむ。それはキールの言葉が、まるっきりの見当外れというわけではないからだ。それどころか、言われることの一つ一つに心当たりがあった。

（キールさまは気づいていらしたんだわ。私がアルさまから距離を置こうとしていたことに）

ユリアンナの目標は、心がキュウッとするような甘く切ない悲恋だ。そのためには、ヒロインをいじめてアルスマールから婚約破棄されなくてはいけない。いじめなんて本当はやりたくないのだが、結果としてヒロインは攻略対象者と結ばれ幸せになれるのだから、そこは割り切るしかないだろう。

しかし肝心の婚約破棄は、ユリアンナとアルスマールの仲があまりに親しくなりすぎていた場合、非難がアルスマールやヒロインに向かう可能性が大きかった。

(もしもアルさまとヒロインが一方的に責められたりしたら……私だけ大喜びで悲恋にうっとりすることができなくなるじゃない！　だから私はアルさまとあんまり仲良くなるべきじゃないのよ)

ユリアンナは小心者なのだ。

他人の不幸の上に成り立つ自分の幸福など、とても喜べそうになかった。

(実際には、幸福じゃなくて悲恋だけど)

「兄は、自分の考えは間違っていないだろうと言っていました。だからこそセイン公爵さまも、いつまでも兄を殿下のお目つけ役にしておくのだとも」

いや、ユリアンナの父はただの親バカだと思う。

「なぜですか？　もし兄の懸念が本当だとして、なぜユリアンナさまは引いておられるのですか？　あれほど殿下に愛されておられますのに！」

それは違うとユリアンナは思った。

「たしかに殿下には大切にしていただいていますわ」

「そうでしょう！　あんなに甘い殿下が見られるのはユリアンナさまの前だけです！」

それはどうかしらという風に、ユリアンナは首を傾げた。

「ユリアンナさま！」

できればこれは言いたくなかったのだが、ジーナはどうにも引きそうにない。

仕方なくユリアンナは、口を開いた。

「でも……私、唇へのキスは、未《いま》だにいただいたことがないのですよ。……アルさまが私にくださるのは、額や頬への親愛のキスだけです」

そう。幼い子どもにするようなキスしか、ユリアンナはされたことがない。

(もっとも、それだけでもドキドキだから、それ以上なんてとても無理なんだけど！)

ジーナは、赤い目をいっぱいに見開いた。

「そ、それは、殿下がユリアンナさまをとても大切にされているからで――――」

「ええ。私もアルさまをとても大切に思っています。……それではいけませんか？」

「ユリアンナさま――――」

ジーナは、なおも何かを言いたそうにしたけれど、結局は口を閉じた。

ユリアンナはそんな彼女に笑いかける。

「私のことより、ジーナさまの方はいかがですか？　今日も婚約者さまとご一緒に登園されたのでしょう？」

ユリアンナがそう聞けば、ジーナは頬をほんのり染めた。

「はい。ユリアンナさまたちの乗った馬車が着くまでは一緒にいてくださったのですが、馬車の扉が開く前に『もう大丈夫だね』と、行ってしまわれました」

ユリアンナは苦笑する。

「相変わらずパーリン伯爵さまは、キールさまを苦手にしているのですね」

「お兄さまがいけないのですわ。ルカさまと会う度に『俺より強い奴にしか妹はやれない！』なんておっしゃって、決闘を申しこもうとするのですもの」

ジーナは、プーッと頬を膨らませた。

ジーナの婚約者は、ルカ・マラート・パーリン伯爵。

言うまでもないだろうが、ゲームの攻略対象者の一人だ。

二十二歳という若さで伯爵家を継ぎ、領地を治める傍ら学園の教師も務めるという優秀な青年で、月の輝きのごとき銀髪と神秘的な紫の目を持つ麗人だ。そして、見かけを裏切らないまるっきりの文系。ペンより重いものは持ったことがないというもっぱらの噂だったりする。

キールいわく軟弱な男だ。

（実際は、男性には珍しい補助強化系の魔法使いで、かなりの腕でもあるんだけど）

趣味は遺跡の研究。学園の教師になったのも、その趣味が高じたことが原因だったりする。

遡ること十年前。実は研究者肌のレーシン侯爵が、既にその頃から遺跡に夢中だった十二歳のルカ少年を気に入って意気投合。令嬢ジーナの婚約者としたのは貴族では誰知らぬ者のないほど有名な話だった。

（天才？　ううん、どっちかっていうと秀才かしら？　……私としては、引きこもりの研究家ってイメージなんだけど）

ルカが仕事以外で表に出るのは、婚約者のジーナが絡むときのみ。このため、彼は社交界で『繊《せん》月《げっ》姫《き》』などと揶揄《やゆ》されていた。――――繊月とは、出ているかどうかわからないほど細い月。つまりいるかいないかわからないほど出不精だと言う意味である。

（それも『姫』とか。まあ、たしかにそう呼ばれても違和感ないほどの美人ではあるんだけど）

そんなルカとジーナの仲は、今のところ良好だ。ゲームでは、一方的にジーナが熱を上げているだけだったのだが、この世界ではきちんと両想いになっている。

これはやはりジーナの性格が変わってしまったことが大きな原因だと思われた。

（ジーナさま、本当に可愛いのだもの。こんなに可愛い美少女に言いよられてなびかないなんて、男じゃないと思うわ！）

――――他人のことならば、ユリアンナは冷静に判断できる。

「入学式は見にきてくださるといいですわね」

実は、教師でありながらルカが入学式に出たことは、今まで一度もなかった。

しかし今回だけは例外なはず。ゲームでも婚約者に無理やりお願いされて顔を出したルカが、ヒロインと出会うイベントが起こるからだ。

（たしか遺跡のことを考えてぼんやり歩いていたパーリン伯爵に、ヒロインがぶつかってしまうのよね）

ずいぶんベタなイベントだが、乙女ゲームなのだからそんなものだろう。

ルカとヒロインがぶつかるのは入学式後のはずなので、式が終わり次第、ユリアンナはジーナにルカの元に行くように勧める予定でいる。

（ジーナさまと一緒に歩いていれば、ヒロインにぶつかるなんてことにはならないわよね？）

できれば彼女を悪役令嬢にはしたくない。

ジーナにかかわらずほかの誰も悪役令嬢なんてものになってほしくなかった。

そうユリアンナは思う。

結果、必然的に彼女自身が悪役令嬢になるのだが、悲恋好きのユリアンナにとっては、どんとこい！　というくらいのものだった。

今日の入学式では、ヒロインはほかにも出会いイベントをしまくるはずだ。

ユリアンナはそれをアルスマールのものだけにしたいと思っている。

（とはいえ、キールさまのイベントはアルさまと一緒だから、これだけは避けられないんだけど）

このためユリアンナは、半年前くらいから『入学式後に一緒にいた婚約者同士は、将来幸せな家庭を築ける』という嘘伝説を意図して流していた。

まるっきりの創作で、うまくいくかどうか半信半疑だったのだが、意外にもこれが成功したのだ。

（なんていうか、あんまりご令嬢がたの食いつきがよすぎてびっくりしたんだけど）

これできっと彼女たちは自分の婚約者から目を離さないようになるはずだった。

（後はアルさまとヒロインの出会いイベントよね。……これは、絶対見たいわ！）

きっとユリアンナの胸は、今までにないくらいの悲しみでキュウッと痛むことだろう。

それくらい、アルスマールを愛している自信が、今のユリアンナにはある。

（アルさまがほかの女性と出会いイベントをするなんて……ああ、もう考えただけで息苦しくなって倒れそう！）

重苦しい塊が喉をふさぐ感覚を払おうとして、ユリアンナは首を左右に振った。

（想像だけでこんなになるなんて！　本番が怖いくらいだわ。きっとかつてないほどに切なく胸が締めつけられるわよね！）

悲恋好きのユリアンナは陶然となる。これで最近の反応速度の衰えも一掃できるに違いない。ユリアンナは、期待をこめて拳を握る。

結果、突然首を左右に振ったり拳を握ったりと、彼女の動きはちょっと怪しくなってしまった。

「ユリアンナさま？」

心配になったのか、ジーナから声がかかる。

彼女は、先ほどからずっと、兄キールのシスコンぶりを嘆きつつ婚約者との仲をのろけ、なおかつさり気なく自分のブラコンぶりも披露するという超難度の話をしていた。

申し訳ないが、ユリアンナはすべて右から左に聞き流している。

「ごめんなさいジーナさま、何かしら？」

「いえ。……お加減が悪いのかと思ったのですが？」

「大丈夫ですわ。ご心配かけてすみません。……入学式、楽しみですわね」

「はい」

いよいよヒロインと会えるのだ。

（そして私の悲恋がはじまる）

ツキンと痛む胸を押さえ、これを待っていたのだと自分に言い聞かせてユリアンナは歩を進めた。


そしてはじまった入学式は、滞りなく進んだ。

ユリアンナは新入生代表の挨拶を自然体で行えたし、アルスマールの在校生代表挨拶も堂々とした立派なものだった。なんといっても二人とも幼い頃より国王、王妃教育を積み重ねている。たかが学園の入学式くらいで失敗するはずもない。

余裕のあったユリアンナは、入学式の間中ヒロインを観察していた。

ヒロインの髪は、滅多にないほど鮮やかなピンクブロンドだから直ぐわかる。

（もっとも、ゲームと違ってきちんと結んであったけど？）

ゲームのヒロインは、学園で背中の半ばまで伸ばしたゆるふわロングの髪をナチュラルに流していた。ものすごく可愛らしい姿なのだが、髪は結い上げるかせめて一つに縛るのがマナーな貴族令嬢の中では、浮いてしまう姿でもある。

それを今日は結んできたのだ。

規則的には正しいことなのだが、ユリアンナは違和感を持つ。

（なんだかおかしいわ。式の間もピンと背筋を伸ばして礼儀正しく座っているし、自由奔放なヒロインらしくないのよね？）

ヒロインの名前はクラーラ・マルファ。セイン公爵家が援助している孤児院出身で、十四歳で回復系の魔法の素養を表してマルファ男爵家に引きとられたのは、ゲームの設定どおりのはず。

（ひょっとして私が教育を受けさせたせいで礼儀正しくなっているのかしら？）

それは十分考えられることだった。早期教育で、この後の学園での勉強を楽にしてあげようと思ったのに、どうやらクラーラは礼儀作法まで身につけてしまったらしい。

（それって、乙女ゲームの展開的に大丈夫なのかしら？）

ゲームのユリアンナは、クラーラの自由奔放すぎる行動にいつも苦言を呈していた。

それが多少なりとも改善されているのは喜ばしいことなのだが、どうにも不安は拭えない。

（だって、クラーラさん、滅茶苦茶私を睨んでいたんだもの）

ずっとクラーラを見ていたユリアンナだが、その度に彼女と目が合うのに気がついた。

（つまり、あっちも私を見ているってことよね？）

新入生代表の挨拶をするユリアンナは、一般生徒とは別に設けられた正面横の席に座っている。

在校生代表の挨拶をするアルスマールも同様で、彼の席はユリアンナの隣だ。

そのため、最初ユリアンナは、クラーラが見ているのはアルスマールだと思っていた。

学園の女子生徒の八割方はアルスマールに見惚れているのだし、クラーラがそうなるのはある意味当然のことだろう。

しかしクラーラの視線は、ユリアンナが代表挨拶をする間中、彼女から離れなかったのだ。

自分を見ているように思うなんて、自意識過剰だと思っていたのだが、アルスマールが挨拶のために移動してもクラーラの視線はピクリとも動かない。

ただひたすらに見つめられ――――いや、睨まれてようやくユリアンナは自覚した。

(私って、まだいじめてもいないのにクラーラさんに恨まれているの?)

いったいどうしてと思うのだが、それ以外に睨まれる理由が思いつかない。

(やっぱり私が悪役令嬢のせいなのかしら? ゲームの強制力とかあったりするのかな?)

クラーラの青い目をユリアンナはジッと見返す。距離があるためよくはわからないが、彼女から返ってくる視線の強さだけはひしひしと伝わった。

(できれば嫌われたくないなんて、悪役令嬢として失格かしら)

それでもそう願わずにはいられない。

ユリアンナは心の中で小さなため息をこぼした。

王立魔法学園は、広大な敷地に充実した施設が立ち並ぶこの世界でも有数の教育機関だ。王都の北西部に発見された古代遺跡に森を挟んで隣接し、そのため王立研究機関も内包している。遺跡保護の観点から自然も多く残されていて、園内には樹齢何百年という樹木があちこちに葉を生い茂らせていた。

そんな樹木の一本の陰に、入学式が終わったユリアンナは身を隠している。

公爵令嬢らしくないと責めることなかれ。これからここでゲームのヒロイン、クラーラとメイン攻略対象者アルスマール王子との出会いイベントが起こるのだ。

これを見逃すなんて、乙女ゲームの世界への転生者として、ありえない。

（アルさまは生徒会室のある管理棟への移動途中。クラーラさんは寮暮らしだから、自分の部屋に戻る途中だったわよね？）

新入生の授業は明日からで、入学式が終われば今日は自由解散だ。

だから寮に戻ること自体に問題はないのだが、平民上がりということで周囲から奇異の目で見られたヒロインは、その視線から逃げるため、かなりのスピードで園内を走ってくるはず。

（心細くて涙目になっているのよね。前がよく見えなくてアルさまとぶつかってしまうんだわ）

小柄で可愛いヒロインと細身なのに意外にしっかりと鍛えているアルスマール。二人がぶつかれば、ヒロインが転ぶのは当然で、正真正銘王子さまのアルスマールは、自分のために尻餅をついてしまった少女に手を差し伸べる。

そして、顔を上げたヒロインとアルスマールは、互いに何かを感じ合い手を繋いだまま時間が止まったかのように見つめ合うのだ。

（すっごくステキなスチルだったわ！　アルさまがカッコイイのは言うまでもないのだけれど、羞恥で頬を赤くして涙目で見上げるヒロインが可愛くて！）

ゲームの画面の中では、ブワッと一気に桜の花が咲き誇り花びらが風に舞う華麗な背景だった。

（ヒロインの涙が気になったアルさまは理由を聞くのよね。もちろんヒロインは告げ口みたいな真似はしないんだけど、彼女の髪が風に靡《なび》く様を見たアルさまは、なんとなく察するの）

『貴族の令嬢は髪を結ぶのが暗黙の了解になっている。もしも君があまり目立ちたくないのなら、とりあえずこれで髪を結ぶといい』

（アルさまはそう言って、自分のハンカチを渡すんだわ！　もう、もう！　カッコよすぎて気絶するレベルの美しさだった！）

王子の優しさに助けられたヒロインも、胸をキュンとさせる一場面だ。

ゲームを思いだしたユリアンナは両手の指を組み合わせ、ギュッと胸の前で握る。そのまま上に持ってきて、額に当ててジ～ン！　と感動に浸った。

（絶対、絶対、本物の現場を見なくっちゃ！　私の悲恋のはじまりだし、胸が痛くなること間違いなしだけど！　これを見逃したら後悔も間違いなしだもの！　……ああ、もう直ぐくるのよね）

二人がきてぶつかるはずの道を、ユリアンナはジッと見つめる。

そして待つことしばし、道の右側からキールを連れたアルスマールが、左側からはクラーラが現れた。

しかし、なぜか走ってくるはずのクラーラがスタスタと歩いている。

（え？　どうして？　なんで落ち着いて本なんて読んでいるの？）

手に持っているのは今日配られた教科書ではないだろうか？

クラーラはそれに目を落としながら歩いてくるのだ。

（なんて真面目なの！　まるで小学校にあった二宮金次郎《にのみやきんじろう》の像みたい！）

最近あまり見なくなったと噂の像だが由梨の通っていた小学校にはあって、今のクラーラはその像にそっくりだ。

（あ、でもそうだわ。クラーラさんはゲームと違って落ち着いたご令嬢だったんだわ！）

しかも、よくよく見てみればクラーラのピンクブロンドの髪は、きっちりと結ばれている。

入学式でも見ていたのにすっかり忘れていたユリアンナだ。

これでは、アルスマールとぶつかったとしてもハンカチはもらえそうになかった。

（どうしよう？　このままじゃイベントが台無しになっちゃう）

台無しどころか、はじまりもしない可能性が大だ。

ハラハラと見守っている間にも、二人はどんどん近づいてきた。

本を読んでいるクラーラは、どちらかといえばゆっくり歩いている。彼女は前を見ていないが、
アルスマールはきちんと前を向いておりクラーラの姿も認識している。

このままではぶつかるどころか、掠《かす》りもしないだろう。

（ああ、もう、あんなに近くに！）

焦ったユリアンナは無意識に足を一歩前に踏みだした。

ちょうどそこに小石があり、石を踏んだ彼女はズルッとこけてしまう。

「へ？　あ、きゃあっ！」

思わず叫んでしまった。

「ユリ！」

「え？　あっ――――」

ドン！　ドン！　と倒れる音が二回する。

（え？　なんで二回？）

一回は間違いなくユリアンナが倒れた音だったのだが、ではもう一回は？

そう思って顔を上げた彼女の視界に、道の真ん中でクラーラが転んでいる姿がとびこんできた。

先ほどアルスマールがユリアンナを呼ぶ声が聞こえたが、どうやら彼はユリアンナに気をとられてクラーラとぶつかってしまったらしい。

（やったわ！　グッジョブ私！　…………って、アルさまったら、なんでヒロインをほっといて私の方に駆けてくるんですか？）

アルスマールは、自分が倒してしまったクラーラなど見向きもせずに、ユリアンナの方に走ってきた。

「ユリ！　大丈夫か？」

彼の後方では、キールが慌ててクラーラに手を差し伸べているのが見える。

（アルさま！　違う！　違います！）

心の中で叫んでも、聞こえるはずがなかった。

あっという間に側にきたアルスマールは、ユリアンナに手を差し伸べそっと立たせてくれる。

その上、パッパッと手際よくスカートについた土まで払ってくれた。

「あ、ありがとうございます。アルさま。私は大丈夫ですわ」

「本当に？　どこも痛くない？」

間近に顔を覗きこまれて、思わず仰け反る。

「え、ええ」

「それならよかった。……でも、どうして君がここに？　入学式後直ぐに家に帰ったのではなかったのかい？　公爵家からの迎えはどうしたの？」

うっ、と言葉に詰まってしまった。まさか、出歯亀《でばがめ》をしようとしていました、とは言えない。

公爵家の迎えの馬車には少し待ってもらっている現状だ。

視線を逸らせば、その先にはクラーラがいた。キールの手を借りて立ち上がった彼女は、ぶつかった拍子に切れたのか結んでいた髪がほどけてしまっている。

（チャ、チャ〜ンス！）

「アルさま！　ほら、あそこ。あの可愛らしい女生徒はアルさまにぶつかって転んでしまったのではないですか？」

ユリアンナはアルスマールの注意をクラーラへ向けようとした。

「ああ、彼女か。違うよ。彼女がぶつかったのはキールだ。私が急にこっちにきたから、キールも避けられなかったのだろう。助け起こしてきちんと謝っているようだから問題ないよ」

アルスマールは至極冷静にそう返してきた。

ユリアンナはパチパチと瞬きする。

（そ、そうだったのね。でも、それとは別に髪を結ぶハンカチは、アルさまが渡してもかまわないんじゃないかしら？）

「心配ですわ。アルさま、見にまいりましょう」

「相変わらずユリは優しいな。……ああ、でも大丈夫そうだ。もう話は終わったみたいだよ」

アルスマールの言う通り、キールに礼をしたクラーラはその場から立ち去ろうとしていた。

（そんな！）

「待って！　待ってください！」

ユリアンナは慌てて制止の声をかける。

クラーラとキールが立ち止まってこちらを見るのを確認し、急いで駆け寄った。

「……か、髪が、髪がほどけていますわ！」

彼女の指摘を受けたクラーラは、はじめて気づいたというように自分の髪に触れる。慌てて足下を探し、切れたヘアゴムを見つけるとそれを拾い上げた。そして、困ったというように眉をへにょりと下げる。

（可愛い！　ああ、もうヒロイン最高に可愛いわ！　ほら、アルさま、今です！　今こそハンカチを渡すチャンスですよ！）

ユリアンナは期待をこめてアルスマールを見上げた。

しかし、そこにいたのはニコニコと嬉しそうにユリアンナを見つめるばかりのアルスマール。

彼は、クラーラには目を向けてもいない。

「教えてくださってありがとうございます。でも、今から寮に戻るだけですので大丈夫です」

クラーラはそう言うと丁寧に頭を下げて、その場から離れようとした。

（ああ！　行ってしまう！）

「待って！」

思わずユリアンナは呼び止める。

再度期待をこめてアルスマールを見るが、彼は不思議そうな顔をするばかり。

念のためキールも見てみるが、彼もわけがわからないといった顔をしていた。

仕方なく――――本当に仕方なく、ユリアンナは自分のハンカチをとりだしてクラーラに渡す。

「これで髪を結んでください」

クラーラは、青い目を大きく見開いた。

「あ、そんな。……ハンカチなら私も持っていますから！」

焦って自分の制服のポケットからハンカチをとりだそうとするのだが、ユリアンナはそれを止める。

「私の好意は受けとれないということですか？」

そう聞けば、クラーラはピタリと動きを止め、ついでブンブンと首を横に振った。

「違います！」

「でしたら受けとってください。たとえ短い間でも髪を結ばないのはマナー違反ですわ」

わざと意地悪そうに言えば、クラーラはギュッとハンカチを握りしめて頷いた。

「あ、ありがとうございます。セイン公爵令嬢さま」

まさか、自分を知っていたとは思わなかった。

ユリアンナは一瞬驚くが、そういえば新入生代表の挨拶をしたのだったなと納得する。

「わかってくだされればいいのですよ。マルファ男爵令嬢さん」

「私の名前を――――」

クラーラのハンカチを持つ手が震えた。

「同じ新入生ですもの。名前くらい覚えていますわ」

ユリアンナがそう言えば、クラーラは顔を伏せてしまう。名前を覚えられていることをどう思ったかはわからないが、本を鞄《かばん》にしまい震える手でピンクブロンドの髪を一つに結んだ。

「……ありがとうございました」

短く告げると頭を下げる。そして、クラーラは足早にその場から去っていった。

(何か滅茶苦茶緊張していたみたいだわ。あまりよく見えなかったけど顔も赤かったみたいだし。王子さまの目の前だから仕方ないのかしら)

ユリアンナはクラーラの去った後をジッと見つめる。

そんな彼女の視線を遮るようにアルスマールが目の前に立った。

「アルさま?」

「相変わらずユリは優しいね。いいことなんだけど、少し妬《や》けるな。あれはユリが自分で刺繍《ししゅう》をしたハンカチだろう？　私もほしいな」

急に何を言いだすのかと思った。ハンカチは、アルスマールが渡さなかったから渡すはめになったというのに。

「アルさまがお望みなら、何枚でも刺繍してお渡ししますわ」

「ありがとう、ユリ。嬉しいよ」

アルスマールがニッコリ笑う。

眩しい笑顔に目が眩んだ。

「ところで、なんでユリはこんなところにいたのかな?」

……しかし、先ほどの質問は忘れてくれなかったようである。

どう言って誤魔化そう?

内心冷や汗をかきながら、笑顔を返すユリアンナだった。

第四章　気づいたこととわからない気持ち

王立魔法学園で学ぶのは、何も魔法だけとは限らない。一般教育はもちろんのこと将来の進路に合わせた専門教育も多岐にわたってカリキュラムが用意されている。自由度の高い選択肢は学年の枠を飛び越えることもあり、まったく同じカリキュラムを組む者は皆無と言われるほどだ。

なので、成績順位などあってなきがごとき。気にする必要はまったくないのだが、それでもこだわってしまうのが学生の性《さが》だった。

特に同じスタートラインに立っている一年生が順位に注目するのは当然で、入学式の翌日に行われた最初の学力試験結果の発表にユリアンナは頭を痛めている。

別にユリアンナの成績が悪かったとか、そんなわけではない。貴族の中では最高位の公爵令嬢。しかも未来の王子妃であるユリアンナは幼い頃から高度な教育を受けている。いわゆる英才教育で彼女の知識は学園生の中でも抜きん出ており、ぶっちぎりで新入生のトップの座に就いた。

二位はジーナ。彼女は早い段階でユリアンナの友人となったため、それに相応しい教養を身につけることを周囲から義務づけられ、本人も日夜努力しているからだ。

高位貴族ともなれば、ほかの生徒も事情は似たり寄ったりで、以下三位から八位までは侯爵位以上の家系の令息令嬢が名を連ねている。

身分格差と教育格差は比例するといういい見本だろう。

しかし、何事にも例外はあるもので、それが今回はクラーラだった。

そう。元平民で今は男爵令嬢のクラーラが、学年九位になってしまったのだ。

これはものすごい快挙なのだが、当然反発も強かった。

ユリアンナは、その対応で頭が痛いのである。

テストの成績発表以降、ユリアンナはこれでもかと褒め言葉を量産していた。

「まあ、本当に美しい文字ですわね。文字には人柄が表れると聞きますけれど、きっとあなたは清廉な方なのね」

「この計算式は思いつきませんでした。さすがですわ」

「そんな歴史があったのですね？　そこまで深く調べておられるなんて頭が下がります」

それもこれもすべて、クラーラに負けてしまった貴族たちを持ち上げるためである。

決まってしまった順位はどうあっても覆らない。王立学園では不正はまかり通らないのだ。

しかし、人の価値は順位だけでは決まらないものだった。各々に各々の長所があり、その長所を褒めることで、クラーラに負けた悔しさを消し去ってもらおうとユリアンナは考えたのだ。

（こんなことでいじめなんてさせるわけにはいかないもの。そんな最悪な行為をするのは、私だけで十分だわ）

日本で由梨は、いじめはいけないことだと教えられて育った。できることならしたくないのだが、悪役令嬢となり大好きな悲恋を実体験するためには、避けて通れない道だ。

(でも、だからこそクラーラさんをいじめるのは必要最低限――つまり私だけにしたいのよ！)

その自分のいじめにしても、できるだけ穏便なものを考えるつもりでいるのだが、まずはその前に、ユリアンナ以外からのいじめの芽を潰しておきたかった。

「いつもステキな髪型ですわね。ご自分で考えられるのですか？」

「まあ、キレイな刺繍！　この図案は、はじめて見ますわ！　今度私にも教えてくださる？」

「立派な剣ダコですね。あなたの努力の何よりの証《あかし》ですわ」

もちろん一年生全員を褒めるなんて不可能だ。ゲームの中でもヒロインを率先していじめていた人物を中心にユリアンナは声をかけている。

「セイン公爵令嬢さま！　そんな、お声をかけていただくだけでも光栄ですのに、そのような過分な褒め言葉をくださるだなんて！」

「私のような者にまで、気を配っていただいて――」

「ああ、なんてお優しい！　お姿のみならずお心も美しくあられるのですね」

何やらずいぶん過剰な反応を返されてしまったが、とりあえずユリアンナの策は成功したようで、今のところクラーラがいじめられている様子はなかった。

(まだまだ安心はできないけれど。クラーラさんが本領を発揮するのは、これからはじまる魔法の授業だしね)

魔法授業の花形は見た目も派手な攻撃系の魔法だが、傷ついた人々を癒やし治療する回復系の魔法もたいへん人気が高いのだ。

強い魔法を使う魔法使いの体からは、キラキラとした光が溢れ出てとても神々しく、特にヒロイン、クラーラは美しかった。ゲームで見た彼女の魔法は、少しピンクがかった柔らかな光が周囲に満ちて、とても幻想的な美しさとなる。

(なんていうか、思わず拝んでしまいそうな光景なのよね。貴族と違って子どもの頃から訓練しているわけでもないのに、本当にヒロインは規格外だわ)

それゆえますます攻略対象者たちの興味を惹き、比例して悪役令嬢の反発を買う。

もちろんユリアンナに、クラーラに反発する気持ちはなかった。

(魔法が強いのはクラーラさんのせいじゃないし、それをきちんと使えるのは彼女の努力の証だもの。それを努力もしないで妬んでいじめるなんて、いけないことだわ。私なら正々堂々彼女を打ちのめせるくらい強くなって、上から目線で彼女の欠点を論《あげつら》ってやるもの!)

それをいじめと呼ぶかどうかは微妙だが、ユリアンナの心の中にはクラーラに圧勝して高笑いしている自分の姿がはっきりと描かれている。

(うんうん、なんとなく悪役令嬢っぽいわよね。そんな私が目立つためにも、ほかの人たちがクラーラさんを羨んで愚かなことをしないように説得しなくっちゃ。それには強固な信頼関係を築く必要があるわよね)

そのためにも、褒めて褒めて褒めまくるのは効果的だと思われた。

そんなことをしているために、ユリアンナはなかなかに忙しい。

おかげで入学式以降、あまりアルスマールとは会えていなかった。

(私だけじゃなく、アルさまもとてもお忙しいのよね)

同じクラスのジーナとは話ができるのだが、ほかはまったくダメだ。キールはもちろんクラーラとも、最近は顔を合わせていなかった。

このため、おそらく起こっているだろうヒロインと攻略対象者たちのイベントもまったく確認できていない。

(図書館イベントとか、中庭のお昼寝イベントとかあったはずよね？　夜の流れ星イベントはまだもう少し先かしら？　ああ、いったい誰と起こしているのか気になるわ！)

入学式直後の数々のイベントはサブイベントと呼ばれるもので、それを行わなければゲームがクリアできない必須イベントとは違う。しかし、攻略対象者の好感度を上げるためには行った方がいいのは間違いないもので、誰と起こすかで今後の流れが大きく変わってくるのだ。

(サブイベントの発生時期はランダムだから、場所はわかってもいつ起こるかわからないし、狙って見に行くことができないのよね。スチルもすごくキレイだったのに。……ああ、見たかったなぁ)

フッとため息をつけば、「どうしたの？」と顔を覗きこまれた。

ユリアンナの顔をこんなに近くで見てくる相手など家族を除けば一人きりだ。

「アルさま！」

目の前にあるのは、アルスマールの端整な顔だった。

ここは一年生の教室で今は放課後。特に約束があったわけではなく今日は会えないと思っていた婚約者の登場に、ユリアンナの胸はドキンと跳ねる。

「な、何かご用ですか？」

「いや。入学式以降いろいろ忙しくてゆっくり会えなかったからね。時間ができたから顔を見にきたんだよ。ユリを補充しないと寂しくて死にそうだ」

真面目な顔でこんなことを言ってくるのだから、困ってしまう。

でも、それ以上に嬉しいと思う自分もいる。

「わ、私も寂しかったです」

だから、少し恥ずかしかったけれど、正直に自分の思いを伝えてみた。

アルスマールは、「クッ」と呻いて下を向く。

「どうしよう？　私の婚約者が可愛すぎて辛い」

もはやこれはアルスマールの口癖のようなものだと、ユリアンナは思う。

反応に困って見ていれば、突然アルスマールが顔を上げた。

「それはともかく！　ため息をつくと幸せが逃げるよ。……もっとも、ユリの幸せは私がどんどん追加するから多少逃げられても問題ないけれどね」

なんだかドヤ顔でそんなことを言ってくるから笑ってしまう。後半は冗談半分だろうが、彼がユリアンナを心配してくれていることは間違いない。

「ありがとうございます、アルさま。私もアルさまの幸せが逃げそうなときは全力で阻止してみせますね！」

アルスマールは嬉しそうに微笑んだ。

「絶対だよ。逃がさないから覚悟して」

幸せを逃がさないのはユリアンナの方のつもりである。

よく意味がわからなかったが、まあいいかと流したユリアンナは、この機会に気になっていたことを聞くことにした。

「アルさまは、最近図書館へ行かれましたか？」

「図書館？　いや、近頃は公務が忙しくてなかなか図書館へは行けていないな。そんな時間があればユリの顔を見にくるよ」

「……っ、で、では中庭はいかがでしょう？　中庭でお昼寝なんかされていませんか？」

「さすがにそんな無防備なことはできないよ。キールが泣いてしまう」

言われてみれば当たり前である。

見れば、いつものごとくアルスマールの背後にいて、今までのやりとりをどこか呆れたように見ていたキールがうんうんと頷いていた。

「夜は王宮へお帰りですよね？」

「もちろん。私は寮生ではないからね」

――――どうやら、クラーラはアルスマールとはイベントを起こしていないようだ。

ユリアンナは、そのことにホッとする。

小さく安堵の息を吐いて、今度はハッとした。

（なんで？　どうして私は、ホッとしているの？）

ユリアンナの目標は、悪役令嬢になってアルスマールに婚約破棄されて、思いっきり悲恋を味わうことだ。そのためにはクラーラがアルスマールとイベントを重ね好感度を上げる方が望ましいはずなのに。

（私、いったいどうしたのかしら？）

考えようとするのだが、頭がうまく働かなかった。

急に黙りこんだユリアンナを、アルスマールが心配そうに見つめてくる。

「今日はどうしたの？　まったく脈絡のなさそうなことを聞いてきたり、ちょっと嬉しそうになったと思ったら急に落ちこんだり。ユリのどんな表情も私は好きだけど、やはりくったくなく笑っていてほしいな。……私には相談できないことかい？」

少し眉を下げて聞かれて、ユリアンナの胸はドキドキした。

（いつもはキリリとカッコイイのに、こんなときだけ可愛いとか……反則だわ！）

頬が熱くなってくる。

「だ、大丈夫です。今の質問は……その、その場所でアルさまを見たという噂を聞いたような気がして……でも、違うのならば私の聞き間違いだと思います！」

首をブンブンと横に振りながらそう言った。

「そう？　まったく心当たりのない噂だけど……そうか。ユリは私のことを気にしてくれたんだね」

アルスマールは嬉しそうに笑う。

そのとき、

「……違うだろう？　ひょっとして、ユリアンナ嬢が気にしているのは、クラーラ・マルファ男爵令嬢か？」

突如キールがそんなことを言いだした。

ユリアンナはドキリとする。なんでわかってしまったのだろう？

「え？　ど、どうして？」

「いや、そういえば最近図書館と中庭でクラーラ・マルファ男爵令嬢と会ったなぁと思って」

なんと！　クラーラとサブイベントを起こしていたのはキールのようだった。

「キール、お前、図書館なんかに行ったのか？」

どことなく不機嫌そうにアルスマールが聞く。

「ああ、一昨日アルだけ王宮に呼びだされただろう？　わざわざ近衛《このえ》騎士団長がきたから俺の護衛は必要ないってことで時間が空いたんだ。城に行く気満々で授業は欠席届を出していたからな。教室に戻るのもかったるいし図書館で時間を潰そ――――いや、勉強しようとしたのさ。そうしたら、入学式で会ったマルファ男爵令嬢がいて、高い位置の本がとれずに四苦八苦しているようだから手を貸した」

そのときに、脚立に乗っていたヒロインがバランスを崩して落ちかけて、攻略対象者が受け止めるというのが、図書館イベントだ。

キールくらい鍛えていたら、きっと軽々クラーラを抱きとめてくれただろう。凛々しくも美しかったキールイベントのスチルを思いだしたユリアンナは、密《ひそ》かに胸を高鳴らせる。

「中庭で昼寝というのは？」

「同じ日の午後さ。穴場の木陰で昼寝していたらマルファ男爵令嬢がやってきた。ちょっと疲れたから一人になりたかったと言っていたな。場所を譲って退散したよ」

平民だったことを揶揄されて陰鬱な気分で中庭にやってきたヒロイン。間違いなく高位貴族なのに屋外で昼寝を決めこむ攻略対象者を見つけた彼女は、彼の飾らないおおらかさに救われる。

そんなイベントに、キールはピッタリのお相手だった。

「……夜も会ったのか？」

「さすがに俺も夜に女性と二人きりになったことはないぞ！」

キールは強い口調で否定した。

(夜の流れ星イベントは、まだこれからみたいね)

しかし、この調子では近々起こるかもしれない。

(どうやら、今のところキールさまがクラーラさんの好感度ナンバーワンみたいだわ)

となれば、悪役令嬢はやっぱりユリアンナということになるのだろうか？

キールルートでもクラーラをいじめ悪事を暴かれたユリアンナは、怒ったアルスマールに断罪され、婚約破棄される。

(よかった……のよね？　キールさまが相手ならジーナさまやほかのご令嬢は断罪されないし、追放されるのも私だけだもの)

そうなれば北部辺境の修道院で悲恋に胸を痛めて、ほかの誰かと幸せに笑うアルスマールを切なく想うだけ。

胸がキュウッとするはずの未来図を思いかけ――――なぜかユリアンナは咄嗟に打ち消した。

(あ、いや、妄想したくないわけじゃないんだけど。なんていうか……そ、そうよ！　今はそんなときじゃないから！　後で！　後でゆっくりキュウッとするわ)

我ながら苦しい言い訳である。

焦っていれば、アルスマールがユリアンナに近づいてきた。

「やっぱりマルファ男爵令嬢を気にしているのかい？　入学式のときも君は否定したけれど、あそこで彼女を待っていたんじゃないの？　いったいどうして？」

「あ、いいえ。特にマルファ男爵令嬢さんを気にしているわけではないのですけれど。……キールさまは彼女をどう思われますか？」

ここでクラーラを気にしている理由なんて話せるはずもない。困ったユリアンナは、咄嗟にキールに問いかけた。

(好感度が上がっているのか確認した方がいいわよね)

キールは赤い目をパチパチと瞬かせる。

「俺？　いや俺はたまたま会っただけだし、特に何も」

「本当ですか？　彼女はすごく可愛らしい方ですよね？　あのピンクブロンドの髪とか触ってみたくなりません？」

「いや、別に。可愛いならジーナの方が上だと思うし、髪だってせっかく触れるなら、俺は柔らかそうな金――」

「キール！」

キールの言葉を途中でアルスマールが遮った。

「……あ！」

「お前は、いったい何を言おうとしている？」

アルスマールの黒い目がキールを冷たく見据える。

キールは狼狽《うろた》えた様子で下を向いた。

いつもとまったく違うアルスマールの迫力にユリアンナはびっくりする。

「アルさま？」

いったいキールの何がアルスマールの気に障ったのだろう？

（いつもどおりのシスコン全開発言だと思ったけど？）

おそるおそるユリアンナが声をかければ、途端アルスマールは甘い笑みを浮かべた。

「ああ、ごめん。あんまりユリがキールにばかりかまうから嫉妬してしまったんだ」

「え？　し、嫉妬？」

「そうさ。キールがマルファ男爵令嬢をどう思うか気にするなんて、まるで君がキールに気があるみたいだろう？」

思いもよらなかったことを指摘され、ユリアンナは目を見開いた。

「そんな！　違います！　私はそんなつもりで聞いたのではありませんわ！　私がキールさまに気があるなんて……絶対、絶対、ありえませんもの！」

力一杯否定する。

「そこまで全否定しなくても」

キールがブツブツといじけたように呟いた。

アルスマールは勝ち誇った笑みを浮かべる。

「うんうん、そうだよね。優しいユリは、平民だったマルファ男爵令嬢が学園にきちんと馴染《なじ》めるかどうか心配しているだけだよね？　周囲の貴族たちにもいろいろ気を配っているって聞いているよ」

どうやらアルスマールには、ユリアンナの行動が筒抜けのようだ。

「同じ一年生ですから、問題は起こらない方がいいかと」

「そうだね。私もそう思う。だからといってユリがそればかりを気にかけると寂しくなってしまうんだ。心の狭い婚約者でごめんね」

そう言って頭を下げたアルスマールが、下からユリアンナを上目づかいで見上げてくる。

ユリアンナの心臓は、ドキュン！　と打ち抜かれた。

（アルさまの「ごめんね」だなんて…………尊すぎるわ！）

バクバクバクバクと心臓が躍りだす。

「アルさま」

「ユリ」

下げていたはずのアルスマールの頭は、いつの間にかユリアンナの目の前にあって長い指が伸びてきた。

その指で頬に触れられると思った瞬間。

「セイン公爵令嬢さま！　詩集を書写してみましたの。見ていただけますか？」

「セイン公爵令嬢さま、新たな数式を考えてみたのですが」

「セイン公爵令嬢さま、古代王朝の新発見を聞いていただけますか」

突如その場に三人の学生が現れた。先を争って入ってきた者たちは全員クラーラに悪感情を向けないようにと長所を褒め称《たた》えた貴族令嬢や令息たちだ。

彼らは、近くにきてはじめてアルスマールに気がついたようだった。慌てて頭を下げて畏《かしこ》まる。

「こ、これは第一王子殿下」

「いらっしゃるとは思わず、失礼いたしました！」

「ご、ご機嫌麗しゅう」

アルスマールは彼らを見、大きなため息をついた。

「先触れもなく大勢で押しかけるとは感心しないな」

「申し訳ありません！」

三人とも頭を上げられない。

そこへ、

「セイン公爵令嬢さま。新しく考えたのですがこの髪型はどうでしょう?」

「セイン公爵令嬢さまをイメージして刺繍してみました! 見ていただけますか?」

「セイン公爵令嬢さま、聞いてください! 剣の師匠に褒められたのです!」

また別の三人が意気揚々と駆けてきた。その後のアルスマールを見ての反応は、前の三人と同じである。

アルスマールは、大きなため息をつくと頭を抱えた。

「婚約者が人気者だと、ゆっくりイチャイチャもできないな」

「イ、イチャイチャ?」

そんなことした覚えは一回もない。

「アルさま!」

焦って声を上げれば、アルスマールは意味深な微笑みを浮かべた。

「残念だけど今日はこれで帰るよ。イチャイチャは次の機会にしよう」

次も何もそんなものはない。否定しようと思うのに、先にアルスマールから抱きしめられてしまった。

それを見た学生たちが黄色い声を上げる。

「きゃあっ!」

「ステキですわ!」

「うぉっ!」

周囲のどよめきに、ユリアンナはますます焦る。

どうすればいいのかわからない彼女の耳にアルスマールが顔を寄せてきた。

「寂しいけれどまた明日。明日の朝は迎えに行けると思うから一緒に登園しようね」

大好きなアルスマールにささやかれれば、ユリアンナには頷く以外できるはずもない。

「は、はいっ！」

「いい子だ。それではね」

そのままチュッと頬にキスして、アルスマールは颯爽《さっそう》とその場を後にした。

魂が抜けてしまったユリアンナは、しばらく呆然と立ち尽くす。

「本当にステキでしたわ」

「殿下はセイン公爵令嬢さまをとても大切になさっておられるのですね」

「私もお二人のような仲睦まじい婚約者同士になりたいですわ！」

うっとりと賞賛されれば、じわじわと羞恥心がこみ上げてくる。

（もう！　もう！　もう！　アルさまったら！）

言葉にならない心の叫びを必死に堪えるユリアンナだった。

◇　私の婚約者（アルスマール視点）

荒ぶる感情にまかせて足早に歩を進めれば、背後から焦った声がかかる。

「おい！　護衛の俺を置いていこうとするな！」

「遅れる方が悪いだろう」

「何をイラついている？　あんな有象無象の新入生たちに邪魔されたのを、本気で怒っているわけじゃないだろう？」

返事をするのも腹立たしい。

無視して歩いていれば、大きなため息が後ろから聞こえてきた。当然それはキールのもので、きっと『心が狭い』とか『嫉妬深すぎる』とか思って呆れているに違いない。

それでも、私は先ほどの新入生たちを許すつもりになれなかった。私とユリの逢瀬《おうせ》を邪魔するなど万死に値するからだ！　ただでさえ、ユリに無条件で褒められるなどという、羨まし――――身の程知らずの経験をした奴らにかける情けはなかった。

――――見ていろよ。後で嫌というほど後悔させてやる。

そう思った途端、キールからいつもの制止の声がかかる。

「あまり暴走するなよ。ユリアンナ嬢に嫌われるぞ」

「…………チッ」

こいつは、そう言えば私が大人しくなると思って。

……仕方ないから多少手加減はしてやろう。

そもそも私が本当に腹を立てている相手は、奴らなんかではなかった。

「キール、きさまはいったい誰の髪に触れたいと言うつもりだった？」

振り返らずに先刻の件を問いただせば、後ろで息をのむ気配がした。

カッカッと靴音だけが響いて、やがて「クソッ」といささか品のない声が聞こえる。

「仕方ないじゃないか。あんなに見事な金髪はユリアンナ嬢以外見たことがないんだから。フッワフワで、陽《ひ》に透けると溶けるようで、キラキラと内から輝いている髪なんだぞ！　今は結い上げるようになったから少しはましだけど、自然に流しているときなんて天使か女神かってくらい綺麗だった。……そんな最高の髪を幼い頃からずっと目の前で見てきたんだ。少しぐらい触れたいと思ったっていいだろう？」

キールは開き直ったようだった。

ユリの髪が美しすぎることについて異論はないが、だからってそれを触れさせるかどうかは別問題だ。

「よくない！」

「即答かよ！　心が狭すぎるぞ」

「ことユリに関しては、私は誰より狭量になれる自信があるからな！」

「威張るんじゃない！」

言い争いながら私たちは歩いていた。

そのまま王宮に向かう馬車に乗りこみ不機嫌に向かい合う。

「――――クラーラ・マルファ男爵令嬢について、知っていることを全部話せ」

自分でも唐突だと思う命令に、キールの赤い目が見開かれた。

「なぜだ？　ユリアンナ嬢が気にしているからか？」

「それもある。……だが、違う。私が彼女について聞きたいと思うのは、父の――――国王陛下からの命令だからだ」

「は？」

「クララ・マルファ男爵令嬢には、私の従妹ではないかという疑惑がかかっている」

「…………はぁ～？」

　キールは素っ頓狂な声を上げた。

　気持ちはよくわかる。私だってはじめて聞いたときはなんの冗談かと思ったものだ。

「叔父上――――ベレーヴィン大公が元凶だ。……平民なのに強い魔力を持つマルファ男爵令嬢には、数年前男爵の養女になって以来、高位貴族の落とし胤《だね》なのではないかという噂があった。それを、どこの誰かは知らないが叔父上に結びつけた奴がいる。十六年前、大公家にマルファ男爵令嬢そっくりのピンクブロンドの髪の召使いがいたと言いふらしているんだ」

「たったそれだけでか？」

　キールがありえないと言わんばかりの声を上げる。

「ああ。だから叔父上も最初はそんな噂など鼻にもかけなかった。しかし、件《くだん》の召使いがその後、行方不明になっていること。最後に彼女を見たほかの召使いが彼女のお腹が膨らんでいたと証言したこと。そして何より、かつての叔父上の素行の悪さから、噂は広がるばかりで収まりがつかなくなっている」

キールが「ああ」と納得したように頷いた。

今は叔母上一筋の叔父上だが、昔は手に負えない遊び人だった。多くの浮名を流し、恋人の数は両手の指で足りなかったほど。恋愛絡みの刃傷沙汰《にんじょうざた》も数知れず。おかげで実の兄である国王でさえ、噂を否定しきれないでいる。

「それでアルに調査命令が出たのか？　だがいくら同じ学園に通っているとはいえ、それは大公閣下がご自身でなすべきことだろう」

キールの指摘は当然だ。

私だって、そう思う。

「それができればな。……叔父上は、地雷を踏んでしまったのさ。今はそれどころではないはずだ」

「地雷？」

不思議そうなキールを思いっきり睨みつけた。

八つ当たりとわかっていても足を踏みつけたくなってしまって困る。

「叔父上は、噂を否定するのに躍起になるあまり『私がそんなドジをするものか！　召使いに手を出すときに避妊するのは常識だろう！』と叫んでしまったのさ。よりによって叔母上の前でな」

キールはゴクンと息をのんだ。

それは言い方を変えれば、避妊さえすれば召使いに手を出すことはありだと言っているも同然。

叔父上自身にその経験があるのではないかとさえ疑われる発言だ。

キールは「最悪だ」と呻いて額に手を当てた。

「叔母上は、即日実家に帰られた」

「海賊姫が？」

叔母上の実家は我が国の南海に位置する大小の島々を統べる伯爵家だ。当主の呼び名は、別名海賊伯爵。海の覇権を一手に握る実力者でもある。味方とすればこの上ない戦力だが、敵にすると厄介な存在となるのは言うまでもない。

そして叔母上は海賊伯爵の愛娘――通称海賊姫だった。

「大事じゃないか？」

「ああ。下手をすると我が国は滅びるだろうな」

海上封鎖からの総攻撃に経済ダメージも相俟《あいま》って少なくとも半分はもっていかれるはずだ。

それだけの力が叔母上と実家の伯爵家にはある。

「叔父上は即刻叔母上を追いかけた。きっと今頃恥も外聞もなく謝罪し泣きすがっている頃だろう」

公務も何もかも放りだして行ったのだが、ことがことだけに父も黙認。お鉢が私に回ってきたというわけだ。

「……それは災難だったな」

キールはしみじみと呟いた。

「ああ。……それなのに！　せっかく苦労してひねりだしたユリとの逢瀬の時間を有象無象に邪魔されるし、信頼できると思っていた側近は私の婚約者を邪《よこしま》な目で見ているしで、私はすこぶる機嫌が悪い！　……さあ、とっととマルファ男爵令嬢について知っていることを洗いざらい全部吐け！」

馬車の座席から身を乗りだした私は、キールの襟首を掴んで締め上げた。

「ぐえっ！　やめろ！　邪な目でなんて見てないし！　うわあっ！　お、おい！　本気で死んでしまうだろ！」

「大丈夫だ。文句が言える内は死なない」

「その判断基準は危険だ！」

私はかまうことなくギュウギュウとキールの襟を締め上げた。こいつは丈夫なだけが取り柄なんだ。

やがて、「は、離せ。声をだせなくなる」という泣き言が聞こえて、仕方なく腕の力をゆるめた。

キールは即座に私から距離をとり、両手で自分の首を守りながら睨みつけてくる。

「まったく、この姿をユリアンナ嬢に見せてやりたいよ」

「その場合、お前はもれなく死ぬけどな」

「怖《こえ》ぇよ！」

キールは大きく息を吐いた。

「ああ、もう！」と呻きながら赤髪をかき上げる。

「マルファ男爵令嬢については、俺だってそんなには知らないぞ。言っただろう。たまたま図書館と中庭で会っただけだよ。ろくに会話もしてないし……そうだな。可愛いだけの印象が強い見た目より、落ち着いているようだった。あんな時間に図書館や中庭にいたくらいだ。いろいろ事情はあるだろうが、俺に頼ろうという素振りも見せなかったしな。短絡的ではないようだ」

キールの言葉に私は内心舌打ちした。短慮で可愛いだけの女性の方がずっと扱いやすかったのに。

我ながら最低なことを考えていれば、キールが眉間にしわを寄せながら話しかけてきた。

「マルファ男爵令嬢の話を、ユリアンナ嬢は知っているのか？」

「いや。王家の恥にもなりかねないことだからな。いくら婚約者であっても他言無用と父上から厳命されている」

「しかし、彼女はマルファ男爵令嬢を気にしているようだったぞ。いろいろ庇《かば》っているし、図書館や中庭のことも聞いてきたじゃないか」

だから知っているのではないかと、キールは疑っている。

たしかに、私の目からもユリはマルファ男爵令嬢を特別に気にかけているように見えた。

しかし、あらかじめ調べていた限りでは、王族はもちろんセイン公爵をはじめとした重臣たちからも、彼女に情報を流した様子はない。

「ユリは優しいからな。それにマルファ男爵令嬢を庇っているのは、私の婚約者として新入生を制しまとめ上げようとしているからかもしれない。図書館や中庭の噂は、純粋に私を気にしてのことだろう」

断じてキールではない！　そこだけは譲れない！

「そうかぁ？」

キールは納得できないようだった。

しかし、父から「話すな」と命じられている限り、現状たしかめる術はない。

――――まったくもって面倒くさいことばかりだ。せっかくユリと一緒に学園に通うことになって、これから毎日会えるのだと喜んでいたのに。

ユリは、婚約者の欲目抜きにしても、とても美しく成長したと私は思っている。幼い頃のあどけない可愛らしさも格別だったが、十五歳になった彼女は、ほころびはじめた蕾《つぼみ》のような危うい美しさを纏いはじめて、少しも目が離せない。

しかも性格は優しく温厚、理知的で先見の明も兼ね備えている。幼い彼女の発案で孤児院にできた教育施設は今では十カ所以上に増え孤児たちの待遇改善と同時に優れた人材を輩出する場にもなっていた。

そんな彼女の魅力は、私のみならずほかの老若男女を惹きつけてやまず、嬉しい反面、私は焦りを感じはじめている。片時も離れず側にいたいと思うのに、王子としての責務や学園の生徒会長としての仕事でままならないのがもどかしい。

このままでは私だけの小鳥が大きく羽ばたき逃げだしてしまうのではないかというのが、ここ最近の、私の一番の懸念だ。もちろん、私がするべきなのは小鳥を檻《おり》に囲うことではなく、ともに空を飛べるよう己の翼を鍛え成長すること。

そうとわかっていてさえも、抱きしめてこの腕の中に閉じこめたくなってしまって困る。

「……なんとか結婚を早める方法はないかな？　あと三年もなんてとても待てそうにない」

知らず私の口からはそんな言葉がもれていた。

私とユリの結婚式は、彼女が学園を卒業してからと決まっている。

「おい！」

キールが、焦った声を上げた。

「結婚前に手は出すなよ！　セイン公爵に殺されるぞ」

「殺《や》られる前に殺ればいいだろう？」

「ユリアンナ嬢が、泣く！」

私は大きなため息をついた。ほかの誰を泣かせてもかまわないが、彼女だけは泣かせたくない。

ムスッとして黙りこめば、今度はキールが大きなため息をついた。

「……ったく。傍《はた》から見ればこんなにわかりやすいのになぁ」

ガシガシと頭をかく。

「なんのことだ？」

「お前のユリアンナ嬢への執着だよ！　こんなヤバいレベルで執着されているってのに、当の本人だけが気がつかないとか、どうなってんだ？」

聞き捨てならないことを聞いた。

「どういうことだ？」

「言葉どおりだよ。言っておくが、お前のその気持ち、ユリアンナ嬢にはこれっぽっちも伝わってないからな！」

「は？」

思わずポカンとしてしまった。

こいつは、今なんと言った？

「ジーナが言っていたんだよ。ユリアンナ嬢は殿下の心を信じていないって。――彼女はお前からされるのは『額や頬への親愛のキスだけで、唇へのキスは未だにいただいたことがない』と言っていたそうだ。……つまり、女として見られていないと思っているってことだ」

「なっ！　それは！　唇なんて奪ったら、それだけで止まれる自信がないから！」

「ああ。お前はそういう奴だよな。俺はそれを知っているし、城の連中もほとんど全員わかっている。でもユリアンナ嬢は知らないんだ。理想の王子さまだか完璧な王子さまだか知らないが、お前が彼女の前でそれを演じるようになったせいで、余計わからなくなっている。……だから、彼女はお前との間に壁を感じて距離をとろうとしているだろう？　少なくとも俺にはそう見えるぞ」

キールの言葉は私を糾弾するかのようだった。いや、実際にしているのだろう。

「俺は――いや、私は」

だったらどうすればいいんだ？

――三年前、ユリの社交界デビューで彼女が誘拐されかかったとき、自分の手で救いだした彼女に私は思わず口づけた。恐怖で泣きだした彼女が愛おしくてたまらなくなったからだ。そのときユリは気を失ったため私の口づけを覚えていなかったが、一度触れた唇の温かさと柔らかさに私は夢中になった。翌朝送っていく途中の馬車でも危うく口づけしそうになってしまい、ギリギリ踏みとどまったのだが、以来私は彼女への恋心を強く自覚し、その想いは日々募っている。

しかし、当時のユリは十二歳。いくら婚約者とはいえ結婚、ひいてはその先の行為を意識させる唇へのキスを交わすには早すぎたし、何より彼女の父のセイン公爵が目を光らせていた。万が一にも娘に手を出せば婚約を破棄すると脅された私に抗う術などない。口づけてその先の我慢ができる自信のなかった私が、自制心を強くするため完璧になろうとしたことが裏目に出ているのか？

「……なあ、その『私』をやめないか？」

キールはそんなことを言いだした。

「あ？」

「お前がお前なりに考えて『私』と言いはじめたのは知っている。実際公の場ではそうすべきなんだろうし、間違った考えじゃないとは俺も思う。でも、せめて俺やユリアンナ嬢の前では、それはやめないか？」

急にそんなことを言われても困る。一人称を変えることは、簡単に見えて難しく、最近ようやく「私」と自然に口から出るようになったばかりだ。もちろんユリのためならば、彼女の前でだけ戻すことはできるかもしれないが……それでいいのだろうか？

私は、キールの言葉を考えてみた。

よくよく思いだせば、思い当たる節がないわけでもない。

しばらくして……私は顔を上げた。

「わかった」

「やめるか？」

「いや、やめない！」

「はぁ～？」

キールは信じられないという表情で私を見る。

その顔にニヤリと笑い返した。

「私が『私』と言っていても、お前やジーナ嬢――――ユリ以外の人間には、私の気持ちは筒抜けなのだろう？　つまり、それがわからないということは、原因はユリにあるということだ。……ユリは昔から私に対して無条件に愛情を注いでくれた。私がどんな態度をとろうとも一途《いちず》に好意を向けてきて決して見返りを求めない。それを好ましいと思ってきたが……こうまで求められないということは、無関心と同じだ！　そんなこと許せるはずがないからな。見ていろよ。私に夢中にさせて、否が応でも私を求めさせてやる！　私がユリを求めるのと同じくらいに！」

拳を握りしめて宣言した。

キールは顔をヒクヒクと引きつらせる。

「……いや、お前と同じくらいって、それはさすがに無理だろう？」

無理でなんかあるものか！

私は、メラメラと心の中で闘士を燃やす。

「まずは、私の気持ちをユリに思い知ってもらうことからはじめよう。フフフ、明日からが楽しみだな」

運良く明日の朝は一緒に登園する約束をとりつけてある。

さて、どうしよう？

俺を見たキールは、顔色を悪くした。

「ひょっとして俺は押しちゃいけないスイッチを押したのか？　……おい、頼むからほどほどにしてくれよ！」

何か騒いでいたが、そんなもの知ったことではなかった。

◇

翌日。ユリアンナはいつもより少し早く起きた。

アルスマールが迎えにきてくれると約束してくれたからだ。

（寝坊して、アルさまに寝ぼけ顔なんて見せられないもの！）

いつもより念入りに顔を洗い、朝シャンして髪を結い身だしなみを整える。制服もクリーニングしたてのものを着て、髪留めもどれがいいか散々悩んだ。

（昨晩はいつもより眠れたから、くまもないし……うん、大丈夫よね！）

選んだ髪留めの位置を少しずつ微調整して、ここまで二時間は鏡の前に座っている。

「ユリアンナさま、そろそろ朝食を召し上がらないと登園時間に間に合わなくなりますよ」

侍女に声をかけられ、ビックリした。

「嘘！　もうそんな時間。急がなくっちゃアルさまがきてしまうわ！」

焦って立ち上がれば、侍女が優しげな笑顔を向けてくる。

「本当にユリアンナさまは、アルスマール殿下がお好きなのですね」

言われて、カッと頬が熱くなった。

「そ、そんな！　それはたしかに婚約者ですもの。好きでないはずがないけれど………そんなに好きなように見えるの？」

「ええ、もちろんですわ！　殿下がいらっしゃるときのユリアンナさまのご様子を見ていれば一目瞭然です！」

きっぱりと言いきられて、耳まで熱くなった。

その後、朝食を取り、約束どおり迎えにきたアルスマールと一緒に乗った馬車の中で、ユリアンナは大混乱することになる。

「ア、アルさま！」

「何？」

「ど、どうして私はこんな風になっているのでしょう？」

「私たちは婚約者同士だからね。これくらいは普通さ」

絶対そんなことはないはずだと思った。

ユリアンナは涙目で向かいの席に一人座るキールを睨む。

しかし、いつもならアルスマールの暴走を抑えてくれるはずの護衛騎士はそっと視線を外した。

「ユリ、よそ見しないで。私だけを見つめていて」

「アルさま！　でしたら私を下ろしてください。もう少し離れなければ見つめることなんてできませんわ！」

王家所有の馬車のスプリングは優秀で、揺れはほとんど感じない。

その快適な馬車の中で、なんとユリアンナはアルスマールの膝の上に横抱きにされているのだ。

頭の位置はほぼ同じで、こんなに近くにお互いの顔があっては、見つめるなんて恥ずかしすぎてできるはずがない。朝、侍女に指摘されたことを思いだせば、なおさらユリアンナは顔を上げられなかった。

（それに、万が一でも馬車がガタンと揺れたら、間違いなくアルさまの顔に頭突きをかます自信があるもの！）

アルスマールの顔は、ユリアンナが見惚れてやまないほどの超美形。そんな顔に青あざや傷をつけたらと思えば、恐ろしすぎて動けない。

「う～ん？　やればできると思うんだけどな。ほら、こっちを向いて」

アルスマールの言葉に、ユリアンナはフルフルと首を横に振った。顔をうつむけ両膝の上で握った自分の拳を見つめる。

アルスマールは上機嫌に笑った。

「フフ、白い頬が真っ赤に熟れてとてもおいしそうだ。……ちょっとかじってみてもいいかな？」

ギクリとしたユリアンナは、思わずアルスマールを睨みつける。

かじるだなんて、とんでもない！

「よかった。ようやくこっちを向いてくれたね」

アルスマールは笑みを深くした。本当に嬉しそうで、ユリアンナがいくら睨んでも少しもこたえた風ではない。

(どうして？　なんで急にこんなことになったのかしら？　せっかく昨晩はゆっくり落ち着いて悲恋を楽しめるようになったのに！)

アルスマールの態度の変化を、ユリアンナは訝《いぶか》しむ。

最近胸がキリキリ痛んでも、なかなかその後のキュウッとする甘い切なさがこなくなっていた彼女だったのだが、昨晩はじっくりどっぷり想像上の悲恋を楽しめた。

彼女が想像したのは、ゲームのキールルート。

ヒロインと結ばれるのは当然キールで、ユリアンナと婚約破棄した後のアルスマールが誰と結婚するのかはゲームでは語られていない。もちろん王子が未婚のままでいるはずはなく、アルスマールが自分以外の令嬢と結婚するのは間違いないことなのだが……それでも彼の隣に立つ令嬢の顔が見えないことに、ユリアンナはなぜかホッとした。

しかも、その仮定で婚約破棄後の自分が冷たい修道院の床の上に跪《ひざまず》き、一途にアルスマールを想う未来を想像すれば、ユリアンナは苦しいほどに焦がれる熱く切ない想いに胸を高鳴らせることができたのだ。

(本当に昨日はすんなりと悲恋に没入することができたわ。ここ最近の、できなかった私が不思議なくらいに簡単に)

昨日と今までの一番大きな違いは、やはりヒロインのお相手だが誰なのかだろう。

今まではアルスマール一択で考えていたのだが、そうでないケースもありえるのだとわかった途端、婚約破棄後の自分をユリアンナは思うことができたのだ。

(本当にそれだけで、……アルさまがヒロインのものにならないとわかっただけで、……私は落ち着けたのね)

あらためて考えれば、なんとも気恥ずかしい。自分のアルスマールへの執着の大きさがわかって、やっぱり彼の顔など見られないユリアンナだった。

(これじゃ、侍女にも言われてしまうはずだわ。私、アルさまを大好きになりすぎたのかしら？　少し距離を置いた方がいいのかも？)

そう思った途端、彼女のお腹に回っていたアルスマールの手にギュッと力が入る。

「アルさま？」

「急に黙りこんで何を考えているの？」

先ほどまで嬉しそうに笑っていたのに、いつの間にか不機嫌になっていた。それでも一応笑みを浮かべているのだが、目が全然笑っていない。

「何をって、こんな状況では何も考えられるはずがありませんでしょう！」

「そう？　ならいいけれど。……ユリは、私のことだけ考えていればいいんだよ。余計なことは一切考えないで」

そんなわけにもいかなかった。

「本当に、いったいどうされたのですか？　アルさま」

アルスマールの腕の力はゆるまない。離すものかと言わんばかりの拘束は、まるで彼も自分と同じようにユリアンナに執着してくれているのではないかと思わせる。

（……嬉しい）

それが誤解であっても、胸に湧き上がる喜びは本物だった。

「ユリ、君は私の婚約者だ。今も昔も未来も、ずっと」

「はい」

――――婚約破棄されない限りは。

心の中でそうつけ加えたことは言わないで、ユリアンナは熱い頬を隠すように首を縦に振る。

熟れたりんごのように赤い頬の令嬢と、そんな彼女を離すまいと抱きしめる王子を乗せて、馬車は学園へと走った。

そんな事情でぐったり疲れはて、教室に入ったユリアンナにジーナが近づいてくる。

「おはようございます、ユリアンナさま。お兄さまから体力回復用の飴《あめ》をもらってありますけれど、ご入り用ですか？」

ユリアンナがこうなることを見越していたキールは、前もって妹のジーナに飴を渡していたらしい。なんとも用意周到なキールに、ユリアンナは呆れた。

そんな飴を用意するくらいなら、馬車の中で助けてほしかったと思うのだが、きっとそれはアルスマールに止められていたに違いない。

「大丈夫です。特に何かしたわけではありませんもの」

「さすがユリアンナさまですね。兄などは、アルスマール殿下とご一緒するようになってから同じ飴をポケットに常備しておりますのに」

それは初耳だった。

アルスマールはいったいどれくらいキールに負担をかけているのだろう？

苦労性の騎士を哀れに思った彼女は、今後それとなくアルスマールに注意しておこうと思う。

「とりあえず今はいらないわ。……それより今日から魔法の授業がはじまりますわね」

「はい！　実は、楽しみすぎて昨晩眠れませんでした！」

ジーナの魔法適性はユリアンナと同じ補助強化系。そして、婚約者のパーリン伯爵も、男性にしては珍しい補助強化系魔法の教師だ。ジーナの張りきりようも納得である。

「あら、でもパーリン伯爵はあまり授業には出られないというお話ではなかったかしら？」

伯爵という地位にありながら、研究者としての業績を認められ学園の教師も兼務しているパーリン伯爵は、教壇に立つことを強要されていない。要は客員教授みたいなもので、研究して成果を出している限り生徒に教えるも教えないも自由な立場だと聞いていた。ジーナはとても楽しみにしているようだが、彼が直接自分たちを教えるかどうかはわからない。

（引きこもりのパーリン伯爵にとって、今の待遇は願ったり叶ったりでしょうけれど、あんまり楽しみにしてジーナさまががっかりしたらお可哀相だわ）

しかし、どうやら杞憂《きゆう》のようだった。

「はい。ですが、今年は補助強化系魔法の授業だけは担当してくださるそうなのです！」

それは間違いなくジーナのためだろう。公私混同も甚だしいと思うのだが、学園側にしてみれば授業を持ってくれるだけありがたいというところか。

「お兄さまは、ものすごく怒っていましたけど」

「フフフ、心配のあまり授業に乱入してくるかもしれないわね？」

「ユリアンナさまったら、冗談になっていませんわ！」

いくらシスコンのキールでも、そんなことはしないはず。

このときのユリアンナとジーナは、そう思って会話していた。

ところが、はじめての魔法授業開始直後に、二人は揃って呆然とすることになる。

「どうしてアルさまが、ここに？」

なぜか補助強化系魔法の授業教室にアルスマールとキールが入ってきたのだ。

可哀相にパーリン伯爵は、元々白い頬をなお青白くしている。

「お兄さまったら！　いくら私とルカさまが心配だからって関係のない授業にまで入ってくるだなんてやりすぎですわ！」

ハッとしたジーナが発した怒声に、キールはブンブンと首を横に振った。

「ち、違う！　誤解だ。どっちかって言うと今日の俺は被害者だからな」

慌てて言い訳したキールは、恨めしそうな視線をアルスマールに向ける。

アルスマールは、ニコリと王子さまスマイルを浮かべた。

パーリン伯爵に発言の許可をとってから、許されて一歩前に出る。

「みんな驚かせてすまない。実は今年度から、より実践的な魔法を学ぶために異なる系統間の魔法を連携させる授業を、従来より早めに開始することになった。今日はそのための下見ということで攻撃系魔法クラスから私とレーシン侯爵子息がここにきている。君たちは普通に授業を受けてもらってかまわない。その様子を見ながら、どこまで連携授業ができるかの判断をさせてもらう」

ユリアンナは驚いてアルスマールを見た。

たしかに魔法連携のための授業はゲームでも行われていた。ただし、それはもっと授業が進んでからのこと。

そして何より、アルスマールがこの教室にいることがおかしいと思う。

「どうして、攻撃系のアル……スマール殿下が、補助強化系の私たちの授業をご覧になるのですか？攻撃系が連携するのなら回復系が最適だと思うのですが？」

たとえば戦場で魔法を使う場合、補助強化系の魔法使いは戦闘前にすべての魔法をかけ終わる。身体能力を上げたり防御力を上げたりといった魔法は、かければ数時間はその効果が続くし重ねがけも可能なため、わざわざ危険な戦場に赴いて使うより、あらかじめかけておく方が効率的なのだ。当然、実戦の中での連係プレーなんてものは必要とされたことがない。

（だいたい、使い手のほとんどが貴族女性なんだもの。そんな危険を冒させるはずがないわ）

ユリアンナの疑問の声を聞いたアルスマールは、艶やかに微笑んだ。

その笑みを見た学生のほとんどが息をのみ、うっとりと頬を染める。

「ああユリ、私のことはいつもどおり愛称で呼んでくれてかまわないよ。私たちが仲睦まじい婚約者だということは誰でも知っていることだからね。――それとは別に今の質問の答えだけど、近年魔法による戦闘は多様化してきている。様々な局面が考えられ、中には事前の準備が十分にできないケースもありえると予測されている。そうなれば補助強化系の魔法使いが前線に投入されることも十分考えられることだ。学園で我々攻撃系の魔法使いと君たちが連携を学ぶことは、決して無駄にはならない」

アルスマールの言葉を聞いた補助強化系の学生たちは一様に顔色を悪くした。貴族令嬢が前線に投入されるなんて聞けば無理もない。

慌ててユリアンナは令嬢たちの方を向いた。

「皆さま、大丈夫ですわ。アルスマール殿下がお話しになったのは、あらゆる未来を仮定した上での予防措置です。統治者として最悪の場合にも備えなければならないというお立場に立った上でのお考えと心構えなのです。現在我が国は周辺諸国と良好な関係を築いておりますし、私たちが実戦の場に立つ可能性はほとんどありませんわ。……そうですわよね、アルスマール殿下」

アルスマールにも同意を求める。

「アルだよ、ユリ。そう呼んでと言っただろう?」

「アルさま!」

斜め上の返答に、ユリアンナは声を荒らげた。

アルスマールは「ごめん」と言って笑う。

「ユリの言う通りだ。すまないね。少し脅かしすぎたかな。私が先ほど言ったことは可能性の一つにすぎない。ただ、その可能性が低いからといって対策をとらないでいいかといえば、そうではない。万が一に備えるためにも、連携授業に協力してくれないかな？」

令嬢たちは、ホッとした顔をした。

「そういうことであれば」

「将来に対するアルスマール殿下の万全の備え、さすがでございますわ」

「ぜひ連携授業を受けさせてくださいませ」

次々に了承の声とアルスマールを賞賛する声が上がる。

ユリアンナの肩から力を抜けた。

そんな彼女の元にアルスマールが近寄ってくる。

「ありがとうユリ。おかげでみんなに納得してもらえたよ」

「お役に立てたなら嬉しいです。でも、できるなら事前にお話ししていただきたかったですわ」

そうすればこんなに焦らなかったのにと思ってしまう。

「……それは無理だろうな。今回の連携授業を早める話なんて、俺だって今さっき聞いたばかりだからな」

ユリアンナの言葉に答えたのはキールだった。いつも姿勢のいい騎士が、今は胃のあたりを押さえて背中を丸めている。

「え？」

キールは声をひそめる。

「こいつがこんなことを言いだしたのは、今日学園にきてからなんだ。ついさっき学園長に直談判して無理やり認めさせやがった」

「え？　え？」

呆然として見つめれば、いたずらを見つけられた子どもみたいな顔でアルスマールが舌を出した。

「急とはいっても、今日は私とキールが見学するだけ。実際に連携授業をはじめるのは、それぞれの魔法系統の授業に一年生が慣れてからだから、従来より早めとは言っても実はもう少し後なんだよ。だったらそれほど迷惑はかけないだろう？」

いやいやいやいや。突然予定外の系統の連携授業の話をされて、それを前提とした授業の見学まで申しこまれたというのなら、学園側が焦らないはずがない。

どうりでパーリン伯爵が顔色を悪くしているはずだった。

「ど、ど、どうして、急にそんなことを？」

「ユリと一緒に魔法の授業を受けたかったからね」

楽しそうに笑いながら、アルスマールはユリアンナに目配せする。

もはや、ユリアンナには言葉もなかった。

「魔法の授業はせっかく学年の枠を超えて受ける機会なんだ。なのに連携する魔法系統が違うというだけで、婚約者の私がユリと一緒に学べないなんておかしいだろう？　だから手っとり早く一緒に授業ができるように攻撃系と補助強化系の連携授業を、それもできるだけ早くしようと提案したのさ」


しゃあしゃあと話すアルスマールの様子に、頭が痛くなってくる。

キールは、押さえていた胃のあたりを一生懸命さすっていた。

「……たったそれだけのためにですか？」

ようやく声を絞りだせば、アルスマールは「当然」と頷いてくる。

「それだけでなんてないよ。私がユリと一緒にいることは何よりも優先されるべきことだからね」

それは違うとユリアンナは思った。

「冗談ですよね？」

「……どうかな？」

意味深に笑うアルスマールの笑顔に、子どもの頃の俺さまアルスマールの姿が重なる。

「アルさま！」

入学以来聞いたこともないユリアンナの怒声に、ジーナをはじめとした学生たちは目を丸くした。


その後、王子が婚約者の公爵令嬢にたっぷり叱られるというアクシデントはあったものの、魔法の授業はつつがなく（？）はじめられる。

『アビリティアップ！』

澄んだユリアンナの声が響くと同時に彼女の体から金色の光が溢れ出た。

ホーッと、感嘆のため息が周囲にもれる。

「お美しいですわ」

「神々しい！」

「あれほど素早く完璧に魔法をおかけになれるなんて、よほどの者でもできないのではないですか？」

自分にかけた強化魔法のおかげで、ユリアンナの耳は周囲の賞賛の声を全部拾ってしまう。たとえその言葉のほとんどが、未来の王妃に対するおべっかだとしても、気恥ずかしかった。

（これも公爵家の英才教育のおかげよね）

ユリアンナは自分が誰よりも恵まれた環境にあることをよくわかっている。

（これで人並み以上にできなかったら、私はかなり不出来な令嬢だってことになるもの）

ゆえに決して驕《おご》ったりはしなかった。

「こうまで完璧に強化魔法を使われてしまっては、我ら教師陣の出る幕がありませんね」

パーリン伯爵が苦笑しながら言ってくる。

「いいえ。私などまだまだですわ。現に詠唱を省くことができませんもの」

ユリアンナの言葉に、パーリン伯爵は驚いた。

「まさか？　セイン公爵令嬢は、無詠唱で強化魔法を使おうと思っているのですか？」

その通りなので「はい」と頷く。

「言の葉の一つ一つに力を乗せる召喚魔法はともかく、攻撃系も回復系も現在は詠唱なしで魔法を使うことを推奨されていますから。当然、補助強化系もそうあるべきだと私は思っています」

パーリン伯爵は、難しい顔で考えこむ。

「たしかにそうですが」

補助強化系の魔法は、ほかの魔法に比べて繊細で複雑な構成となっているものが多い。先ほどユリアンナが使った『アビリティアップ』も、詠唱にすれば短いがその言葉の奥には練り上げられた発動方法がいくつも潜んでいて、そのため抑揚を一カ所でも間違えれば発動することなく霧散してしまうという魔法だった。

声にだしてさえ難しい魔法を、無詠唱で発動させるなど、無茶を通り越して無謀としか言いようのないことだと思われているのかもしれない。

それでも、それは不可能ではないとユリアンナは知っていた。

(だってゲームのユリアンナはやっていたんだもの。まあ、やったのは強化じゃなく弱体化の方で、目的はヒロインに対するいじめだったんだけど)

王子にバレずにヒロインに嫌がらせをするという、ただそれだけのために無詠唱の弱体化魔法を思いつき実行できたユリアンナは真実優秀な公爵令嬢だ。

もっとも、その能力の使い道は間違っているとしか言いようがないのだが。

(どうしてその力を正しい方に使えなかったのかしら？　そうしたら彼女の運命も少しは変わったかもしれないのに)

無詠唱で補助強化系魔法を使えるほどの天才であれば、その存在は引く手数多《あまた》。使い道さえ誤らなければ、少なくとも修道院幽閉エンドは回避できただろう。

しかしそれはゲームの世界でのこと。

ここで生きているユリアンナにはどうにもできないことだ。

彼女ができるのは自分自身がゲームと同じ過ちを犯さないようにすることとくらい。

(いずれアルさまに婚約破棄されるにしても、そんな愚かな真似はしないわ！　まあ、私的には修道院幽閉エンドでも全然かまわないんだけれど)

それでも無詠唱魔法に挑戦することは無駄じゃない。

だからユリアンナは一心不乱に魔法の授業にとり組もうとしていた。

しかし、それを邪魔する者がいる。

「ユリ、本当に君の魔法はキレイだね。あまりに美しすぎてほかの誰にもみせたくないくらいだ」

(アルさま、それはヒロインの魔法に言ってやってください！)

「ありがとうございます」

当たり前のように抱きしめようと伸びてくる腕から距離をとりながらユリアンナは礼を言った。

「ユリ――――」

「今は授業中です」

きっぱりと拒絶すれば、アルスマールは大きく肩を落とした。

「わかったよ。では授業が終わるまで我慢する」

授業が終わってもいちいち抱きしめようとしてくるのはやめてもらいたいと思う。

「アルさま、見学はもう十分ではありませんか？　そろそろご自分の授業に戻られた方がいいと思いますけれど」

ユリアンナは、アルスマールに攻撃系魔法の授業に戻ってもらおうとした。ところかまわず抱きしめられるのは恥ずかしいし、何より心臓に悪いからだ。

（今日は朝からずっとドキドキしっぱなしなんだもの。本当に心臓発作とか起きるかもしれないわ）

冗談でなくそう思う。

それに、ユリアンナにはもう一つ気がかりがあった。

それはゲームの中でのこと。魔法授業のどこかで強制イベントが起きるかもしれないのだ。

（最初の授業ではなかったような気がするんだけど、でもゲームとはいろいろ違ってきているから、いつ起きるかわからないわ）

イベントの発生場所は攻撃系魔法の授業を行う屋外練習場。

（担当教師が席を外した間に学生の一人が魔法を暴走させるのよね。それをヒロインと一番好感度の高い攻略対象者が鎮めるの。でもそのときに怪我をして、それをヒロインが回復魔法で治すっていうイベントだったわ）

なのに、攻略対象者の三人までがここにいる。

この状況で魔法の暴走が起こるのはまずいのではないだろうか？

（だからってアルさまやキールさまに怪我してほしいってわけじゃないんだけど）

「大丈夫だよ。今日は授業の最後までここで見学する予定だ」

ユリアンナの心配をよそに、アルスマールはそう言った。

どうしようと思っていれば、先ほど強化魔法でよくなった耳に、遠くから学生たちの叫び声が聞こえてくる。

『止めろ！　それ以上は危険だ』

『どうしよう？　止められないんだ！』

『うわっ！　爆発するぞ！』

それはまさしくイベントの中で聞いた魔法が暴走する前の悲鳴と同じだった。

「いけないいっ！」

思わずユリアンナは駆けだす。

「ユリ？」

「魔法が暴走します！　止めなきゃ！」

考えるより先に体が動いていた。

ここで幸いだったのは、ユリアンナが直前に強化魔法を使っていたこと。このため彼女は普段からは考えられないほど速く走れた。

校舎を駆け抜け、校庭もひとっ飛び、あっという間に屋外練習場に辿《たど》り着く。

そこで目に飛びこんできたのは、限界まで膨れ上がった炎の魔球だった。

直径二メートルほどにもなった魔力の塊の中でグルグルと炎が渦巻いている。

（爆発したら大惨事になるわ！）

ゲームではここまで大きくなかったような気がする。おそらくこの状況になる前に、攻略対象者の誰かが己の魔法を使って魔球の威力を抑えていたからなのだろう。

（アルさまは闇の魔法で覆って抑えられるし、キールさまは他人の生みだした炎を自分の力で制御するのよね。ほかにも氷の魔法や土の魔法、それぞれ得意な魔法で魔球を小さくしていたわ）

最終的には爆発するのだが、それは大きな風船が破れた程度のもの。

攻略対象者が怪我をするのも、運悪く炎が掠め軽いやけどをするくらいだ。

（でも、今、目の前のこれは違う！）

このまま爆発すれば全員大怪我は必至のレベルだった。

下手をすれば死者だって出るかもしれないくらい。

（そんなことにはさせないわ！）

ユリアンナは考えた。

そこで彼女が参考にしたのは、攻略対象者の中でも補助強化系の魔法を使うパーリン伯爵の対処法だ。

（ゲームでは授業を担当しないパーリン伯爵が、たまたま練習場の近くを通りかかって暴走を止めるのよね。…………たしか、彼がしたのは）

最初は、この場にいる学生全員に防御魔法をかけた。

『シールド！』

ユリアンナの魔法詠唱と同時に、黄金の光が学生たちの体を包む。

「え？」

「セイン公爵令嬢さま？」

魔法の暴走でパニックになっていた学生たちが、ここではじめてユリアンナに気づいた。

「これは、防御魔法？　どうしてセイン公爵令嬢さまがここへ？」

次々と疑問の声が上がるが、それに答えている暇はない。

ゲームのパーリン伯爵は、次に魔法を暴走させている学生に弱体化の魔法をかけるのだが……ユリアンナはふと迷ってしまった。

（魔球の威力がゲームよりずっと強いわ。きっと本当にギリギリの魔力で今の状態を保っているのよね？　なのにここで彼を弱体化させたら、ますます制御できなくなって魔球が爆発するんじゃないかしら？　かといって強化したら魔法の威力が上がってもっと暴走するかもしれないし）

強化と弱体化、いったいどちらを選んだらうまくこの場を収められるのだろう？

悩んでいる暇などないのに、選べない。

（ええい！　ままよ！）

『アビリティ――――』

覚悟を決めたユリアンナは、呪文を唱えはじめる。

そこに――――、

「ユリ！　俺に強化魔法をかけろ！」

『――――アップ！』

聞こえてきたのはアルスマールの声だった。

なんだかおかしくなる。

――それは間違いなく現実逃避。

右手から広がる激痛をできるだけ考えないようにしたいユリアンナの自己防衛だ。

必死に気を逸らしていれば、ふわりと浮遊感に襲われた。

「直ぐに医務室に連れて行くから、少しの間我慢して」

なんと、アルスマールがユリアンナを横抱きに抱き上げたのだ。いわゆるお姫さま抱っこの体勢に慌ててしまう。

「ア、アルさま、……下ろしてください！　自分で……歩けます！」

このときばかりは、声がでないなんて言っていられなかった。

大声で抗議したのに、あっという間に却下される。

「無理だよ。ジッとしていて。……キール、先導しろ！」

アルスマールはそのまま走りだそうとした。

（まさか！　この状態で学園内を移動しようというの？　恥ずかしすぎて、死んじゃうわ！）

ユリアンナの具合がこれから悪くなるとしたら、原因はやけどではなく羞恥のためだろう。

どうしようと焦っていれば、その場に凛《りん》とした声が聞こえた。

「お待ちください！　私がセイン公爵令嬢さまを治します！」

それはクラーラの声だった。

視線を向ければ、唇を噛みしめ頬を上気させた少女が直ぐ近くに立っている。

「マルファ男爵令嬢さん?」

急いで駆けつけてきたのだろう肩で息をする少女は、その場で両手を組み合わせる。

『ヒール!』

高らかな回復魔法の詠唱と同時に、ユリアンナの右手がピンク色の光に包まれた。本来温かく感じるはずの魔法は発熱しているせいなのか、ひんやりと心地いい。次いで光はユリアンナの体を覆い、息苦しさもなくなった。

実に見事な回復魔法である。

(さすがヒロインだわ!)

感心するユリアンナとは裏腹に、アルスマールは表情を険しくした。

「誰が回復魔法を使う許可をした! 迂闊《うかつ》なことをして! 君はまだ学生なんだぞ。魔法が失敗して万が一にでも後遺症が残ったらどうするつもりだった? 一度魔法で治した傷は、後遺症が出ても医師による治療は難しくなる。だから、完全に治せる保証がない限り、魔法での治癒は緊急時以外ご法度なのに!」

本気の怒声が練習場内に響いた。人を威嚇し震え上がらせる迫力は、さすが王子だと言うべきか。

実際、アルスマールの言う通りでもあった。

そこまで思い至れなかったのだろう、ハッとしたクラーラは顔色を青ざめさせる。

「あ、あ、申し訳ありません! 私っ!」

ユリアンナは慌てて身を乗りだした。

「大丈夫ですわ。そんなにひどい怪我ではありませんでしたもの。あなたの回復魔法は見事なものでした。アルさまが心配しすぎなのですわ」

「……ユリ」

心配しすぎと言われたアルスマールは顔をしかめる。

しかし、これ以上クラーラを責めては可哀相だと思ったユリアンナは、治った右手でアルスマールの腕に触れた。

「アルさま。私はもう大丈夫ですから下ろしてください。私を治してくださったマルファ男爵令嬢さんにお礼を言いたいですわ」

宥めるように軽く腕を叩く。

アルスマールは、彼女の右手に視線を向けた。綺麗に治った手を見て安心したように大きく息を吐きだすが、ユリアンナを抱き上げる腕の力はゆるまない。

「もう少しこのままでいたい」

「アルさま！」

もう、何を言っているのだろう？

ユリアンナが睨めば、アルスマールは渋々彼女を下ろしてくれた。

ところが即座に右手をとられ、指を絡める形で繋がれてしまう。いわゆる恋人繋ぎで、ユリアンナには逃げる隙さえ与えられなかった。

これではクラーラに近づくこともできない。

離してもらおうと思ったのだが、顔を背けたアルスマールは視線を合わせてくれなかった。握っている手にギュッと力が入り、絶対離さないぞという意志だけは伝わってくる。

仕方ないかと諦めたユリアンナは、手はそのままにクラーラの方を向いた。

「マルファ男爵令嬢さん、私に回復魔法を使ってくださってありがとうございます。おかげで少しも痛くありませんわ」

クラーラはビクッとして体を震わせる。

「そんな。お礼なんて。…………殿下のおっしゃる通りです。私はよく考えずに魔法を使ってしまいました。……申し訳ありません！」

彼女はすっかり萎縮してしまっていた。

「謝る必要なんてないですわ。咄嗟のことでみんな焦っていたのですもの。私だって後先考えずに飛びだしてきて魔法を使ってしまったのよ。あなたと同じだわ」

ユリアンナは精一杯優しく笑いかけた。

しかしクラーラは唇を噛みうつむくばかり。

（善意で回復魔法を使ったのに怒られてしまったんですもの、当然よね。……もうもう、アルさまったらゲームのアルさまと全然違うじゃない！　いったいどうなっているの？）

ゲームの中だと、クラーラに回復魔法をかけてもらった攻略対象者は、もれなくうっとりと感謝と賞賛の言葉を述べていた。

先ほどのアルスマールの苦言は悪役令嬢のセリフで、負け犬の遠吠えみたいなものだったのだ。

「何もできなかった君に他人を批判する資格はない」と一蹴されてしまい、涙目になってヒロインを睨みつけ退場するまでがお約束。

(同じセリフなのに、アルさまが言うと重みが出るのよね。……ここまでゲームと違ってしまったのは、……やっぱり私のせいなんだろうな)

ユリアンナは頭を抱えたくなった。いくら考えても、原因は自分である。

どうフォローしようと思っていると、アルスマールに繋いでいた手を引き寄せられた。

「アルさま?」

しげしげとユリアンナの右手を見つめたアルスマールは、そっとその手に唇を寄せる。

「ヒェッ!」

チュッとキスされて、思わず変な声がでた。

それは気にならないようで、アルスマールはそのままユリアンナの手を額につける。

「よかった。本当に治っている」

祈るような仕草だった。

額から手を離すと、先ほどとは違い落ち着いた表情でクラーラを見る。

「君の行動が迂闊だと言ったことは撤回しない。……ただ、それとは別にユリを治してくれたことには感謝する。……ありがとうマルファ男爵令嬢」

アルスマールの礼を聞いたクラーラは、弾《はじ》けるように顔を上げた。フルフルと首を横に振る。

「そんな、私なんかに! ……私の方こそ、申し訳ありませんでした」

アルスマールは、一つ頷いてクラーラの謝罪を受け入れた。

「今後気をつけてくれればそれでいい。ユリの言う通りだ。君だけが悪かったわけじゃない。

――そうだよね、ユリ？」

彼の言葉を聞いた途端、ユリアンナの背に悪寒が走った。

（…………まずい）

咄嗟にそう思う。

アルスマールの手を離そうとして……やっぱり離せなかった。

「ア、アルさま？」

「君が急に走りだすから、私はビックリしたよ。しかも、後を追ってみれば危険な現場のただ中で魔法を使っているし」

アルスマールの笑顔が、怖い。

これは絶対怒られる流れだと思ったユリアンナは助けを求めて視線を彷徨《さまよ》わせた。

しかし、いつもなら助けてくれるはずのキールは、アルスマールと同じくらいイイ笑みを浮かべて彼女を見ている。

（…………あ、これはダメだわ）

どちらもとても怒っているのは、誰の目にも明らかだった。

やらかした自覚のあるユリアンナは、なんとか逃げられないかと挙動不審になる。

次の瞬間、先ほどと同じ浮遊感に再び襲われた。

「きゃっ！」

「逃げられちゃ困るからね」

さすが長年の婚約者。アルスマールはユリアンナの行動パターンを熟知している。

「そんな！　アルさま、私は逃げようなんて思っていませんから下ろしてください！」

「ダメだよ。これは君への罰の一つだ。諦めて大人しく私に運ばれて」

スタスタとアルスマールは歩きはじめた。

咄嗟にユリアンナは彼の首に手を回す。いくら落とされる心配がなくとも、不安定に揺れるのだから仕方ない。同時に恥ずかしすぎて、アルスマールの肩に顔を押しつけた。

（白昼堂々お姫さま抱っこで運ばれるなんて、平気でいられるはずがないわ！）

これがヒロインならばまだわかる。なんてステキな光景なのだと、ユリアンナだって心を躍らせて見つめたことだろう。

しかしユリアンナは悪役令嬢。光の当たる場所を歩くヒーローとヒロインを柱の陰から嫉妬の炎を燃やして睨みつける役柄のはずだ。

（そして悲恋にまっしぐらのはずだったのに！　本当にどうしてこうなったの？）

ユリアンナの心の叫びは、誰にも届かず彼女の中に消えたのだった。

第五章　焦る悪役令嬢と思いを募らせるヒロイン

その後ユリアンナは滅茶苦茶怒られた。

アルスマールやキールはもちろん、ジーナや両親、そしてなぜかパーリン伯爵にまでこってり絞られてしまったのだ。

「セイン公爵令嬢、あなたが使った補助強化魔法は実に見事としか言いようがありません。今回の事件が大きな被害もなく片付いたのはあなたのおかげと言ってもいいでしょう。しかし、それとは別に、どうしてあの場であなた自身が飛びだしていかなければならなかったのですか？　補助強化魔法の使い手が必要だと判断したならば、私に言って私を走らせればよかったはずです。……あの後、アルスマール殿下もキールさんも続けざまに飛びだしていってしまって、残された私は動揺する生徒を放りだすわけにもいかず、ジーナには泣かれるし、ものすごくたいへんだったのですよ！」

長々とした説教だが、彼が言いたいことはジーナの件に尽きるだろう。研究とジーナ以外に興味のないルカが苦情を呈する理由などそのくらいしか思いつかない。

「今後は、ジーナさまを泣かさないように注意いたします」

「ぜひそうしてください！」

食い気味で言われて、やっぱりと思った。

まあ、ジーナとパーリン伯爵の仲がいいのはいいことなので、別に文句はないのだが。

人的被害こそ出なかったものの結構な大事件となった魔法の暴走は、学生たちの間でも大きな噂になっていた。

「アルスマール殿下とレーシン侯爵子息さまが被害を最小限にしてくださったとか」

「私、校庭を駆けていく殿下とすれ違ったのですが、あれほど真剣な表情ははじめて見ましたわ！とても凛々しいお姿でした」

「レーシン侯爵子息さまもいつも以上に勇壮で、私、胸が高鳴りましたわ」

女子学生の興味の半分はアルスマールとキールがさらった。

「一年生の少女が回復魔法を使ったのだろう？」

「淡いピンクの光が溢れ出てとても美しかったとか」

「少し勇み足のところもあったようだけど、でもあんな大事件で咄嗟に協力を名乗り出るとか、すごいよな」

男子学生の興味の半分は、クラーラに向いている。

どちらもいい傾向だなと思うのだが、問題は全学生の残り半分の興味で――――。

「セイン公爵令嬢さまが、直ぐに駆けつけてくださったのでしょう」

「即座に皆さまに防御魔法をかけてくださったとか」

「俺はその場にいたんだ！　金色にキラキラと輝いて、この世のものとも思えないほど神々しく美しい魔法だった！」

「殿下やレーシン侯爵子息さまへも強化魔法を使ってご助勢されたとか」

「なのにご自身は後回しで、結局お手を怪我してしまわれたのでしょう」

「お互いの心配をし合う殿下とセイン公爵令嬢さまのお姿に誰もが感涙したと聞きましたわ」

「この上なく大切にセイン公爵令嬢さまを運ぶ殿下のお姿が尊すぎて失神したご令嬢が何人も出たのだとか」

（うっぎゃぁぁぁ！　やめてやめて！）

止めどなく噂される自分とアルスマールの話に、ユリアンナは羞恥で死にそうになっていた。

（特に、お姫さま抱っこのくだりとか、他者目線で微に入り細を穿《うが》つように語られるのって地味にダメージくらうから！）

本当にどうしてこうなってしまったのか。

それでもクラーラについて、いい噂が広がったのは嬉しかった。

このまま信奉者を増やしてヒロイン街道を驀進《まいしん》してほしいと願う。

（問題は私の方なのよね。少しは悪役令嬢らしきことをやって評判を落としていかないと、このままじゃ理想の悲恋に辿り着けないわ）

悪役令嬢の悪事といえば定番は、教科書や制服を破くとか、ドレスを汚すとか、階段から突き落とすとか、なのだが。

（無理無理無理無理！　そんな質《たち》の悪いいじめみたいな真似できないもの！）

ユリアンナにだって譲れない一線がある。

（後は思いっきり見下して嫌みを言うくらいなんだけど）

こちらもほかならぬユリアンナの策が功を奏して、クラーラの成績は上の上。礼儀作法も人後に落ちないくらいにはこなせていた。

（容姿も抜群に可愛いし……どうしよう貶すところが見つからない）

途方に暮れたユリアンナだが、学園の掲示板に張りだされた行事案内に一条の光明を見つける。

『学内音楽コンクール』

それは文字通り音楽の腕前を競う競技会だった。

参加は自由。同学年の二人一組でエントリーし、一組十分以内で発表。学園の用意した審査員と一般学生との人気投票で順位が決められる。

（ゲームの中でもあったわよね？　平民育ちのヒロインにまともな楽器演奏なんてできるはずがないと思った悪役令嬢が、恥をかかせてやろうと思って、勝手に自分の取り巻きと組ませた体でエントリーして、反対にギャフンと言わせられてしまうのよ）

貴族ならば楽器の演奏ができるのは当たり前。事実、ユリアンナはピアノとヴァイオリンを幼いときから習っているし、アルスマールやあのキールでさえ複数の楽器を弾くことができる。

（二人ともヴァイオリンの名手なのよね。音楽コンクールでは二人で組んで聴衆すべてをうっとりと惹きつけるんじゃなかったかしら？）

ユリアンナはたしかジーナと組んでピアノの連弾をしたはずだ。テクニックは素晴らしかったがお互い独演モード。心がまったくこもっておらず、審査員からけちょんけちょんにこきおろされていた。

（当日、ヒロインと組んだ悪役令嬢の取り巻きは無断欠席。突然指名をされてそれを知らされたヒロインは、ユリアンナのごり押しで一人で演奏することになるのよね。とはいえ楽器は弾けないから歌を歌うことになるんだけど。教会で聖歌を歌っていた彼女の声は美しく、それに魅了された好感度の高い攻略対象者が途中で伴奏をはじめるんだわ。息もぴったりの二人の演奏は聴衆を魅了して、終わったときには拍手喝采。見事優勝するのよ！）

ちなみに悪役令嬢は十位以内にも入れなかった。勝手にヒロインをエントリーしたこともバレて、攻略対象者に強く責められるのだ。

（これぞまさしく私の求めていたチャンスなんじゃないかしら？）

いくらクラーラでも施設の勉強で楽器演奏まで習うはずがない。

悪役令嬢のユリアンナは、それを思う存分貶せるし、しかも最後にはざまぁされる落ちもつく。

（いいわ！　音楽コンクール最高よ！　早速ジーナさまに一緒に出場してくださいってお願いしなくっちゃ！）

意気揚々と後ろを振り返る。

「――――こんにちはユリ、ずいぶん楽しそうだけど何かいいことがあったのかな？」

途端声をかけられて、驚き固まった。

ユリアンナの真後ろにニコニコと笑うアルスマールがいて、そのさらに後ろにはキールが呆れたように立っている。

「アルさま！　あ、ご機嫌麗しゅう。……って、え？　いつからここにいらしたのですか？」

咄嗟に礼をとったけど、慌てた様子は隠せなかった。

アルスマールはクスクスと笑う。

「つい今ほどだよ。偶然通りかかったら、ユリが掲示板の前で百面相をしているから、可愛いなって思って見ていたんだ」

それは悪趣味というのではないのだろうか？

「直ぐにお声をかけてくだされればよかったですのに！」

「ごめんごめん。それで、何か君の興味を引くものがあったのかな？」

アルスマールは少しも悪いと思っている風ではなかった。

それにちょっとムッとしながらも、ユリアンナは質問に答えることにする。

彼やキールには、音楽コンクールに出るという話をしておいた方がいいだろう。

「音楽コンクールですわ。私、出場してみようと思いまして」

アルスマールはユリアンナの頭越しに掲示板の張り紙を見た。

「ああ。もうそんな時期か。ユリが出場するならピアノかな？」

ヴァイオリンと両方弾けるユリアンナだが、どちらかといえばピアノの方が得意だ。

「はい。もちろん、ジーナさまのご意向を伺ってからですが」

ジーナもピアノが得意だ。できれば連弾したいのだが、場合によってはユリアンナがヴァイオリンを弾き二重奏にしてもいいかもしれない。まぁ、どちらにしろジーナがパートナーを引き受けてくれてからの相談になるが。

「ジーナ嬢？　たしかに彼女はいろいろ口出ししてきそうだが。……一番優先すべきは私と君の意見だろう？　私はヴァイオリンを弾くから君はピアノにしたらいいよ」

ユリアンナは首を傾げた。

アルスマールがヴァイオリンを弾くからといって、それが彼女にどう関係してくるのだろう。

「アルさま？」

「まずは曲を選ばないとね。ゆったりとした優雅な曲もいいけれど、明るく軽快なものも捨てがたいな。それに練習のためのスケジュールも合わせないといけないね」

ますます疑問が深くなる。

「どうして、私とアルさまがスケジュールを合わせないといけないのですか？」

「私とユリでペアを組むのだから一緒に練習するのは当然だろう？」

「………………え？」

いったいどうしてそんな話になったのか？

「アルさま。音楽コンクールは同じ学年同士でペアになる決まりですわ」

「去年まではね。今年からルールが変わって違う学年でもペアになれるようになったんだよ」

「え？」

ニコニコニコと上機嫌に笑うアルスマールを、ユリアンナは呆然と見上げた。

乙女ゲームの設定ではそうなってはいなかったのに、なんで変わったのだろう？

「当然、ユリは私とペアを組むよね？」

笑顔なのに、圧がすごかった。

断るなんて絶対許してもらえそうにない。

アルスマールの後ろからキールが、哀れみのこもった視線を向けてきた。

「ああ、もう観念した方がいいぞ。こいつは文化祭も体育祭も、ありとあらゆる行事の学年の枠をとっ払おうと画策しているからな。下手すりゃ普通の授業さえ全学年自由に受講できるようにしようと狙っている。……全部、ユリアンナ嬢、君と一緒にいるためにだ」

もう、ポカンとする以外なかった。

「アルさまが？　私と一緒にいるために？　学校の規則を変えようとしているのですか？」

「……実際、変えている」

重々しくキールが頷く。

たしかに、魔法の授業も音楽コンクールも、ゲームとは設定が変わっていた。

（え？　え？　えぇ〜っ！）

ブワッ！　と頰が熱くなる。

あまりに想定外で、どうしたらいいのかわからなかった。

きっとリンゴみたいに赤くなっているだろう頰に両手をあて、ユリアンナは視線を彷徨わせる。

「せっかくユリと同じ学園に通っているのに、離れているなんて我慢できないからね」

アルスマールはこの前も似たようなことを言っていた。

いったいどれだけ一緒にいたいのだろう？

戸惑いの中に、トクトクと忙しなく動く心臓の音が聞こえてくる。

「……ちっとは我慢しろ」

キールはブスッとして呟いた。

「嫌だね。ユリだって私と一緒の方がいいだろう？」

キラキラと輝く美しい笑顔で「ね？」と言われて「違う」と否定できる女性が、この世界にどれほどいるだろう？

少なくともユリアンナには無理だった。

「――――はい」

結果、小さな声で返事してユリアンナは頷く。

「ああ、よかった。では音楽コンクールに一緒に出るのは決まりだね。エントリー用紙は私の方で書いておくよ。今度お互いの予定を持ち寄って練習スケジュールを組もう。どんな曲を演奏したいかも考えておいてね。……今からとても楽しみだよ。絶対優勝しよう！」

あれよあれよという間に、アルスマールと出場することが決まってしまった。

キールからの哀れみの視線が深くなる。

「では、またね」

頬にチュッとキスをして、アルスマールは颯爽と去っていった。

ユリアンナは掲示板の前で呆然と立ち尽くす。

(…………どうしてこうなった?)

よくわからないユリアンナだったが、頬の熱さだけは意識しないわけにはいかなかった。

掲示板前で別れた後、その足で直ぐに自分とユリアンナのエントリー申請をしたらしいアルスマールは、翌日にはもう練習スケジュールを組み終えていた。

お互いの予定を持ち寄ってと言った言葉はなんだったのか?

完璧にユリアンナの予定を把握しているとしか思えないスケジュールに変更点はなく、その日から二人は練習をはじめることになる。

(曲まで作ってみたとか、もうどこにツッコんでいいのかわからないわ。一緒に練習できるのは、すごく嬉しいけれど、せっかく目指した悪役令嬢への道が遠のいたような気がするのは気のせいかしら?)

しかも感涙ものの名曲だ。ハイスペックもここまでくると乾いた笑いしか出ない。

(おまけに曲の題名が…………『愛するユリアンナのために』とか!)

どんな顔をしてコンクールでこれを演奏すればいいのだろう?

嬉しいけれど……本当に嬉しいけれど! 恥ずかしすぎる!

ユリアンナは真っ白に燃え尽きそうになっていた。

「ステキですわ、ユリアンナさま。でも私とお兄さまも負けませんから!」

ジーナはキールと一緒にコンクールに出場するそうだ。学年枠をとっ払ったアルスマールだが、さすがに教師の参加も可とするわけにはいかなかったようである。

「できなかったというより必要性を感じなかったんだろう？　来年になったら卒業生も参加可能とかにするんじゃないかな？」

とは、キールの談。……怖いことを言わないでほしい。本当にそうなりそうで笑えない。

そんなこんなでバタバタしている間に、音楽コンクール当日を迎えていた。

学園内のコンクールとはいえ、そこは王侯貴族の通う王立学園仕様。会場は、パリのオペラ座かはたまたウィーンの黄金のホールかという豪華さだ。繊細なステンドグラスや重厚な内装に、本当にここで学生が演奏していいのかと思ってしまう。

そして、今日のユリアンナは、どこの有名ピアニストかと錯覚しそうなほど美しく華麗なドレスに身を包んでいた。今は控え室で順番を待っているところで、一見優雅にソファーに腰かけているように見えるだろう。

……内心は、不安でいっぱいだった。

もっともその不安は、演奏することではなく自分の着る衣装のことだったりするのだが。

公爵令嬢として幼い頃より教育を受けてきたユリアンナは、今さら学園の音楽コンクールなどに怖《お》じ気づいたりはしないのである。

それよりも――――、

(うぅ～、私、学園の制服以外でこんな丈の短いドレスで人前に出たことがないんだけど……おかしくないかしら？）

今回ピアノを弾くにあたって彼女はきちんと足捌《さば》きができるようにと、ミモレ丈のドレスを注文していた。貴族令嬢の正装といえばロングドレスが主流な中で、くるぶしが出る長さのドレスは、なんとなく恥ずかしい。

もじもじしていれば、控え室にアルスマールが入ってきた。

彼の衣装は白いタキシード。胸には赤い薔薇《ばら》が一輪挿してある。

ユリアンナの衣装も白を基調とし、観客から見える右の肩から裾にかけて赤い薔薇のデザインを散らしてあった。

要はお揃いなのだが、アルスマールのタキシード姿の神々しさに、ユリアンナは圧倒される。

（すごい！　本当に本物の王子さまだわ！　黒髪が白い衣装に映えて眩しすぎる！）

あまりの感動に言葉も出ない。

一方のアルスマールもまた、ドアから入ったその場で固まっていた。

そのまま少し経ってから、ほぉ〜と大きく感嘆の息を吐く。

「ユリ……とてもキレイだよ。黄金の髪が白いドレスに映えて女神のようだ。――――露《あら》わになった華奢《きやしや》な背も折れそうなほどに細い腰も、まろやかで揉《も》んだら柔らかそうな大きな胸も、抱きしめて離したくないほど美しい！」

……なんだかさり気なくセクハラ発言があったような気がするが、気のせいだろうか？

あまりにうっとりと見つめられて、ユリアンナは困惑した。

「アルさまもステキですわ」

「私なんて、君の足下にも及ばないよ！　ああ、でも足下といえば、そのドレス丈はあまりに無防備すぎるんじゃないかな？　ユリの白い足首がそんなに見えるなんて！　どうしよう？　会場にいる男どもの目を全員潰してやりたい！」

それはやめてほしかった。

今のアルスマールなら本当にやりそうである。

「アルさまったら！　このドレスは制服のスカートより長いのですよ」

「それはそうだけど……でも、本来長くて当然のドレスが短いというところが気を惹くというか男心をくすぐるというか、ともかく目を離せない！」

それはアルスマールだけだろう。

(たしかに私も恥ずかしいけれど、ほんの少しスカートが短いだけなのに！)

この調子で普通に演奏できるのかとても心配だ。ドレスの丈のせいで彼が演奏できなくなったりしたら、笑えない。

「……私、着替えた方がいいですか？」

おずおずとたずねれば、アルスマールは慌ててブンブンと首を横に振った。

「ゴメン。ユリ。あんまり君がキレイだから舞い上がってしまって、余計な心配をさせたね。そのドレスは君にとても似合っているから着替えるなんてしなくていいよ」

アルスマールは力強く宣言すると、ユリアンナの側に寄ってきた。

手を差し伸べられて、その手に自分の手を添える。

「こんなにキレイなユリと一緒に演奏できるなんて、今日の私は世界一幸福な男だ」

ユリアンナの手を引き寄せたアルスマールは、そう言いながら手の甲にキスをした。

本当に本物の王子さまである。

「だったら、私は世界一幸福な女性ですね。こんなにステキなアルさまと演奏できるのですもの」

頰が熱くなるのを意識しながらユリアンナは返した。

アルスマールの笑顔は輝くばかり。

そのとき「ワッ！」という歓声が、閉じた扉の向こうから聞こえてきた。

「時間からすると、キールとジーナ嬢の演奏かな？」

「きっとそうですわ。二人とも素晴らしい演奏をされますもの」

会場で聴けなかったのが、つくづく残念だと思う。

「そろそろだね。いこうか」

そっと手を握られ促された。

「はい。頑張りましょうね、アルさま」

「ああ、一緒に優勝しよう」

ゲームどおりであれば優勝するのはクラーラだ。

そうは思ったが静かに「はい」と頷いた。どうせ出るのだ、最善を目指したい。

（できるかできないかは、その次だわ）

アルスマールにエスコートされ、ユリアンナは力強く歩きだした。


二人の演奏は大成功だった。

アルスマールとともに美しい旋律を紡ぎ終わったその瞬間、学園の音楽ホールは静寂に包まれる。

一拍遅れて歓声と拍手が沸き起こり、全員でのスタンディングオベーションとなった。

「ブラボー」の声が鳴りやまず、ついには「アンコール」の大合唱になっていく。

（いや、音楽コンクールでアンコールはないでしょう！）

さすがに要望には応えられず、惜しまれつつも二人はカーテンの陰に引っこんだ。

「ユリアンナさま！　ステキでしたわ」

まず一目散に駆け寄ってきたのはジーナだ。興奮に頬を赤らめさせ、赤い目がキラキラと輝いている。

「演奏ももちろんでしたけど、お二人が息ぴったりに演奏する姿がまた眼福で、生きていてよかったと心より思いましたわ！」

いささかオーバーな表現だと思う。十五歳でその感想は早すぎるのではないだろうか？

「ありがとうございます。ジーナさま」

とはいえ、褒められて嬉しくないはずもなく、ユリアンナは、はにかみながらお礼を返した。

「ありがとうは私のセリフですわ！　あんなに素晴らしい演奏を聴かせてくださって本当にありがとうございます！　ああ、でもお二人の演奏があんまり素晴らしすぎたので、後の方はたいへんかもしれませんわね？」

「さすがに、そんなことはないでしょう」

興奮冷めやらぬジーナの言葉をユリアンナはやんわりと否定する。

いくらなんでもそれはないはずだ。

しかし、残念なことにジーナの懸念の方が当たってしまう。

次の出場者が演奏を辞退し、その次もまた辞退したのだ。

アルスマールとユリアンナの演奏は最後から三組目だったので、それでコンクールは終わりとなってしまう。

「そんな！　どうしましょう？」

ユリアンナは、なんだか申し訳なくなった。

自分たちの演奏のせいだと落ちこめば、アルスマールが苦笑しながら手を握ってくれる。

「さすがにこうなるとは思わなかったが……仕方ないよ。私たちは精一杯演奏しただけなのだから」

「殿下のおっしゃる通りですわ。ユリアンナさまは何も悪くありません！」

「そうだな。どっちかというと悪いのはユリアンナ嬢との演奏に熱を入れすぎたアルの方さ」

ジーナとキールも慰めてくれた。

その心づかいは嬉しいのだが罪悪感は晴れない。

鬱々としてしまったが、突如ハッ！　と気がついた。

（え？　ちょっと待って！　クラーラさんは？　彼女はまだ出場していないわよね？）

それなのに音楽コンクールは終わろうとしている。

どうしてだろうと考えて、とんでもない自分の落ち度に気がついた。

（私ったら、クラーラさんのエントリーを出していなかったじゃない！）

思いもかけずアルスマールと出場することになり、あれよあれよという間にびっしり練習スケジュールを組まれたユリアンナ。このため、彼女はうっかりクラーラの出場申しこみを忘れてしまったのだ。

（これじゃゲームのイベントがはじまらないわ）

自分の間抜けさ加減が嫌になる。

音楽コンクールは、最後の出演予定者が辞退したことでざわざわとしていた。もう終わりと判断して、席を立ち上がる人もいる。

そこに主催者側からアナウンスが入った。

『ご連絡いたします。出演予定者二組が辞退したことにより、急ではありますが飛び入りの参加を認めることにしました。イレギュラーなことですので二人組ではなく単独での演奏でも可とします。自薦他薦どちらでもかまいません。我こそはと思う方、この機会にぜひ立候補してください！』

それはユリアンナにとって絶好のチャンスだった。

（ここで私が強引にクラーラさんを推薦すれば私のわがままぶりが強調されるし、そこでクラーラさんが見事に歌い上げれば彼女の評判はうなぎ登りになるわよね？　それにきっと攻略対象者の誰かが彼女を助けるはずだわ！）

天は自分を見捨てなかった！

そう信じたユリアンナは、クラーラを推薦するため進み出ようとする。

その寸前――、

「あのっ！」

会場の片隅から声が上がった。

見れば、それはクラーラで、ピンクブロンドの髪をきちんと結い上げた可愛らしい少女がすっくと立ち上がる。

『はい。あなたが立候補ですか？』

「いえ。私ではないのですが……私は、どうせ時間があるのであれば、もう一度アルスマール殿下とセイン公爵令嬢さまの演奏をお聴きしたいと思います！」

美しい声が会場に響きわたった。

途端場内が、ワッ！　と沸く。

「賛成！」

「いいこと言うな！」

「もちろん私たちもお聴きしたいですわ！」

次々にクラーラの意見に賛同する声が上がった。

（え？　え？　ちょっと待って！）

ユリアンナは目を白黒させる。

その間も、二人の演奏を求める学生たちの声は大きくなっていく。

「これは、もう一度演奏しないことには収まらないかな？」

苦笑したアルスマールが肩をすくめた。

どうやら彼は要望に応えるつもりでいるらしい。

（それじゃなんにもならないわ！）

ここでユリアンナが演奏してもクラーラの評価は変わらない。そればかりか、先ほどの演奏後の様子を見るに、ユリアンナへの評価がますます上がると思われた。

（そんなの困るわ。どうにかできないかしら？）

「とりあえず舞台に戻ろうか？」

迷うユリアンナにアルスマールが手を差し伸べてくる。

この手をとらない選択肢はないのだろう。

考えた彼女は一計を案じることにした。

「アルさま、お願いがあるのですが、少しお耳を貸していただけますか？」

考えた案をアルスマールの耳元にささやく。

なぜかうっとりとした表情を浮かべた彼は、話を聞いた後に頷いた。

「私に異論はないよ。というか、吐息を感じる距離でささやかれるなんて、そんな可愛いやり方のお願いをされたら絶対断れないし！」

とんでもないことを言われて、ユリアンナの頬は熱くなる。

「もちろん、相手はユリ限定だよ」

甘く告げられて耳まで熱くなった。

「もう、アルさま、行きますよ！」

その熱を誤魔化すようにアルスマールを急《せ》かし舞台に戻る。

観客に向かい一緒に一礼した後で、表情を一変キリリと引き締めたアルスマールが話しはじめた。

「まず、私たちの演奏を希望してくれたことに感謝を伝えたい。……ありがとう。ぜひ要望に応えたいと思うのだが、まったく同じ演奏をまた聴かせるのも芸がないだろう。そこでユリアンナからの提案を聞いてほしい」

アルスマールの言葉を受けて、ユリアンナは話しだした。

「私たちは、私たちの演奏を一番に望んでくださったマルファ男爵令嬢さんと一緒に演奏したいと思います」

そう言いながらユリアンナは、まだ客席で立ったままのクラーラを手で指し示す。

聞いていた学生たちは驚きと戸惑いの声を上げた。

クラーラも驚いて体を震わせると、プルプルと首を横に振る。

「と、とんでもありません！　お二人の素晴らしい演奏に私がご一緒するなんて！　それに、私は楽器を何も弾けなくて――――」

貴族であればできて当然の楽器の演奏ができないというのは、貴族でないと言ったも同然だ。

顔をうつむけるクラーラに、ユリアンナは声をかけた。

「楽器など弾けなくとも、歌を歌えばいいでしょう？」

「歌？」

「ええ。あなたはとても美しい声をしていらっしゃいますもの。きっと歌声も素晴らしいはずですわ」

ニッコリと微笑みかけながら、ユリアンナは心の中でガッツポーズする。

（今の言い方ちょっと上から目線だったわよね？　私、ものすごく高慢に見えるんじゃないかしら？　嫌がる令嬢に急に舞台に上がれとか、楽器が弾けないなら歌えとか……すごく悪役令嬢っぽいわ！）

この際だからもっと高飛車令嬢に見えるようにと、壇上で背筋をピンと伸ばした。

「こちらにいらっしゃい、マルファ男爵令嬢さん。私はあなたの歌が聴きたいわ！」

（………決まった！）

そうユリアンナは思った。

まさに完璧な悪役令嬢だ！

予想外の展開に周囲が戸惑う中、クラーラは躊躇《ためら》いながらも舞台に上がってきた。

可哀相なくらい顔色が悪くなっていて緊張しているのが丸わかりだ。

（少しいじめすぎたかしら？　体が強《こわ》ばって声がでなかったりしたらまずいわよね？　彼女には、ここで最高の歌声を披露して、みんなを魅了してもらわないといけないんだもの）

そう思ったユリアンナはクラーラの緊張をほぐしてやることにする。

「大丈夫、あなたならできますわ。歌うのは聖歌です。教会でいつも歌っていたでしょう？」

小さな声で話しかけた。

「え？」

「私も殿下と一緒に精一杯伴奏しますわ。必ず成功させましょうね？」

青い目をいっぱいに見開いてクラーラはユリアンナを見つめてくる。

そんな彼女の手を引いて舞台中央に立たせると、ユリアンナは伴奏するためにピアノの方に向かおうとした。――――しかし、なぜかそれを阻まれてしまう。

意外と力強いクラーラの手が、ユリアンナの手をガッチリ握って離さなかったのだ。

「マルファ男爵令嬢さん？」

「……い、一緒に歌ってください！」

（えぇぇっ～？）

ユリアンナはビックリして固まった。

「わ、私一人では怖いです！　セイン公爵令嬢さまもどうかご一緒に歌ってください！」

いや、それではクラーラが立派に独唱してみんなの心を摑む！　という目的が達成できない。

「それはちょっと――――」

「お願いします！」

クラーラは必死だった。

「ああ、それはステキだね。私も久しぶりにユリの歌声が聴きたいな」

クラーラの様子を見かねたのか、なんとアルスマールまでそんなことを言いだす。

「ア、アルさま?」

(こんなときにヒロインの味方をしなくても! やっぱり攻略対象者だからなの?)

ユリアンナの恨めしそうな目つきを、アルスマールはサラリとスルーした。

「伴奏は私にすべて任せて。二人で歌うといいよ」

少し後ろに下がって、伴奏の準備をはじめたアルスマールが、ヴァイオリンの弓を持ち上げる。

(ああ、もうこうなったら歌うしかないわ!)

覚悟を決めたユリアンナは、クラーラの手をギュッと握り返した。

「頑張りましょう。あなたなら大丈夫よ」

(大丈夫じゃないのは私の方よね? できるだけ目立たないように歌いましょう)

ユリアンナが笑って頷いたのを合図に、アルスマールがヴァイオリンを弾きはじめる。

清らかな聖歌のメロディーが会場内に響きわたった。

最初の一節は、ユリアンナがリードする。それは、緊張しているクラーラには無理だろうという判断で、予想どおり声の震えたクラーラをカバーして美しく歌い上げる。

(クラーラさん、頑張って!)

声に思いを乗せて歌っていけば、やがて隣からしっかりとした声が聴こえだした。

透明感のある伸びやかな少女の声が、聖なる歌詞を紡いでいく。

(さすがヒロインだわ。惚れ惚れするような美声よね。感情表現も深いし心が震えるわ)

安心したユリアンナは対旋律を歌いはじめた。

クラーラは驚いたようだったが、それでもしっかりメロディーを保ってくれる。

（うんうん。オーケーよ。この調子で私は目立たず歌い終わるわ！）

――会場は、シンと静まりかえっていた。

二人の少女の歌声に、深いヴァイオリンの音が絡まり高く低く響いていく。

数百人はいる観客の誰もが身じろぎもせず、一心に聖歌に聴き入っていた。

心に染み入る音の美しさに圧倒されているのだ。

――やがて、最後の和音が響いて、静かに消えた。

息も止まるほどの静寂。

それが、一瞬の後に感動の嵐となって爆発した！

割れんばかりの拍手と、自分の思いを伝えんとする歓声が会場いっぱいに満ちる。

その中でユリアンナは静かに頭を下げた。

深い感謝を表しながら威厳を損なわぬその姿は、気高く美しい。

しかし、そんな彼女の内心は――、

（やったわ！　大成功よ。これでクラーラさんの素晴らしさがみんなに伝わるわ！　一方、私はわがままを通した高慢令嬢。一緒に歌ったとはいえ主旋律じゃないし、評判が下がるに決まっているもの！　憧れの悲恋に、ようやく一歩近づけたってところかしら？）

ウハウハだった。

ゆるみそうになる表情を一生懸命引き締めていれば、グイッ！　と隣から手を引かれる。

「ユ、ユ、ユ、ユリアンナさま！」

感極まったように彼女の手を握りしめてきたのはクラーラだった。

「私、こんなに感動的に聖歌を歌ったのは、はじめてです！　ユリアンナさまのお隣にいるだけで、心がスッと落ち着いて、敬虔《けいけん》な気持ちになって……しかも一番近くでお声が聴けるなんて！　ああ、もう私死んでもかまいません！」

それはやめてほしかった。いくらなんでもオーバーだろう。

思いもかけない熱情を向けられて、ユリアンナは戸惑った。

「え、えっと、マルファ男爵令嬢さん？」

（彼女って、こんな性格だったの？）

「どうぞ、クラーラとお呼びください！」

そういえば、先ほどクラーラは勝手にユリアンナを名前で呼んでいた。よほど興奮状態にあるのかもしれない。

（後で我に返って、ショックを受けないといいけれど）

男爵令嬢の彼女が公爵令嬢のユリアンナを許可なく名前呼びするなどマナー違反もいいとこだ。

ユリアンナに咎めるつもりはないけれど、クラーラ自身がそれをよしとするかどうかは微妙だった。

「で、では、クラーラさん」

なので、さっさと名前呼びを受け入れて話しかける。

「クラーラさんは今のことを不満に思ったりはしていませんの？」

無理やり舞台に立たされ歌わされたことへの文句はないのだろうか？

「そんなことありません！　今、私はこれまでの人生で最高に幸せなんです！　いったいどうして不満に思ったりするでしょう？」

「でも、勝手に舞台に上げられて勝手に歌わせられたのですよ？　少しは怒ったりしませんの？」

「怒るなんてとんでもない！　むしろ憧れのユリアンナさまにご指名いただき一緒に歌えたなんて、感謝以外の何ものでもありません！」

――なんだかよくわからなかったが、クラーラはずいぶん喜んでいるようだ。

（しかも『憧れ』だなんて、いったいいつの間に憧れられていたのかしら？　入学式では強い視線で睨まれていたように感じたんだけど、ひょっとしてあれって憧れの視線だったの？）

なかなか理解できない状況だが、このクラーラの反応がいろいろまずいことだけはよくわかる。

（こんなにクラーラさんが喜んでいたら、私がいじめたなんて誰も思わないわよね？）

事実、周囲のユリアンナを見る目にはマイナスの感情が少しも見えなかった。

それどころか、誰も彼もがクラーラと同じようなうっとりとした目でユリアンナを見ている。

（なんで？　どうしてこうなったの？）

おろおろするユリアンナの元に、アルスマールが近づいてきた。

「ああユリ、とてもステキな歌声だったよ。やはり君は私の天使だね」

「殿下だけではございませんわ！　ユリアンナさまは私たちみんなの天使ですもの！」

いつの間にきていたのか、ジーナがそう叫んだ。

隣でクラーラがコクコクと頷いている。

鳴りやまぬ大歓声が会場いっぱいに響いていた。

その中には、アルスマールを讃える声とクラーラを褒める声、そしてユリアンナに感謝を伝える声が混じっている。

（……なんだか私の名前が一番多く叫ばれているような気がするんだけど？　しかもどう聞いても目一杯賞賛しているわよね？）

「ユリアンナさま！　なんてお優しい！」

「下位の者にも機会を与え、導いてくださるなんて！」

「しかも奥ゆかしくて！」

「高潔にして優美！　ユリアンナさま最高です！」

耳に届く賞賛に、ユリアンナは顔色を悪くした。

（ホントに、どうしてこうなったの？）

心の悲鳴は誰にも届かなかった。

◇　私の天使さま（クラーラ視点）

私がユリアンナ・アリューム・セイン公爵令嬢とはじめて会ったのは、五歳のときだった。

もっとも会ったと言っても、一方的に私が彼女を見ただけ。

私は教会に併設された孤児院で暮らしている孤児の一人で、ユリアンナさまは教会に寄付してくださったセイン公爵の大切なお嬢さま。

ただそれだけの天と地ほども立場の違う私たち。

だから私も最初はユリアンナさまになんの興味もなかった。

はるか上の立場から私たちを見下ろし行きすぎるだけの相手なんて、日々の暮らしには関係ない。

キラキラとした陽だまりみたいな髪や深い湖のような碧の目はキレイだったけれど、キレイでお腹はいっぱいにならないから。

そう、この頃の私は五歳にしてはずいぶん小生意気な子どもだったのだ。なまじ容姿が可愛かったのも一因だろう。いくら「可愛い」と褒めてくれても本当の意味で孤児の私を救ってくれる人なんていないのだという経験を幾度かして、すっかり世の中を斜めに見ていた。

「ホント、外見詐欺だよな」

そう私を評したのは五歳年上の孤児のリーダー格の少年で名前はレヴ。彼に限らず孤児仲間のほとんどが似たような意見だった。

そんなレヴが興奮しきった様子で私たちの暮らす子ども部屋に飛びこんできたのは、私とユリアンナさまがはじめて会った日のことだ。

この日、孤児院を訪ねてきたユリアンナさまを遠目に見た私は、さっき言ったような理由で興味を失い部屋に戻っていた。そこにレブがやってきたのだ。

「すごいぞ！　俺たちは教育を受けられるんだ！」

はっきり言って何がすごいのかよくわからない。

「それっておなかがいっぱいになるの？」

「そんなことよりもっとすごい！　教育が受けられれば俺たちはもっといい職に就けるし将来安泰になるんだ！」

このときの私は、レヴの言っている意味がよくわからなかった。なんといっても五歳児だったし、それこそろくに教育も受けていなかったから。

ポカンとしていれば、レヴが私の手をとり引っ張ってきた。

「いくぞ！」

「え？　何するの？」

「シスターを説得しに行くんだよ！　教育を受けさせてくれるって言っているのはセイン公爵なんだ。なのに、こんなにいい提案をシスターが断ろうとしている。なんとかして説得しないと！　クラーラ、お前の可愛さは大人たちに効果抜群だ！　頑張って『おべんきょうさせてください』っておねだりするんだぞ！」

今思い返してみれば、つくづく子どもの浅知恵だと思う。そんなことで大人たちが決めたことをひっくり返すはずはないし、何よりセイン公爵の一番はユリアンナさまなのだ。多少可愛いほかの子がお願いしたからといって聞いてくれるはずもない。

それでもレヴがそう言うなら従うしかないのが暗黙の了解だった。孤児院の子どもの上下関係は絶対なのだ。

引きずられるように施設長の部屋に着けば、中から声が聞こえてきた。

「……しょうですね。私は、教育と同時に子どもたちには給食を提供したいと思っていましゅ」

耳に飛びこんできたのは舌っ足らずの、でもキレイな子どもの声。

直ぐに、あの金の髪と碧の目のセイン公爵令嬢の声だとわかった。

「給食？」

なんとか前に出られないかと頑張れば、自分より背の高い仲間たちの体の隙間から小さな手が見える。

「食事のことでしゅ。勉強するのにもお腹は減りましゅからね。あなたが私の提案に協力してくだしゃるのなら、あの子たちは、もうしゅこし大きくなれると思いましゅよ」

その白い手が動いて、私を指し示した。

実際には、私ではなく私を含む仲間たちを指したのだろうけれど、そのときの私はユリアンナさまが私に手を差し伸べてくれたように見えたのだ。

「勉強もできてお腹もいっぱいになる。いいことでしゅわ」

それは本当にいいことだった。

孤児たちにとっては、神の慈悲にも等しい僥倖《ぎょうこう》！

それをこの日ユリアンナさまは、私たちにくださった。

もちろん、それを当時五歳の私が理解できたわけではなかった。

理解したのはレヴで、私は彼のユリアンナさまを崇拝する言葉を聞かされ続けて育ったのだ。

「あんなに小さいのに将来を見据えた計画を立てられるなんて！」

「しかも、その根底にあるのは俺たち孤児への深い慈愛だ！」

「可愛らしくて優しくて頭もいい！　セイン公爵令嬢さまは地上に遣わされた天使に違いない！」

同時にはじまった教育は面白くためになり、おいしい給食をお腹いっぱい食べられる幸せは孤児の私にとって何よりのものだった。

現実を伴う言葉ほど人を動かせるものはない。

気づけば私はユリアンナさまに崇拝にも近い大きな憧れを抱いていた。

その後、思いもかけず強い回復系魔法の素養があることが判明した私は、男爵家に引きとられ、図らずもユリアンナさまと同じ学園に通うことになる。

五歳のときから憧れ続けた人との再会は、衝撃的だった。

神々しいほどに美しく成長したユリアンナさまが壇上に立ち、朗々と響く声で新入生代表の挨拶をしている。

一時だって目が離せなかった。

私の天使さまの一挙手一投足を目に焼きつけたくてジッと見る。

それだけでも幸せの絶頂だったのに、さらに私は式後にもユリアンナさまと会うことができた。

うっかりアルスマール殿下の護衛のレーシン侯爵子息にぶつかってしまい、転んで髪のほどけた私に、優しいユリアンナさまはハンカチを渡してくださったのだ。

しかも――――。

「わかってくだされればいいのですよ。マルファ男爵令嬢さん」

ユリアンナさまは、私の名前をご存じだった！

ハンカチを持つ手が震えてしまったのは、あまりの喜びゆえだ。

「同じ新入生ですもの。名前くらい覚えていますわ」

瞬時に顔が熱くなった。

憧れ続けていた天使が私を知っていてくださったのだもの。たとえ新入生の一人としてだって嬉しくてたまらない。

このときいただいたハンカチは私の宝物になった。額に入れて寝室に飾って朝晩拝んでいる。

ユリアンナさまは、知れば知るほど憧れずにはおられない方だった。

凜として美しい彼女の存在そのものが学園内の規律の維持に大きく影響している。

平民それも孤児出身の私が、軽い嫌がらせはあってもそれ以上のいじめを受けないのもユリアンナさまのおかげだった。

だからこそ魔法暴発事件の折、怪我を負われたユリアンナさまを見た瞬間、私は後先考えずに回復魔法を使ってしまったのだ。

「誰が回復魔法を使う許可をした！　魔法が失敗して万が一にでも後遺症が残ったらどうするつもりだった？」

即座にアルスマール殿下に怒鳴られて、自分の迂闊さを思い知らされる。

あまりにも浅はかな私に対し、それでもユリアンナさまはお優しかった。

「マルファ男爵令嬢さん、私に回復魔法を使ってくださってありがとうございます。おかげで少しも痛くありませんわ」

お礼を言われ、自分のミスを悔いる私に笑いかけてくださる。

「謝る必要なんてないですわ。咄嗟のことでみんな焦っていたのですもの。私だって後先考えずに飛びだしてきて魔法を使ってしまったのよ。あなたと同じだわ」

本当にユリアンナさまは、天使なのではないだろうか。

後日、私はこのときのユリアンナさまの神々しいお姿を絵にして描き残した。絵画は男爵家に引きとられてから趣味として教えられたものなのだが、私は意外に才能があったらしく講師をしてくれた絵師からはお墨つきをもらっている。当然この絵も額装しハンカチの隣に大切に飾った。朝晩拝んでいるのは言うまでもないだろう。

そんな私がユリアンナさまを敬う気持ちをますます強くしたのは、音楽コンクールでの出来事だった。

女神のごときユリアンナさまは、我慢できずに図々しくも演奏を強請《ねだ》った私に怒ることなく、それどころか一緒に舞台に上がる栄誉を与えてくださったのだ。

「大丈夫、あなたならできますわ。歌うのは聖歌です。教会でいつも歌っていたでしょう?」

そのお言葉に、私が孤児だったことも知っていて、隣にいてくださるのだとわかった。

――その後、私は、かつてないほどの至福の時間を過ごした。

あまりのハイテンションに思わずお名前で呼んでしまい、後で泣いて謝ることになったのだが、お優しいユリアンナさまは笑って許してくださった。

しかも、これからもそう呼んでいいとまで言ってくださったのだ！

ああ、本当にユリアンナさまは、海よりも慈悲深く山よりも気高い、尊い私の女神さまだ！

（一生慕ってついていきます！）

拳を握りしめ、天に誓った！

第六章　遺跡の謎と恋の謎

一口に悲恋と言っても、パターンはいろいろだ。

人魚姫のように勘違いから起こる悲恋もあるし、ロミオとジュリエットのように置かれた境遇から悲恋に陥る場合もある。

（乙女ゲームの悪役令嬢は、嫉妬から身を滅ぼすパターンよね）

ありとあらゆる悲恋物語を読んできたユリアンナだが、異世界転生する前は一つのパターンにのめりこんでいた。

（ズバリ！　記憶喪失ものよ！　恋人や夫が記憶喪失になって、その間に別の女性と恋仲になるの。記憶が戻ったとき男性はどちらかの女性を選ぶけれど、選ばれなかった方はこの上ない悲恋になるのよね！）

涙なしでは語れない悲しいお話だ。

（思いだしただけで胸が痛くてキュウッとするわ。……記憶が戻った後の悲恋もなかなかだけど、でも一番は前の恋人なり妻なりが、記憶喪失中の愛する人に出会ったのに見知らぬ他人を見るような目で見つめられるっていう、お約束のシーンよね！）

記憶喪失になるくらいだ。たいていのヒーローは大きな事故に遭ったり、強い魔女に呪われたりしている。そして愛していた人から引き離され行方不明になるのだ。

彼を心配し、彼の無事を心から祈るかつての恋人。

なのに、ようやく出会えた相手は「君なんて知らない」と冷たい目を向けてくる。

そんな目で見られた女性の悲しみを実感し、ユリアンナの胸は張り裂けそうになった。

――――そう、実感だ。

学園の中庭をユリアンナは一人トボトボと歩いている。

なんとユリアンナは、アルスマールに忘れ去られてしまったのだった。

(とはいえ、ほんの二、三分くらいだったのだけど)


ことの起こりは今日のお昼休み。

ここ最近のユリアンナはいつもアルスマールと一緒に彼の個室で昼食を食べている。

当然今日もその予定で部屋を訪れた。

そして、アルスマールから戸惑った視線を向けられたのだ。

「何か用かな?　この部屋は私の許可のない者は近づいてはいけないきまりになっているのだが。……君は知らないのかな?」

「……え?」

ユリアンナは驚いた。

それは、まったく見も知らない不審者に向けるような問いかけだ。

冗談か？　はたまた質《たち》の悪いビックリか？　とも思ったのだが、アルスマールの様子を見る限り、そんな風には見えない。

同時に（あっ！）と思いつくことがあった。

それはゲームのイベントだ。ある程度攻略が進んだ中盤で、ヒロインが攻略対象者に忘れられるという、まさに今の事態そのままのことが起きるのだ。

（ゲーム終盤に起こる魔獣襲来イベントへの伏線なのよね。一時的な記憶喪失を何回か繰り返すもので、それもヒロインのことだけを忘れてしまうはずだけど）

いったいどうしてそれが、今このときのアルスマールに起こっているのか？

（ううん。違うわ。アルさまに起こるのは不思議じゃない。アルさまはメイン攻略対象者だもの。……不思議なのは、アルさまがなくした記憶が悪役令嬢の私の記憶ってことだわ）

本当なら忘れるのはヒロインに関する記憶のはず。

呆然として立ちすくんでいる間に、アルスマールの記憶喪失は治った。

「……あれ？　ユリ？　私は今何か言ったかな？　なんだかひどくおかしなことを言った気がするのだけれど……よく思いだせないな」

アルスマールは頭を押さえながら左右に振る。

顔をしかめているのは痛みがあるせいかもしれない。

「……ユリ、どうしてそんなところに立っているの？　早くこちらにきてお昼にしよう。……なんだか顔色が悪いけど、どうかした？」

ユリアンナを心配して立ち上がったアルスマールは、急いで駆け寄ってこようとした。

「だ、大丈夫ですわ！　アルさま」

ユリアンナはそれを押しとどめる。

ニッコリ笑い、震える手を隠して昼食用のテーブルに近づいた。

「本当に大丈夫ですわ。ちょっと立ちくらみを起こしてしまって。私ったら、お腹が空きすぎたのかもしれませんわ」

なるべく自然に見えるように、ゆっくり持参したお弁当をテーブルの上に置く。

（そう。本当に大丈夫よ。だって記憶喪失の原因はわかっているのだもの）

気力で乗りきった昼食は、味がしなかった。


そして、ユリアンナは、現在悄然《しょうぜん》として歩いている。

様子がおかしい彼女を気にしたアルスマールは、昼食後も一緒にいようと誘ってくれたのだが、一人になってじっくりゲームを思いだしたかったので、丁重に断った。

いつもシャンとしている背中が丸まって、口から出るのはため息ばかりだ。

（記憶喪失が現れはじめるのは、ヒロインが攻略対象者を一人に絞ったあたりよね？）

ゲーム開始時、ヒロインに対する各攻略対象者の好感度は等しくゼロだ。それをいろいろなイベントをクリアしながら上げていくのだが、『魔法学園で恋をして』のゲームには独特のルールがあった。

序盤ではどの攻略対象者に対しても起こすことのできるイベントが、中盤から終盤にかけては特定の一人としか起こせなくなってしまうのだ。

(それを、攻略対象者を絞るって言うんだけど――――)

そこまで考えたユリアンナは、丸めていた背中をさらに丸めた。

貴族令嬢としてありえない姿勢なのだが、今はそれを気にかける余裕がない。

記憶喪失事件は中盤のイベント。つまり、記憶を失ったアルスマールこそが絞られた唯一の攻略対象者だということだった。

(いったいいつの間に？　クラーラさんはキールさまとイベントを起こしていたんじゃないの？)

心は千々に乱れている。それどころか、ズキズキと痛かった。

このままではダメだと思ったユリアンナは、なんとか落ち着こうとして、記憶喪失事件についてわかっていることを頭の中で整理しようとした。

記憶喪失事件の原因は古代遺跡だ。ゲーム終盤の魔獣襲来イベントも同じ遺跡が原因で、無関係に見える二つの事件は繋がっている。どちらも古代遺跡に盗賊団が入りこみ、アーティファクトの一つを偶然起動させてしまうのが原因なのだ。

(たしか、今回息を吹き返したのは『ソウルイーター《魂喰い》』のはずだけど)

物騒な名前がついてはいるが、要は精神攻撃系の武器だ。一定の範囲内にいる特定の敵に対し、記憶を混乱させる攻撃波を放つ。

この場合の敵とは味方の識別信号を発していない者をいい、識別信号が喪《うしな》われた今となっては人類すべてを指すのと同意語だ。特定されるのは、敵認定された者の中で一番魔力が強い者。

この一番強いが曲者《くせもの》で、ゲームでは、ヒロインが選んだ攻略対象者が一番と認定され特定されていた。

（魔力が強いイコール戦闘力が高いでないあたりがゲーム制作サイドの抜け道だわ。単純に戦闘力だけを比べたらパーリン伯爵なんか絶対選ばれそうにないもの）

とにもかくにもソウルイーターをなんとかしない限り、特定されたアルスマールの記憶喪失は何度か繰り返されることになる。

（…………絶対に阻止しなくっちゃ！）

ユリアンナはそう思った。

彼女は悲恋が大好きだ。

しかも記憶喪失系の悲恋は一番の推しで、叶うことなら実体験したいと思っていた。

（でも、あれはショックが大きすぎる！）

先ほど、ほんの数分ほどの間、ユリアンナは彼女を知らないアルスマールの視線を受けた。

いつもユリアンナに対し目一杯の愛情を伝えてくれる優しい黒い目が、冷たく無機質に向けられたのだ。

（……死んじゃうかと思った）

あまりに胸が痛くって、キュウッどころがキリキリと穴があきそうな痛みが胸に突き刺さり、ユリアンナは多大なショックを受けた。

（あれはダメだわ。絶対ダメ！　アルさまが私を覚えていないとか！　失恋以上の苦痛だわ！）

あのときのアルスマールにとって、ユリアンナはそこらへんの塵芥《じんかい》と同じような存在だった。いてもいなくてもかまわない、どうでもいい存在に彼女はなったのだ。

（あれなら悪役令嬢になって蔑みの目を向けられる方がずっとマシ！　……だと思うわ）

意識の欠片《かけら》も向いていない視線が、あれほど自分を傷つけるとは予想だにしなかった。のんきに記憶喪失モノが最高と騒いでいた過去の自分を叱りつけたい。

あの記憶喪失がもう少し長引いていたら、自分はどうなっただろうと考えて、ユリアンナは体を震わせる。

（なんとかアルさまに私を見てほしくって、ものすごく暴走したんじゃないかしら？）

泣き喚《わめ》いたり無様に縋《すが》ったり、癇癪《かんしゃく》を起こして魔力を暴走させたかもしれない。

（それでアルさまを傷つけて、海より深く後悔して……ひょっとしたら世を儚んで自殺したりするかもしれないわ）

想像してしまった自分の未来予想図に、体をブルッと震わせる。

やはり記憶喪失事件は早期解決を図らなければならない。

ユリアンナは強く決意すると同時に、ゲームの内容をもう少し深く思いだしてみた。

ソウルイーターは、指輪型のアーティファクトだ。その恐ろしい威力とは裏腹にひどく地味な指輪で、無装飾の黒金色。古代遺跡に忍びこんだ盗賊団が、何かお宝がないかと探す過程で見つけたはいいが、こんな地味な指輪いらないと捨てられたくらいの代物だ。

（捨てられた拍子にスイッチが入ったとか、笑い話みたいだけど）

その後、指輪はカラスが拾い、今は学園の中庭で一番高い木のてっぺんにある巣の素材になっているはず。

（ゲームではそうだったもの。――愛する人の記憶喪失をなんとかしたいヒロインが、それまでの間に信頼関係を築いてきた仲間と協力してソウルイーターの存在に気づくのよね。そして古代遺跡に侵入するの。既に盗賊はいなくなっているけれど、遺跡を探索したりゲーム終盤の魔獣襲来イベントに繋がる布石を残したりしながらソウルイーターを追い求めるんだわ。結局どこにもなくて、最終的に中庭で発見するんだけど、あの結末には脱力したわ。そこで回復魔法を進化させた解呪魔法を使ってソウルイーターを無効化するのよ）

（私は解呪魔法なんて使えないから物理的に指輪を壊すしかないんだけど）

クラーラを当てにすることはできない。

だって、アルスマールの記憶喪失の対象はユリアンナなのだから。

（そうでなくともアルさまが記憶喪失なんて、誰にも言えないわ！）

いったいどうしてユリアンナだったのだろう？　どう考えてもわからない。

――いや、本当はわかっていた。

由梨は、前世で何度もこのゲームをやったのだから。

（ソウルイーターが奪う記憶は、その人にとってかけがえのない一番愛する人に関する記憶）

けれど……ユリアンナには、それが信じられないだけだった。

(だって、そんなのありえないわ！)

もしも信じるならば、アルスマールが一番愛する人間はユリアンナだということになる。

(アルさまが……アルさまが、私を一番愛しているとか！)

たしかにアルスマールには、この上なく大切にされていた。

好意の言葉もたくさん告げられて、いつだって優しく笑いかけてもらっている。

額や頬へのキスは数えきれないほど。

でも、唇へのキスはまだなくて――――。

(そ、そうよ！　アルさまの私への愛情は、恋愛とかではなくて親友とか妹へ向けるようなものに違いないわ！)

それでも愛は愛だ。だから今回アルスマールは、ユリアンナの記憶を失ったのだろう。

(そうそう、そうよ！　きっとそう！　こんなところで自分が恋人として愛されているとか、誤解してはいけないわよね！　そんなことをしてしまったら、いざ婚約破棄ってときに、きっと私は尋常でないショックを受けるはずだから！)

幼い頃より今までずっとユリアンナは、将来アルスマールに婚約破棄されることを思い、己を戒め過度の期待を抱かないようにして生きてきた。

いくら悲恋が好きでも耐えられる悲しみには限度があるからだ。

(私がアルさまを大好きになるのはオーケーでも、愛してもらえるなんて思ったらいけないわ。そ

んな未来を夢見たら婚約破棄が辛すぎる）

元々自分を愛していないアルスマールが、真に愛する人を見つけ婚約破棄されるのは仕方ない。ユリアンナは悲しいけれど、真実の愛を叶えたアルスマールを祝福し彼の幸せを祈りながら己の悲恋にどっぷり浸りきることができる。

でもそうではなく、ユリアンナを愛していたアルスマールが心変わりをして彼女を捨てるのならば、恨まずにいられるはずがなかった。

（やっぱり私は前世と同じ弱虫で臆病者なのよね。これじゃ悲恋のヒロイン失格だわ）

前世の由梨は内気で自分に自信がなく、恋愛はしても想いを告げることなどできない臆病な性格だった。

悲恋物語を好きなのも、悲恋のヒロインがどんなに愛しても報われない相手を、悲しくても苦しくても一途に想いつづけるその強さに憧れたから。

ときには命さえもかける悲恋のヒロインたちの切ないまでの強さに胸を焦がしていたユリアンナは、自分も彼女たちのような悪役令嬢になろうと決意していたのだ。

（なのに、愛されて捨てられるのが怖いなんて……本当に私は変わっていないんだわ）

自分に必要なのは、もう一歩を踏みだす強さ。

いつかその高みに手が届くのだろうか？

ともあれ、現時点でユリアンナにその強さはない。

だから彼女は、アルスマールの好意の方向性を考えるのをいったん棚に上げ、記憶喪失をどうにかする問題に目を向けた。

元々そのつもりだったので、足は意識しなくとも目的地を目指している。

中庭に生える木の中でも大木が並ぶ一角に立ち、上を見上げた。

（問題はこの中のどの木かってことなんだけど）

カラスが巣くっているのは一番高い木だ。ゲームの画面は上空からのビジュアルで、カラスの巣のある木のてっぺんがピョコンと飛びだしていて一目瞭然だった。

しかし、地上からではどの木が一番高いか見分けることは難しい。

（とりあえず高そうな木に登って上から比べれば、どの木が高いかわかるかしら？）

行き当たりばったりの手のような気もするが、ほかにいい方法も思いつかない。

幸いにして、ユリアンナは木登りができた。

幼い頃アルスマールに木の上に逃亡されてから、今度は追いかけられるようにと練習したのだ。

補助強化魔法でのアシストもばっちりで、今ではどんな木でもスルスルと登れるようになっている。

（まあ、貴族令嬢としてそれってどうなの？　って思うところはあるから誰にも言っていないけど）

両手に息を吹きかけ擦り合わせたユリアンナは、中庭の木を見比べ、比較的大きな木の低い枝めがけ「えいやっ！」と、飛びついた。

うまく枝に掴まると懸垂の要領で体を持ち上げ、枝の上に立つ。

（補助強化魔法様々よね。普通の女の子はこんなことできないもの）

次は、手の届く範囲で一番高い枝に掴まり同じ要領でその枝に移った。

これを何度か繰り返せば、木のてっぺんに辿り着くという算段だ。

実際二度ほど繰り返しただけで、かなり高い位置まで登れてしまった。

（えっと、次は？）

しかし、そう思った途端、

「ユリ！　何をしているんだ！」

突然大きな声が下から聞こえてくる。

見下ろせばそこには黒い髪の王子さまがいた。目をいっぱいに見開き、信じられないという顔でこちらを見上げている。

（え？　……え！　アルさま！　どうしてここに？）

「ユリ、いったいどうしてそんなところに？　ああ、でも理由は後だ。今直ぐ助けに行くから動かないで！」

ユリアンナは混乱した。誰にも知られず秘密裏にソウルイーターを破壊するつもりだったのに、よりによってその現場をアルスマールに見つかってしまったからだ。

（いったいどう言い訳すればいいの？　公爵令嬢が木に登る理由なんて…………ダメだわ！　全然思いつかない！　それに、そうよ、私ったら制服のままで木に登って……ってことは、スカートなんじゃない！）

遅まきながらユリアンナは、下から上を見上げるアルスマールに自分がどんな風に見えているかに気がついた。

「きゃぁっ！　アルさま！　見ないで！　じゃない、こないで！　絶対登ってきちゃダメです！」

「ユリ？」

「降ります！　今直ぐ私は降りますから、木から離れて待っていてください！」

「いったい何をそんなに慌てて？　……ハッ！　ひょっとして、怪我をしたのを隠そうとしているのか？　やっぱりダメだ。私が迎えに行くから君はそこにいて！」

そうしてほしくないからお願いしているのに！

枝の上にしゃがみこんだユリアンナは、スカートの裾を押さえて硬直してしまった。

（ど、どうしよう？　よく考えたら木を降りるときの方がスカートはめくれるんじゃないかしら？　嫌っ！　私、降りることもできないわ）

進退窮まったユリアンナは、天を仰ぐ。

ちょうどそのタイミングで、葉を生い茂らせる樹上の木の枝から、黒い鳥が一羽飛び立った。

（あれはカラス！　え？　まさか？　この木、ビンゴだったの!?）

どうやらユリアンナが登ったこの木こそが、カラスが巣を作り指輪を運んだものらしい。

つまりソウルイーターは、目と鼻の先にあるのだ。

（行きたい！　今カラスが飛び立ったあそこまで行きたいけど！）

視線を下に転じれば、そこには今まさに木を登らんとするアルスマールが見えた。

このタイミングでユリアンナが動けば、アルスマールの視界に何が映るかは考えるまでもない。

（ダメよ。動けない！　今だって木に登るだなんて令嬢にあるまじき姿をさらしているのに！　これ以上おかしなところを見せられないわ！　……ああ、穴があったら入りたいってこういうことを言うのね。そうでなければ、アルさまの記憶から今の私を消しさりたい！）

ユリアンナがそう思った瞬間だった。

一羽しかいないと思ったカラスの巣から、もう一羽のカラスがバサバサと飛び立つ。

どうやらカラスは夫婦で巣を作っていたらしい。

そして、二羽目のカラスが飛び立つと同時に、何かがユリアンナの上に降ってきた。

コツンと頭に当たったその何かを、ユリアンナは咄嗟に片手で摑む。

もう一方の手がスカートを押さえたままなのは、令嬢としての意地だろう。

「えっ！」

手の中の感触にハッとしたユリアンナは、おそるおそる開いてみた。

冷たく小さなリング状の何かが、手の上で黒金色に輝いている。

「………まさか、ソウルイーター？」

呆然と呟いた。

よもやこんな形で手に入るとは思わなかった。

（私、木に登る必要なかったんじゃない？）

少し悲しくなると同時にユリアンナは、先ほどの自分の言葉を思いだした。

――――「アルさまの記憶から今の私を消しさりたい」

たしかにユリアンナはそう言った。

そしてソウルイーターは、記憶を消す力を持っているのだ。

（問題は、その力が私には自由に使えるものじゃないってことよね？）

それでも、もしも使えたならばいろいろうまくいくことは間違いない。

（どうせダメもとよ！）

ユリアンナはそう思った。

指輪をギュッと握りしめる。

「お願い！　起動して！　アルさまの、今この瞬間の記憶を消して！」

一心不乱に祈る！

――――ほんの少しの間を置いて、指輪を握っている手の内側がジリッと熱くなった。

慌てて開いて見れば、黒金色の指輪が金色に光っている。

「うっ！」

同時に下から呻き声が聞こえた。

慌てて見てみれば、低い位置の枝に片手をかけていたアルスマールがもう一方の手で頭を押さえている。

「アルさま！」

そんな体勢が長続きするはずもなく、枝を握っていた手を離したアルスマールは、ドサリ！　と地面に落ちた。

自分に強化魔法をかけたユリアンナは、焦って木から降りる。

「アルさま！　アルさま！　しっかりしてください！」

地面に倒れたアルスマールの隣に膝をつき声をかけた。

「……………うぅ、ユリ？」

「はい。アルさま、大丈夫ですか？」

ザッと見たところ大きな怪我はない。後は頭を打っていないかなのだが。

「頭は大丈夫ですか？　痛くありませんか？」

ボーッと空を見上げたアルスマールは、黒い目をパチパチとさせた。

「いや、どこも痛いところはないが……どうして私はこんなところに寝ているのか説明してくれないか」

「っ！　アルさま？」

「さっきまで、私は二階の廊下を歩いていたはずなのに」

ユリアンナは目を瞠《みは》った。

まだ握っている指輪を、なお強く握りしめる。

（これは？　……うまくいったの？　アルさまは私が木に登っていた記憶をなくしたの？）

そんなに都合よくものごとが運ぶものかと思うけれど、でも本当にそうであればこれ以上のことはない。

「……私は、アルさまがここで倒れているところを偶然見つけたのです」

「そうか。……すまない。やはり思いだせないな。二階の廊下から中庭を見て、ひどく驚いたことは覚えているのだが。何に驚いたのか、肝心なことが思いだせない。直ぐに中庭に行かなければと思って駆けだして、……私は、転んで頭でも打ったのか？」

アルスマールは話しながらゆっくりと体を起こした。

「アルさま、動いて大丈夫ですか？」

「ああ。問題ない。頭を打ったとはいえ軽くだったのだろう。記憶が飛んでいるだけで、体調は悪くないよ」

その言葉にホッとした。

どうやらアルスマールは、ユリアンナが木に登っていたことを本当に忘れてしまったようだ。

（ソウルイーターもいい仕事するじゃない。……これでアルさまを殴り倒さないで済んだわ！）

ユリアンナは心の中でソウルイーターに感謝する。

もしもソウルイーターが、うまく働かなかったとしたら、その場合ユリアンナは非常に不本意ながらもアルスマールを殴っていたかもしれないからだ。

（ほかにとれる手段としたら、気絶させて素知らぬふりで助け起こして、すべて夢だったと思いこませる作戦くらいしか考えつかないんだもの）

かなり強引な手だが、やってやれないわけではない。

（でもでも、確実じゃないし……何よりアルさまを殴るなんてしたくないわ！）

本当にソウルイーターさまさまだった。

その後、ユリアンナは、忘れた記憶をなんとかして思いだそうとするアルスマールを宥め、その場を離れる。

心配だからとずっと側についていたが、その後も彼が記憶を思いだすことはなかった。

それに落ちこむアルスマールには悪いと思ったが、ユリアンナは心底安心する。

こうして公爵令嬢が木に登ったという前代未聞の事実は、闇に葬り去られたのだった。


そして、その日の夜、ユリアンナはソウルイーターを破壊した。

魔法で強化した握力でグニッとひねり潰し、原型をとどめぬくらいペチャンコにしたのだ。

思いもかけず今回は役に立ってもらったが、古代遺跡のアーティファクトなど残していていいものでは絶対ない。

(今日だってアルさまは、たまたま私の直前の行いだけを忘れたみたいだけど、この前みたいに私の存在そのものを忘れることだって考えられるんだから)

あの恐怖だけは、もう二度と味わいたくない！

(アーティファクトは、怖いわ。ゲーム終盤に出てくる魔獣だって、やっぱりアーティファクトが原因だったわよね)

できることなら、もう二度とアーティファクトには近寄りたくない！

しかし、そうも言っていられないのが現状だった。

(だってゲームのシナリオと今とはまったく違ってしまっているんだもの。ゲームでは、クラーラさんが古代遺跡に侵入するけれど……記憶喪失とかまったく関係のなかった今の彼女が、そんなこ

とをするとは思えないし）

古代遺跡に侵入したヒロインは、魔獣襲来イベントに繋がる布石を残す。

ところが今の状況は、それがまるっきり起こらなくなってしまっているのだ。

（……どうしよう？）

ユリアンナは考えこんだ。

ここは乙女ゲームの世界だ。アクションゲームでもなければシューティングゲームでもなく、壮大なＲＰＧでもない。派手なバトルや手に汗握る冒険とは無縁の世界で、魔獣襲来イベントだって現れるのはたった一頭のみ。しかも、その強さはアルスマールやキールに簡単に倒されるくらい。

いくら戦闘訓練を受けていても彼らはまだ学生でしかないのにだ。

（でもでもそれって、ヒロインが無意識の内に古代遺跡で防止措置をしていたからなのよね）

ユリアンナは、ゲームの内容を一生懸命思いだそうとする。

（古代遺跡に入ったヒロインは、まず迷子になるんじゃなかったかしら？）

どこをどう歩いたのか、彼女が辿り着いたのは数多の魔獣を封印した魔法陣が床や壁のみならず天井にまでいっぱいに描かれた部屋。

魔法陣そのものを知らなかったヒロインは、わけがわからないながらも、不思議な文様の溢れる室内に感動し、無意識に祈りを捧げる。

そして、強烈な回復魔法のこめられたヒロインの祈りが、彼女の知らない内に魔法陣を次々に無効化していくという流れだったはずだ。

(さすがヒロインって感じなのよね。結果残ったのは奥の壁に隠れていた一個の魔法陣だけ。そして、その後二回目の盗賊イベントが起こるとそこから魔獣が現れるのよ)

もしも魔法陣が消えていなかったら、魔獣はあの魔法陣の数だけ無数に現れたのではないだろうか?

中には、もっと凶暴な魔獣や狡猾《こうかつ》な魔獣もいたかもしれない。

そうなった場合、一番に犠牲になるのは、魔獣と直接戦う者だ。

(ゲームでは、ヒロインと選ばれた攻略対象者が二人で戦うんだわ。……それがアルさまになる可能性は、きっと大きい)

だってアルスマールは記憶喪失になったのだ。

失ったのはクラーラではなくユリアンナの記憶だったが、彼が選ばれた攻略対象者だという事実は間違いないはず。

(どうしよう? アルさまがたくさんの魔獣に襲われたりしたら)

魔獣が一頭だけだったなら、きっと心配はない。アルスマールは強いし、ゲームでも軽々と魔獣を倒していた。

――――でも、今のユリアンナにとって、この世界はゲームではない。何が起きるかわからない現実なのだ。魔獣に襲われても絶対大丈夫だなんて、無条件に信じることはできなかった。

(なんとかしなくっちゃ!)

ユリアンナは真剣に考える。

そして、考えに考えた末に、自分ができることを三つ思いついた。

その三つを、整理を兼ねてノートに書きだしていく。

（まず一つめは、古代遺跡の知識を得ることだわ）

前世でゲームをしていた際に、ヒロイン視点で何度か古代遺跡を探検したことがあるユリアンナだが、残念なことに遺跡の詳細を思いだすことはできなかった。魔法陣がたくさんある部屋が存在することはわかっても、遺跡のどこにあるのか見当もつかないのだ。

（迷子になって辿り着いたんだもの仕方ないわよね。遺跡から脱出できたのも適当に歩いていたら外に出たっていう、本当に偶然だったし。これじゃ何もわからないのと同じだわ）

自分で自分にがっかりするが、こと遺跡に関してはスペシャリストがいることを思いだす。

それは言わずもがなのルカ・マラート・パーリン伯爵だった。

（古代遺跡については、彼に聞いてみましょう！）

もしも協力を渋るようなら、ジーナの力を借りればいい。愛しい婚約者の頼みなら、研究バカなパーリン伯爵もきっと協力してくれるだろう。

（二つめは、盗賊団をどうにかすることよね）

ソウルイーターを起動させたのは盗賊団だが、それと同じく魔法陣を起動させるのも彼らだ。

（たしか、王都で悪事を働いて警備の騎士に追われて、勝手知ったる遺跡に逃げこむんじゃなかったかしら？）

そして逃げ惑う内に魔法陣の部屋に入りこみ、うっかり起動させてしまうという流れだったはず。

（ソウルイーターのときといい、本当にろくなコトをしない盗賊団だわ）

ユリアンナは、プンプンと怒る。

やはり、迷惑極まりない盗賊団は早めに捕まえた方がいい。

要は、遺跡に逃げこむ前に捕まえれば魔法陣は起動せず、魔獣も現れないはずなのだ。

（うんうん、いい考えよね。……盗賊団を捕まえるのならやっぱり騎士団に協力してもらうのがベストかしら？　これはキールさまに協力をお願いしましょう！）

学生ではあるが、キールは同時にアルスマールの護衛騎士でもある。騎士の身分を持っているため騎士団にも所属しているはずだった。

（キールさまが協力を渋るようなら、またジーナさまの手をお借りすればいいわよね？）

溺愛する妹のお願いならば、きっとキールは協力を惜しまないだろう。

明確な目的とそれに対する手段の目途がついて、気分が前向きになってくる。

両手を握りしめたユリアンナだが、三つ目を考えた途端、シュンと肩を落とした。

（三つ目は……アルさまとクラーラさんの仲をとり持つことだわ）

対魔獣戦で攻略対象者はヒロインと協力して戦う。つまり連係プレーをするということで、二人の親密度がそのまま討伐の成功に密接に関係してくるのだ。

（攻略対象者を絞っていても、好感度があまり高くないときは苦戦してしまうのよね）

最終的に勝てはするのだが、ヒロインはともかく攻略対象者は満身創痍《そうい》になってしまう。

（もちろん傷はヒロインの回復魔法で治るんだけど……好感度が高くないとその回復魔法の効き目

も下がるみたいだったわ）

決してヒロインが手を抜いているわけではない。

そんなわけではないと信じたいのだが……ともかく痛そうだった。

（アルさまを痛い目に遭わせるわけにはいかないわ！）

そのためには、アルスマールとクラーラが仲睦まじくなってくれることが最善の方法だ。

悲恋を求めるユリアンナにとってもそれはいいことのはずなのに——気持ちが落ちこんでしまうのが止められない。

胸がモヤモヤとして息苦しかった。

もう何度も味わっているこの感情の正体を、さすがのユリアンナもわかってきている。

（嫉妬だわ。……私は、嫉妬するほどアルさまを愛しているのね）

誤魔化すことなどできなかった。

ユリアンナは自分の恋心を自覚する。

同時に、こんなに苦しいくらい強い恋情に、どうして今まで気づかずにいられたのかと疑問に思った。

しかし直ぐに（そうじゃない！）と、自分の考えを自分自身で否定する。

（気づかなかったんじゃないわ。私は、ただ自分の心から目を背けてきただけだよ）

素直に心と向き合えば、アルスマールへの強い想いが、溢れるほどにたくさんあったのに、見て見ないふりをしていたのだ。

(今さらだわ。私は本当に愚かだったのね)

だから、恋心を自覚すると同時に、嫉妬するほど愛している人とヒロインの仲をとり持たなければならないことになってしまった。

アルスマールが自分を忘れてしまったときには、それくらいなら悪役令嬢になって蔑みの目を向けられる方がずっとマシだとたしかに思ったはずなのに、今はもうそれに恐怖している。

しばらくうつむいていたユリアンナは、やがて顔を上げ、頭を左右に勢いよくブンブンと振った。

あんまり振りすぎてクラクラする頭を、両手で両頬をビシッ！　と叩くことではっきりさせる。

(いったぁ～い！　……でも、ちょっとスッキリしたわ！)

どんなに苦しくとも、やらなければならないことは決まっている。

ならば、実行あるのみだ。

(アルさまとクラーラさんが仲良くなって婚約破棄されるとしても、それが嫌だからってアルさまが傷ついていいはずないもの！)

それに、ゲームと違ってきているこの世界では、ただの傷で済まない場合だって考えられるのだ。

(最悪、アルさまが死――――)

ダメダメダメ！　と、ユリアンナは自分の考えを途中でぶった切った！

絶対それだけは許せない！　それくらいなら婚約破棄の十回や二十回、耐えてみせる！

(さすがに十回はないと思うけど。……そして、失恋のショックから立ち直ったら、少しくらいは悲恋に浸ってみるのもいいわよね？)

やっぱりユリアンナはユリアンナだった。

ともあれ、今は考えた三つの策を実行するべきだろう。

(頑張ろう！)

ユリアンナは、自分で自分を奮い立たせた。


まずユリアンナが決行したのは、一つ目の古代遺跡の知識を得ることだった。

「————古代遺跡について知りたいのですか？」

次の日の放課後、パーリン伯爵の研究室を突撃訪問したユリアンナに、月の輝きのごとき銀髪と神秘的な紫の目を持つ麗人が、困惑したように聞き返してくる。

(う〜ん、さすが繊月姫と称されるだけあるわ！　間違いなく男の人なのに美人すぎる！)

しかし、この見た目に惑わされては痛い目を見る羽目になる。

パーリン伯爵は、頭脳明晰《めいせき》なのはもちろん、補助強化系魔法のスペシャリストで、まともに戦えばよほどの攻撃系魔法の使い手でも倒すのは難しいと言われているほどの力の持ち主なのだ。

(見くびって彼に手を出した人間がどれほど煮え湯を飲まされたことか。……そうね。この儚げな容貌さえ彼の武器の一つなのかもしれないわ)

そう思ったユリアンナは、お腹にグッと力をこめる。

「はい。これほど学園の近くにありながら、古代遺跡についてはまだまだわからないことが多いと聞いております。先人の知恵を調べることは今を生きる私たちにとって必要不可欠なこと。私、卒業論文は古代遺跡について書きたいと思っているのです」

正確には、昨日そう決意した。……嘘じゃないから大丈夫だ。…………たぶん。

パーリン伯爵は、疑り深そうな目を向けてきた。

「そうですか。もう既に論文のテーマを決めておられることは立派なことだと思います。しかし、そんなに急ぐことはないのではないですか?」

パーリン伯爵は、その美貌と彼自身の持つ力のため様々な人々に言いよられているそうだ。ジーナという歴《れっき》とした婚約者がいるというのに、彼に媚《こび》を売る人間は、女はもちろん男でも後を絶たないのだとか。

(そう言ってジーナさまが憤慨していらっしゃったのよね。まあ、彼女自身そういった輩《やから》は容赦せず排除しているみたいだけど)

ユリアンナはアルスマールの婚約者だ。身分も力も持っている彼女がパーリン伯爵に媚びるなんてことはありえないことだが、それでも警戒してしまうくらい、彼は被害を受けてきたのだろう。

「遺跡調査は一日にして成らず。コツコツと地道な努力が必要で何年かけても成果が出ないことも往々だと聞きますわ。私が古代遺跡を調べることに早すぎることなどないと思っています」

堂々とユリアンナが主張すれば、パーリン伯爵は驚いたように紫の目を見開いた。

次いで、うるうると潤ませはじめる。

「その通りです!　セイン公爵令嬢は遺跡調査の本質をわかっておられるのですね!」

いや、実はそれほどわかっていない。

適当に読んだ発掘調査の本に書いてあったセリフそのままの受け売りだったりする。

もちろんそれを正直に話すつもりなどなかった。

「いいえ。私などまだまだですわ。ですからパーリン伯爵さまに教えを請いたいのです」

「謙虚さもあるとか、さすがアルスマール殿下の婚約者ですね。……承知しました。古代遺跡の調査、私のできる範囲で協力しましょう」

何やらしきりに感心してくれたパーリン伯爵は、胸をトンと叩いて請け負ってくれた。

（やったわ！）

ユリアンナは心の中で快哉を叫ぶ。

「ありがとうございます。どうぞいろいろご教授くださいませ」

ニッコリ笑って目と目を見交わすユリアンナとパーリン伯爵。

こうしてユリアンナは一つ目の策を実行するための最初のハードルを越えたのだった。


二つ目の策を実行するには、キールと会う必要がある。

（でも、できるならアルさまには内緒にしたいわよね。だって盗賊団の話なんてしたらアルさまは自分で動こうとしそうなんだもの）

アルスマールの強さを疑うわけではないが、餅は餅屋。盗賊団なんていう荒くれ者にはそういった輩の専門家である騎士団に対処いただきたい。

とはいえ、キールはアルスマールの護衛。二人はいつでも一緒にいて離れることはほとんどない。

キール一人と話をするにはどうすればいいのかと二人をジッと見つめていれば、運良くアルスマールだけが別の部屋に入っていった。

「キールさま」

その部屋から離れようとするキールにすかさず声をかける。

「うわっ！　まさか、用があるのは俺の方だったのか？」

キールはとても驚いた。

「え？」

「あれだけジッと見られていればな。ユリアンナ嬢が、俺かアルのどちらかに話があるんだろうってことは気づいていたのさ。たぶん先日アルが転んだ件で、内緒であいつに具合を聞きたいんだろうと思ってわざと別々になったんだけど」

よもや自分の方に声をかけてくるとは思わなかったと、キールは天を仰ぐ。

「あ、それいいですね。もしも後でアルさまに『何を話していた』って聞かれたら、アルさまの様子を聞かれたんだと答えてください」

「って、違うのかよ！」

キールは驚きに目を丸くする。

ユリアンナは、コクリと頷いた。

周囲を見回し誰もいないことを確認し、背の高いキールに少しかがんでくれるようにお願いする。

「王都の盗賊団を知っていますか？」

体勢を低くしたキールの耳元に顔を近づけそうささやいた。

「盗賊団？」

「はい。最近動きが活発になっているようで、近々王都にある貴族の屋敷数軒を同時に襲撃する計画を立てているようです」

ゲームではそうだった。

「本当か？　それはいったいどこ情報だ？」

「情報源は明かさないと約束いたしましたので」

ユリアンナの返事を聞いたキールはムッと顔をしかめるが、それ以上問いただすことはしなかった。騎士の仕事柄、情報元を秘匿する必要性も知っているからだ。

「キールさまの方から騎士団に情報を流して、事件を未然に防ぐように手を回すことはできますか？　できればアルさまには話さずに」

キールはギュッと眉を寄せる。その顔は『難しい』と言っている顔だ。

「どうして内緒にするんだ？」

「アルさまを危険な場所に近寄らせたくないのです」

ユリアンナの言葉を聞いてしばらく考えこんでいたキールは、やがて「ハァ〜」と大きく息を吐いた。

「了解。俺もアルには多少自重してほしいって思うからな」

無事に意見の一致を見て、ユリアンナは満面の笑みになる。

近くにあったキールの顔がほんのり赤くなった。

「ユリアンナ嬢、アルの前以外ではそんな顔をしない方がいい」

そんな顔とはどんな顔だろう？　詳しく聞こうと、もう少しキールに顔を近づければ、

「ユリ！」

大きな声で名を呼ばれ、ハッと顔を上げた。

振り向けば、そこにはなんだか怖い顔をしたアルスマールがいる。

「あちゃぁ～」

キールが思わずといった風に呟いた。

ユリアンナは、咄嗟に（まずい！）と思う。今の話が聞こえたのではないかと思ったからだ。

「何をしているの？」

つかつかと近寄ってきたアルスマールは、彼女の手首を摑まえ、自分の方へグイッと引き寄せた。

「きゃっ！」

結果、ユリアンナは、アルスマールにかなりの勢いでぶつかってしまう。そのまま腰に手を回され抱き寄せられた。

「ア、アルさま？」

この怒りようは、やっぱり話が聞こえてしまったのか？

それとも、何か別の理由で怒っているのだろうか？

「落ち着け！　ユリアンナ嬢はお前の容態を心配して俺に聞いてきただけだ。……無様に転んで頭

を打ったんだから心配されて当然だろう？」

キールが慌ててとりなしてくれた。

無様と言われたアルスマールはムッと顔をしかめるが、直ぐに元に戻してユリアンナの顔を覗きこんでくる。

「本当かい？」

ユリアンナは、首をコクコクと上下に振った。

「はい」

「さっき、あんなに可愛く笑っていたのは、いったいどうして？」

重ねて聞かれて面食らった。

しかし、同時にホッとする。

（よかった。話の内容は聞こえなかったみたい）

力が抜ければ、ちょっと気恥ずかしくなる。アルスマールに可愛いと言われたからだ。

「えっと、たぶん『アルさまにはもう少し慎重になっていただきたいですね』って、キールさまと意見が一致したので思わず笑ってしまったのだと思います」

なんとか納得してもらえるような説明をした。

彼女にそう言われたアルスマールはますます顔をしかめる。

「もう少し慎重になってほしいのは、私ではなくてユリの方だろう？」

そんなことはないと、ユリアンナは思う。

「ああ、それはたしかにそうだな」

なのに、キールまでアルスマールに賛成してしまった。

たった今まで味方だと思っていたキールの裏切りに、ユリアンナはプクッと頬を膨らませる。

「ああ、そういうところもだよ。そんな可愛い顔を私以外の人がいる場所で無防備に見せるだなんて。本当にもっと慎重になってほしいな」

アルスマールにとっては、今の彼女のむくれた顔も『可愛い』になってしまうらしい。

じわじわと頬が熱くなって、ユリアンナはうつむいた。

とはいえ、ここで否定しても、アルスマールが意見を変えないことは経験上わかっている。

「それよりアルさま、お加減は本当に大丈夫ですか？　キールさまからは変わりないとお聞きしましたけれど、その後記憶が飛んだりしていないでしょうか？」

ユリアンナは話題を変えることにした。

アルスマールの健康状態が気になっていたのは本当なので、彼女の質問は真摯に相手に響く。

ソウルイーターに後遺症があるという設定はゲームになかったが、本当にそうかはわからない。

「ああ、大丈夫だよ。心配してくれてありがとう。……でも今度からはそういう質問はすべて直接私にしてほしいな」

優しく微笑みながらアルスマールはユリアンナの顔を見つめてくる。

まだ彼の手はユリアンナの腰にあって、あまりの近さに頬がますます熱くなった。

ちょっとボーッとしながら、ユリアンナは「はい」と答える。

（あ、でもそれだと盗賊団のことをキールさまに確認できないわ）

それは困るので、なんとかキールとの連絡方法を考えなければならない。

考えこんでいたユリアンナの耳に、キールが「怖《こえ》ぇよ！」と呟く声が聞こえてきた。

（え？　何か怖いものがいたのかしら？）

慌てて視線を向ければ、キールが顔色を悪くしながらアルスマールを見ている。

驚いてそちらを見れば、この上なく優しく微笑みかけられた。

（どこにも怖いものなんてないみたいだけど？）

「キールさま、どうかされたのですか？」

「アルが俺を睨ん――――いや！　なんでもない！」

キールは、話の途中で言葉を途切れさせ、ブンブンと首を横に振った。

彼の奇行にユリアンナは戸惑うが、『なんでもない』と言われては、それ以上聞くわけにもいかない。

キールの顔色は、その日ずっと悪いままだった。


一つ目、二つ目ともに順調な出だしとなったユリアンナの三つ目の策は、アルスマールとクララを仲良くさせること。

しかし、いざ実行しようとしても、何をどうしていいかわからない。

（別に、ここまできてやりたくないとかそういうわけじゃなくて、本当にどうしていいのかわから

ないのよね）

我ながら言い訳じみているなと思う思考を、ユリアンナは持て余す。

今は放課後。一人静かに策を考えたいと思った彼女は、クラスメイトが帰った後の誰もいない教室に舞い戻り、窓際の席からぼんやりと校庭を見つめている。

目に映る範囲の人影はまばらで、広いグラウンドを囲むように等間隔で植えられた木々の葉を、風がさわさわと揺らしていた。

そんな中、ヒラヒラと落ちた葉の一枚を視線で追ったユリアンナは、木の下に一組の男女が立って話し合っていることに気づく。

「――――え？」

そこからの角度ではユリアンナは見えないだろう。

しかし、こちらからは丸見えだ。

男性の方は、黒髪で背が高く、女性は目立つピンクブロンド。

黒髪はともかく、ピンクブロンドの女性なんて、そうそうそこらにいない。

そう。そこにいたのは、アルスマールとクラーラだった。

二人の距離はおよそ一メートル。ただの同じ学園の生徒というには近すぎる距離に見える。

（……そうね。初々しい恋人同士って言われたら納得できる距離だわ）

そんな風に思うユリアンナの胸は、ズキズキと痛みだす。

（バカね、私。策なんて講じる必要なかったんじゃない。アルさまとクラーラさんは、もうあんな

に仲良しなんだわ）

ユリアンナの知らぬ間に、アルスマールとクラーラはとても親密になっていたようだ。

そんな素振りはまったくなかったのにと、責めるように思ってしまったユリアンナは目を伏せる。

（いったいいつから？　全然気がつかなかったわ！　私に秘密で会っていたってことなのよね？）

『なぜ？』と『どうして？』という言葉ばかりが、頭の中をグルグル回る。

とはいえ、こうなることはユリアンナ自身も望んでいたことのはずだった。

当然文句なんて言えるわけもなく、こうして見つめることしかできない。

（さすがゲームのヒロインとメイン攻略対象者よね。ものすごくお似合いだわ）

ユリアンナの思考はますます自分を傷つける。

（ああ、もう！　恋心を自覚した途端こうなんだから。自分で自分が嫌になっちゃうわ。……わかってはいたけれど、私って本当に弱くてわがままな悪役令嬢だったのね）

ユリアンナは幼い頃からずっとアルスマールを見てきた。

前世の記憶があるゆえに、出会った当初の彼女の視点は姉もしくは母親に近く、幼く可愛いアルスマールを大好きにはなっても、それは恋愛ではなかった。

（だから、あんなに簡単に悲恋に憧れてうっとりしていられたんだわ）

しかし、アルスマールは見る見る大きく強く、ステキな男性に成長していった。ユリアンナの社交界デビューのときには、危険を冒して彼女を救いだしてくれたくらい。

（きっともうそのときには、私はアルさまに恋していたんだわ。十四歳の少年に恋した事実を認め

られなくて目を逸らしていただけ）

そして今、眼下にクラーラと仲良くなった彼の姿を見て、大きなショックを受けている。

（今さらアルさまが私以外を見るのが嫌だとか――――自分で自分を省みても、同情できる要素がなんにもないいわ。私ったら、あまりに身勝手で情けなさすぎる！）

アルスマールが、こんな自分に見切りをつけるのも当然だ。

（……だからこうなってしまうのも仕方ないことなのよ）

ユリアンナはしおしおと反省しながらそう思った。

「――――まあ！　あれはなんですの！」

そのとき、窓際で黄昏《たそが》れていたユリアンナの背後から突然声が聞こえてきた。

「え？　あ、ジーナさま」

振り向けば誰もいなかったはずの教室にジーナが入ってきている。

オレンジ色の髪の少女は赤い目に怒りの炎を燃やして窓の外を睨んでいた。

「あれは、アルスマール殿下とマルファ男爵令嬢ではないですか？　ユリアンナさまを放っておいてあんなところで二人一緒にいるなんて！　浮気ですわ！」

『浮気』と断定されて、ユリアンナはガ～ン！　とショックを受けた。

「……ただお話をしているだけなのかもしれませんわ」

庇う言葉にも力が入らない。

「ユリアンナさまは寛容すぎますわ！　あんなこと、もしお相手がルカさまだったら、私なら許せませんもの！」

いかにも勝ち気なジーナらしい言葉だった。

「でも、アルさまは王子ですから。王族としての社交もありますし、ほかの女性とお話しになる機会は多いはずですわ。そのすべてにいちいち嫉妬するわけにもいきませんでしょう？」

今にも飛びだしていきそうなジーナを一生懸命止める。

「ここは王宮ではなく学園ですわ！」

「では、きっと生徒会長として彼女のお話を聞いているのです。ね、きっとそうですわ」

両手でジーナの腕を摑み訴えれば、渋々彼女は怒りを収めてくれた。それでも険しい目つきで外を見ることをやめないのだから、よほど怒っているのだろう。

どうしようと考えたユリアンナは、ちょうどいい機会だからと古代遺跡の件をジーナに話すことにした。

「ジーナさま、私、今度古代遺跡について調べようと思っているのです」

突然関係ないことを話しはじめたユリアンナに、ジーナは不思議そうな顔をする。

「古代遺跡ですか？」

「ええそうです。既にパーリン伯爵さまにはご協力をお願いして受け入れていただいたのですけれど……これからその件で私は伯爵さまとお話しする機会が増えるかもしれませんわ。決して浮気などではありませんから許していただけますか？」

首を傾げてお願いすれば、ジーナは「まあ」と言って赤くなった。

「もちろんですわ。ユリアンナさまがルカさまと浮気をするなんて、私思っていませんもの！」

「でも、二人だけで一緒にお話しするかもしれませんわ？」

「大丈夫です！　私はルカさまを信じていますから！」

勢いよくそう叫んだジーナは、ハッとして目を見開いた。

「……ああ、そうなのですね。ユリアンナさまもアルスマール殿下を深く信じていらっしゃるのですね？」

――――実は、そうでもない。

つい先ほどまで思いっきり嫉妬して落ちこんでいたユリアンナは、思わず視線を落とした。

それを肯定して頷いたのだと思ったジーナは、感激したように両手を組み合わせる。

「私ったら、ユリアンナさまのそのお心も知らずに勝手に興奮してしまって、本当に申し訳ありませんでした！　そうですよね。こんなに素晴らしいユリアンナさまをアルスマール殿下が裏切るはずがありませんもの！　浅慮から愚かなことを申しましたわ。どうか私を許してくださいませ」

頭を下げるジーナを、ユリアンナは慌てて止めた。

「もちろんですわ！　ジーナさまは私を思って怒ってくださったのですもの。愚かなことだなんて思いません。謝らないでください」

ユリアンナはジーナを許し、二人は微笑み合う。

その後は古代遺跡の話からパーリン伯爵の話となり、最終的にジーナののろけ話をたくさん聞かされて、その場は収まった。

既に夕刻で、二人はそろそろ帰りましょうと席を立つ。

いつの間にか、木の下からアルスマールとクラーラの姿は消えていた。

(どうなることかと思ったけれど、ジーナさまがきてくれてよかったわ。あれ以上アルさまとクラーラさんを見ていたら、立ち直れなかったかもしれないもの)

そう思いながら教室を出れば、なぜかそこにはキールが壁にもたれて立っていた。

「あら、お兄さま、どうなさったのですか?」

「一緒に帰ろうと思ってな。迎えにきたんだ」

ジーナの問いかけに、壁から体を離しながらキールは答える。

「アルスマール殿下は?」

「先ほど城から近衛騎士が迎えにきて帰っていった」

妹の質問に答えながら、赤い髪の騎士はユリアンナの方に近づいてくる。

「少し二人で話したいんだが、いいか?」

なぜか真剣な表情で話しかけられて、ユリアンナは戸惑った。

(いったいなんの用? ……あ、ひょっとしたら盗賊団の件かしら?)

そう思ったユリアンナは、即座に了承した。

「はい。かまいませんわ」

「では、私は先に馬車に行って待っていますね。……お兄さま、ユリアンナさまは我が国の大切な未来の王子妃さまなのですから、どんなにお可愛らしくとも手など出してはいけませんよ」

「ジーナ！」

最後にキールをからかうと、ジーナは笑いながら離れていった。

「ったく、あいつはなんてことを言っていくんだ」

忌々しそうにキールは舌打ちする。

「本当にそう思っていらしたら口にすることなんてできませんわ。ジーナさまはお兄さまをとても信頼していらっしゃいますから」

ユリアンナの言葉に、キールは「わかってる」と呟いた。

「それで、大切な妹君にからかわれてまで私と話したかったこととはなんでしょう？」

まだ昨日の今日なのにもう盗賊団の情報が入ったのだろうか？

期待をこめて見つめれば、キールは赤い目を心配そうに陰らせた。

「その……大丈夫か？」

「大丈夫とは？」

「君が泣いているんじゃないかと思ったんだ」

「え？」

驚き見上げれば、キールは強い視線をユリアンナに向けてきた。

「あれは、……アルは、違うからな」

そんなことを言ってくる。

違うというのは、何が違うのだろう？

「アルさま、ですか？」

「今日、アルがマルファ男爵令嬢と一緒にいたのは、理由は言えないが王命なんだ。アルはいつだってユリアンナ嬢を一番に想っている。それだけは間違いないから！」

必死に言い募るキールを見て、ユリアンナはポカンとしてしまった。

「キールさま、何を――」

「さっき木の陰でアルの護衛をしていたら、窓からユリアンナ嬢がこちらを見ているのに気がついたんだ。あの状況ではあらぬ誤解をしても不思議じゃない。君の表情が曇っていたから……だから、お節介だと思ったけど話しにきた。本当は、直ぐにアルを向かわせたかったんだが、王の呼びだしを断らせるわけにもいかなくて――」

ユリアンナは目を見開いた。

（なっ！　じゃあ、あの場所にはキールさまもいたっていうの？　私からは死角になって見えなかっただけで、私が見ていたのも知っていた？　……それで、キールさまは、アルさまとクラーラさんに嫉妬した私を心配して、わざわざここまできてくださったの？）

驚くと同時にユリアンナは、心の底からホッとした。

アルスマールがクラーラに会っていたのが王子としての仕事であったことと、その場にキールもいたという事実に、先ほどまでの鬱々とした思いが晴れていく。

（本当は、私の目的からすれば喜んじゃいけないことだけど……でも、今だけはこの喜びに浸りたい！　明日からは、またきちんと三つ目の策を考えるから！）

誰にともなく誓ったのだが、心が落ち着いていくにつれて、ボッと顔が熱くなった。自分が嫉妬していたなんて他人に知られて恥ずかしくないはずがない！

（顔から火が出るって、こういうことなのね！）

あまりに恥ずかしすぎて、ユリアンナはめまいがしてきた。

「おいっ！　大丈夫か？」

クラリとよろけた彼女の腕を、キールがしっかり摑まえ支えてくれる。

おかげで倒れずにすんだユリアンナは、まともにキールが見られず顔を背けながらお礼を言った。

「あ、ありがとうございます！　私は大丈夫ですから！」

「そ、そうか」

まだ心配そうにしながらも、キールは腕を離してくれる。

しかし、今度はユリアンナの方からキールの両腕を両手でがっしり摑んだ。

「はい！　本当にご心配をおかけして――――あ、あの、このことは、アルさまは？　アルさまは私が見ていたことをご存じなのですか？」

必死でたずねる。

「あ？　いや。気がついたのは俺だけだ。マルファ男爵令嬢との話し合いが終わったら伝えようと思ったのだが、城の迎えが直ぐきたから言える時間がなくて」

（セーフ！）

ユリアンナは心の中で叫んだ。

「アルさまには言わないでください！」

「え？」

「お願いです！　私が見ていたとか、嫉妬していたとか、泣いて――――いえ、泣いてはいませんでしたが、そんなことはアルさまには言わないでください！」

そんな嫉妬深い自分を、アルスマールにだけは知られたくない！　彼の前では完璧な婚約者でありたいのだ。

ユリアンナの勢いに、キールはタジタジとなった。

「お願い！　お願いします！」

「わ、わかった！　わかったからそんなに近づくな！」

キールの顔は真っ赤になっていた。

必死すぎたユリアンナがグイグイ迫り、今にも押し倒さんばかりになっていたからだ。

「あ！　も、申し訳ありません！」

ユリアンナは、慌ててパッと手を離す。その手をどこにもやりようがなくて、後ろに隠した。

キールも一歩後ろに下がって、二人は同時に息を吐きだす。

顔を見合わせ、プッと笑いだした。

「――――本当にアルに伝えなくていいのか？」

「はい。誤解だとわかりましたし、恥ずかしすぎますもの。アルさまにも呆れられてしまいます」

「いや、そんなことはないと思う。むしろアルなら大よろ――――」

「絶対言わないでください！」

途中で言葉を遮るほどのユリアンナの勢いに、キールは「お、おう」と頷いた。

もう一度顔を見合わせ、二人で苦笑する。

「……そうか。泣いていなかったんだな。よかった」

キールは心の底から安堵したというようにそう言った。

「キールさま」

「ユリアンナ嬢、君には誰より笑顔が似合う。どうかずっと笑っていてほしい」

夕暮れが校舎に忍び寄って、周囲が橙色《だいだい》に染まる。

赤髪赤目の青年は、暮色に溶けこんで優しく笑んでいた。

（……攻略対象者って、すごい）

ユリアンナは、しみじみとそう思ったのだった。


その後少し話したのだが、結局その中には盗賊団に関する情報はなかった。

（そうよね。そんなに早く情報が集まるわけはないわよね）

そう思ったユリアンナは、次の日パーリン伯爵を訪ねる。

今日は休日で授業はなく、思う存分古代遺跡について聞くことができるからだ。

（ジーナさまにも許可はいただいたし、多少長い時間ご一緒しても大丈夫よね？）

とはいえ万が一にも誤解されるわけにはいかないので、今日のユリアンナは公爵家の侍女を一緒に連れてきている。パーリン伯爵の方にも古代遺跡を共同研究しているという研究仲間が同席していた。これで悪い噂が立つ心配はないだろう。

（ジーナさまを私みたいに悲しませるわけにはいかないもの）

一応ジーナにも今日パーリン伯爵と会うことは伝えてあった。よければご一緒にと誘ったのだが、ほかに用があるそうで丁寧なお断りの手紙をもらってある。

ユリアンナは先ほどから古代遺跡についてパーリン伯爵を質問攻めにしていた。

「――魔法陣がたくさん描かれた部屋ですか？」

「はい。出典は忘れてしまったのですけれど、どこかでそんな部屋が遺跡の中にあるという話を聞いたような気がするのです」

思いきって確認した魔法陣の部屋の話には、パーリン伯爵も共同研究者も揃って首を傾げるばかりだった。

「古代遺跡について書かれた書物には、どんなものにも目を通していると自負していたのですが」

「残念ですが聞いたことがありませんね」

二人顔を見合わせて首を横に振る。

「そうですか」

（まだ未発見の部屋なのね。それではどこにあるのか確認することもできないわ）

がっかりして肩を落とせば、パーリン伯爵がユリアンナの方に身を乗りだしてきた。

「古代遺跡は発掘されていない場所がまだまだ多いのです。セイン公爵令嬢のお話しになった魔法陣の部屋もその中にあるのかもしれませんね。……それで、もしご都合さえよろしければ、次回の発掘調査にご同行されませんか？」

なんとそんな提案をしてくれた。

「私などがご一緒してもいいのですか？」

パーリン伯爵と共同研究者は二人同時に頷いてくれる。

「ええ。本日お話しさせていただいて、あなたは本気で古代遺跡に興味がおありなのだと確信しました」

「私たち研究者の研究も、そもそもは興味を持ったものを知りたいという単純な欲求からはじまっております。同じ欲求をお持ちの方を拒む理由はございませんよ」

なんていい人たちなのだろうと、ユリアンナは感激した。

（古代遺跡に入れたなら、ゲームの場面と照らし合わせて魔法陣の部屋のある場所も探せるかもしれないわ！）

ぜひ！　と答えようとして身を乗りだしかけたのだが――――、

「残念ですが、ユリをそんな危険な発掘に同行させるわけにはいきません」

ユリアンナの後ろから、凛とした声が聞こえてきた。

「え？」

（この声は！）

驚いて振り向けば、開きっぱなしになっていたドアから黒髪黒目の青年が入ってくる。

そういえば、あらぬ誤解を防ぐためドアは閉めなかったのだとユリアンナは思いだした。

「アルさま！」

「やあ、ユリ。今日も可愛いね」

スタスタと近づいてきたアルスマールは、呆然と座っているユリの側まできて、チュッとこめかみにキスを落とす。

ユリアンナは、びっくりして動けなかった。

「……アルさま、どうしてこちらに？」

なんとか質問すると同時に、心のどこかでアルスマールの態度が今までと変わらないことにホッと安心する。

（昨日クラーラさんと一緒にいたのは、本当に王子としてのお仕事だったのね。……それがわかって、こんなに嬉しいだなんて、本当は思っちゃいけないのに）

昨日ユリアンナは、今日から三つ目の策をきちんと考えると決意したばかり。それなのに、アルスマールが変わらず自分を大切にしてくれることを喜んでいる。

（心は、なんて正直なのかしら。……ああ、でも今は反省するよりも、遺跡調査の話に集中しなくっちゃ！）

そう思っていれば、アルスマールに続いてキールが部屋に入ってきた。

「俺だよ。俺がアルにユリアンナ嬢がここにきていることを教えたんだ。ジーナから君がパーリン伯爵の元に行くと聞いたからな」

たしかにジーナには今日の訪問を話していた。だからそれをキールが知り、さらにアルスマールに伝わることは不思議ではない。

不思議なのは、だからといってなぜアルスマールがここにきたのかということだ。

それに先ほどアルスマールは、ユリアンナの遺跡への同行を断っていたような？

「ユリ、君は我が国でも有数な公爵家の令嬢であり、私の婚約者だ。遺跡の発掘などという危険なものに関わらせるわけにはいかないよ」

ユリアンナの疑問が聞こえたようにアルスマールはそう言った。

「遺跡の発掘は、そんなに危険なことではありませんわ」

古代遺跡があるのは学園の直ぐ近く。一番近い場所は徒歩十分で、前世の由梨のアパートから最寄り駅より近い。

古代遺跡とは、小高い丘を囲むように建つ石造りの建築物群からなる都市遺跡と、さらにその奥の今は森となっている場所に点在する祭祀《さいし》遺跡、墓地遺跡の総称だ。王都に近いため行き来は容易なのだが、そこかしこに遺《のこ》るアーティファクトが時折思いもよらぬ起動《いたずら》をするため一般人は立ち入り禁止となっていたりする。

(調査に入った研究者数名が、いきなり転移魔法で他国の遺跡に飛ばされたときは大騒ぎになったわよね？　おかげで転移魔法の研究が飛躍的に進んだのだけど)

古代遺跡には数多の謎と強大な力が眠っている。それを危険と言われれば、反論のしようはないのだが。

(でもでも、既に調査済みのエリアなら危険はないわよね？　発掘されたアーティファクトはすべて撤去済みだし、研究者が何人も出入りして安全を確認しているんだもの)

パーリン伯爵が今回行こうとしていた場所は、そういう安全な場所のはずだった。

まかり間違ってもユリアンナを危険な場所に連れて行こうなんてするわけがない。

「アルスマール殿下、よろしいですか？」

パーリン伯爵が発言を求めた。きっと、発掘調査が危険ではないことを主張するつもりなのだろう。

「今回の発掘調査は、既に発掘済みのエリアの確認作業で危険などはありま――――」

しかし、話しはじめたパーリン伯爵の声は、途中で不自然に止まった。

どうしたのかと思って見れば、彼もその共同研究者も真っ青な顔で固まっている。

「パーリン伯爵さま？」

不思議に思って彼の視線を辿れば、その先にいたのはアルスマールだった。

「アルさま？」

「何かな、ユリ？」

ユリアンナの問いかけにアルスマールはいつもどおりの優しい笑顔を返してくれる。

パーリン伯爵や共同研究者が顔色を青くするような理由は、欠片も見つからない。

「笑顔で脅すとか、怖すぎだろう」

キールが体を震わせて、ユリアンナはハッとした。

どうやら彼女が見ていない間に、アルスマールがパーリン伯爵を脅したらしい。

「………そ、そうですね。ユリアンナさんは、何ものにも代え難い大切な存在です。発掘調査などにご同行いただけるお方ではありませんでした！」

案の定、パーリン伯爵は急にそんなことを言いだす。

「そんな、パーリン伯爵さま！」

「まったくその通りです！　お誘いするなど、私たちの思慮不足でした。伏してお詫《わ》び申し上げます！」

共同研究者の人まで、そう言って深々と頭を下げた。

「わかってくだされればいいのですよ」

鷹揚《おうよう》に頷くアルスマールに、腹が立つ。

古代遺跡に行きたいのは誘われたからではなく、ユリアンナ自身の意志なのに。

「危険なんて絶対ないから大丈夫です！」

大声で主張したのだが、アルスマールは首を横に振る。

「私が心配なんだ。ユリ」

思い詰めた表情で見つめられた。

「どれほど危険がないと言われても、きっと私は君を心配してしまう。それを押し殺して許しても心は焦燥するばかりだろう。……その上で、万が一にでも君が傷つくことがあれば、きっと私は君を誘った者とそれを許した自分自身を心底憎み呪う！」

ユリアンナの心が、ドキッと跳ねた。

呪うなんていう不吉な言葉を言われたのに、それが自分を心配してくれるがゆえだと思えば、嬉しくてたまらない。

それでも遺跡の調査に行くために、なんとかアルスマールを説得しようとした。

「ア、アルさま――――」

「ユリ、頼むから私がそんなひどい状態になるような真似をしないでくれないか？」

真剣に頼まれて心臓がますます跳ねた。危険のないことを重ねて主張したいのだが、魔法陣の部屋の場所を調べる気満々のユリアンナには、それもなかなか言いづらい。

（ゲームではヒロインは簡単に古代遺跡に侵入していたのに！）

ヒロインは貴族とは名ばかりの平民上がりの男爵令嬢。翻ってユリアンナは王子の婚約者である公爵令嬢だ。そもそもヒロインと同じ行動をとろうと思ったところが間違いだったのかもしれない。

「ユリ」

至近距離で名を呼ばれて、ユリアンナは白旗を上げた。恋している相手に、こんな風に心配されて勝てるはずがない。

それに何よりアルスマールを悲しませたくなかった。

「わかりました。発掘調査には行かないことにします」

（仕方ないわ。古代遺跡の調査はパーリン伯爵に丸投げして、私は彼の話を聞きながら安全な場所から魔法陣の部屋を探しだすお手伝いをしよう）

密かに決意したユリアンナを、アルスマールが急に抱きしめてくる。

「キャッ！　アルさま！」

思わず悲鳴を上げてしまったのは不可抗力だろう。

好きな人からの不意打ちが嬉しすぎる。

心臓がバクバクいって、死にそうだった。

「ありがとう！　嬉しいよ、ユリ。お礼に君の古代遺跡に関する調査には私も協力するからね」

アルスマールは、そんなことを言いだした。

「え？」

「パーリン伯爵の話も一緒に聞くし、そうだ、城にある古代遺跡に関する文献を一緒に調べてみるのもいいかもしれないね。たしか禁書庫の一角に古代遺跡のものもあったと思うよ」

「…………禁書庫」

ゴクリと生唾をのみこんで呟いたのは、ユリアンナではなくパーリン伯爵と共同研究者だった。

禁書庫とは、王族以外立ち入り禁止の書庫だ。そこには世界を滅ぼせるほどの危険な魔法書や、知れば常識が覆るほどの知識の粋《すい》が集められているのだと噂されている。

「もちろん禁書庫に入れるのは私とユリだけだけれどね。そこで得た知識を伯爵と共有し、さらなる遺跡の調査に役立てることは可能だ」

ニコニコニコとアルスマールはユリアンナに笑みを向けた。

ドキドキドキと心臓は速くなるばかり。

「なんと幸運なことでしょう！　アルスマール殿下のご協力をいただけるだなんて、これ以上はない喜びです！」

パーリン伯爵が、勢いよく立ち上がった。白皙《はくせき》の頬が紅潮し、紫の目がキラキラと輝いている。

「私が協力するのは、ユリの調査ですよ」

「ええ。ええ。もちろんです。殿下のユリアンナさんへのご寵愛《ちょうあい》の深さは骨身に染みて実感いたしましたから。ジーナの言っていた通りでした。……ユリアンナさん、殿下のご協力が得られてよかったですね」

パーリン伯爵の中では、既にアルスマールがユリアンナに協力するのは決定事項のようだ。

（私、いいって言っていないのに）

さっそく共同研究者と、禁書庫の文献が見られるのならば何を調べてもらおうかと話し合いをはじめたパーリン伯爵を、ユリアンナは軽く睨んでしまう。

「ユリ、私以外をそんなに見つめないで」

すると、未だに彼女を抱きしめたままのアルスマールが耳元でささやいた。

「ひゃっ！　アルさま！」

「強引に決めてしまってゴメンね。でも私はユリと少しでも長く一緒にいたいんだ」

そんなことを言われてしまったら、ユリアンナは断れない。

何せ彼女はアルスマールへの恋心を自覚したばかり。嬉しくないはずがないのだから。

（それに悪いことばかりじゃないわ。アルさまに協力してもらったら魔法陣の部屋のことがわかる

かもしれないもの）

「わかりました。ご協力お願いいたします」

「ありがとう、ユリ、嬉しいよ！」

ギュッと抱きしめられて、ユリアンナはまた悲鳴を上げた。

囲われた腕の中から見上げれば、黒い目がジッと彼女を見つめている。

その中に、胸がドキッとするような熱がこもっていることに、ユリアンナは気がついた。見ているだけでそわそわとして、自分まで熱くなるような、そんな目だ。

（もしかして、アルさまも私のことを恋愛的な意味で好きなの？）

今までユリアンナは、アルスマールからたくさんの好意を向けられてきた。それは間違いようのない事実。ただ、ゲームの展開を知っている彼女にとって、それを恋愛感情と解釈することはどうしてもできなかった。

でも、今この瞬間、ユリアンナを見つめる彼の目には怖いくらいの熱さがあって、彼女がほしいと伝えてくる。

ユリアンナは、どうしていいかわからなくなった。

「ア、アルさま、このままでは話し合いもできませんわ！　ともかく離してください！」

いたたまれずに叫んだ彼女のお願いが聞き届けられたのは、それからしばらく経ってからのことだった。

思いもかけず古代遺跡の調査をアルスマールとすることになったユリアンナだが、しかし盗賊団のことに関しては彼の協力を得るわけにはいかない。

(だって危険だもの)

ユリアンナを危険な目に遭わせたくないと言ったアルスマールだが、その思いはユリアンナも同じこと。絶対アルスマールには危険なことはしてほしくないと思う。

(だからって、キールさまならいいってわけではないけれど)

それでもキールは騎士だ。騎士に危険なことをまったくしないでほしいと願うのは、ちょっと違うと思う。

アルスマールとキールは基本二人一緒に行動しているのだが、アルスマールだけ城で用事があるときなどは、別行動。

そんな稀少《きしょう》な機会をとらえて、ユリアンナはキールと話し合っていた。

場所は食堂のテラスの一角で少し離れた席にはほかの学生たちもいる。

「間違っても密会とか噂されたくないからな」

「同感ですわ。たとえ誤解でもあんな思いは、するのもされるのもごめんです」

ユリアンナの言葉にキールは複雑そうな視線を寄越した。

二人は彼女の補助強化魔法で聴覚を鋭くし、小声でささやくように会話している。これで周囲に聞かれることなく密談できるのだ。

「盗賊団の動きについて何か情報は入りましたか?」

ユリアンナの問いかけにキールは「ああ」と頷く。

「王都の騎士団が調査したんだが、かなり大きな計画が進んでいたようだ。下手に騒ぎ立てて行方をくらませられても面倒だから、今は水面下で調査を進めている」

どうやら盗賊団の計画を無事に摑むことができたらしい。このまま事件を起こす前に捕縛できれば、古代遺跡に逃げこむこともなく、魔獣襲来イベントを未然に防ぐことができるだろう。

「もちろん情報源は話していないが、今回の情報提供者に感謝の言葉を伝えてくれと王都騎士団長から直接頼まれている」

「感謝なんていりません。私は、犯罪が起こらなければそれでいいです」

「ああ。絶対起こしはしないさ」

力強く言いきるキールが頼もしかった。

きっと大丈夫だろうとユリアンナは思う。

それでも心配は心配なので、今後もキールとは同じ方法で連絡をとり合う約束をする。

「……アルとは、その後どうだ？」

盗賊団に関する話が終わったタイミングで、キールが聞いてきた。

ユリアンナは、思わず体をピクリと震わせる。思いだしたのは、先日見たアルスマールの黒い目の中の熱。

「ど、どうとは？」

「あいつがまだ時々マルファァ男爵令嬢と会っているのは、あくまで王命だからな」

キールは強い口調でそう話す。

ユリアンナは、キールから視線を外しうつむいた。

そう、あの後もアルスマールとクラーラは度々一緒にいて、その姿は学園のあちらこちらで見かけられているのだ。それをその都度見つけるわけではないのだが、なぜか学生の多くがその事実を彼女にいちいち報告にくる。

(皆さんものすごく怒っていらして、私が『気にしていない』『アルさまを信じています』といくら言っても納得してくださらないのよね。……それでも、なんとか宥めているのだけど)

気持ちは嬉しいのだが、知らなければ知らないでいられるので、できればその親切はやめてほしいと思っている。いくら王命だとわかっていても、好きな人がほかの女の子と仲良くしていたと聞かされて、平静でなんていられないからだ。

(ああ、でもそうすると私の知らないところでアルさまやクラーラさんへの非難が高まるのかしら)

それはそれで問題だった。なんでこんなことで自分が悩まなければならないのかと思えば、ユリアンナは頭が痛い。

同じくらい胸も痛むのだが、そこはキールを信じて我慢しようと思っていた。

(大丈夫。アルさまは王子としてのお仕事をしているだけだもの。その証拠に、アルさまの態度は、以前と少しも変わっていないわ!)

変わらずアルスマールはユリアンナに優しく、甘い言葉もスキンシップも恥ずかしいくらいに多い。彼のユリアンナを見る目には深い愛情があり、それは疑う余地がなかった。

そして、その奥に宿る熱にも彼女は気づいてしまったのだ。

(あれは、親愛だけの熱じゃないわ。もっと熱くて切ないもの。……私は、アルさまに恋愛的な意味で好かれている?)

まだ一抹の不安はあったが、でもおそらくそうだろうとユリアンナは思った。

そして彼女は、自分の不安の原因もわかっていた。

ゲームの中ではユリアンナがアルスマールに愛されることなどないからだ。

(私は婚約破棄される悪役令嬢。それで悲恋を楽しめればいいと、ずっと思ってきたんだもの)

でもユリアンナはアルスマールに恋をして、そしてアルスマールもユリアンナに恋してくれているらしい。

(どうしよう? 私はゲームのシナリオに逆らってみてもいいのかしら? 悲恋ではなくて、アルさまとの幸せな未来を望んでもいいの?)

答えはわからない。

ただわかっていることは、もう自分が悲恋を楽しめないだろうということだった。

たとえ仕事だとわかっていても、アルスマールがクラーラと一緒にいると思うだけで、胸がものすごく痛くなるのだ。

(悲恋を楽しむなんてとても無理だわ。こんなに辛いだなんて思いもしなかった)

つくづく自分は甘かったのだと、日々実感している。

(それにしても、王命が下ってアルさま自らヒロインに働きかけるなんて、そんな設定がゲームにあったかしら？）

たしかにゲームのヒロインは並外れて強い回復系魔法の使い手だったが、密かに王命が下るようなイベントはなかったはずだ。身分も男爵令嬢と低く、アルスマールエンドを迎えても王子妃となるのはたいへんだったとエンディングで流れていたくらい。

（……結婚式直前のスチルで『この日のために、たくさんの人の協力を得、多くの苦労を重ねてきた』とかなんとか言って回想するのよね）

だいたい国王が今の段階でクラーラの存在を知っていること自体がおかしい。

（まさか、王命というのはキールさまの嘘で、アルさまとクラーラさんは本当に仲睦まじくなっていたりしないわよね？）

そこまで考えて、ユリアンナは唇をギュッと噛みしめた。

（――――違うわ！）

心の中で強く否定する。

それはキールを――――ひいてはアルスマールを疑うことだ。

会う度ユリアンナに向けられる優しい笑顔を、あの瞳の奥の熱を否定すること。

（それだけはしたくない！）

この気持ちを信じてみたい！

そうして、できることならば、アルスマールとともにいられる未来を夢見たかった。

（できるかどうかはわからないけれど。あがくだけあがいてみてもいいかしら？　ここまでアルさまの気持ちが違ってきているんですもの。婚約破棄をしなくて済むかもしれないわ。……だからといって、魔獣襲来のことを考えると、クラーラさんとアルさまの仲を悪くするわけにはいかないんだけど）

努力してもダメでやっぱり婚約破棄になったのなら、そのときこそ本気で切ない悲恋に浸ればいい。

（もっともそのときには、悲恋を楽しむ余裕なんてどこにもなくなるんでしょうけど）

「ユリアンナ嬢、顔色が悪いが、どうかしたか？」

急に表情を曇らせた彼女を心配したキールが聞いてくる。

「いえ、大丈夫です」

ニッコリ笑うユリアンナをなおも心配そうに見つめるキールだった。

◇世話の焼ける友人（キール視点）

「――――おい！」

「おい！」

「おいったら！　いったいいつまで怒っているんだ？」

三回呼びかけてようやく視線がこっちに向いた。

「怒っていない」

「嘘つけ！　思いっきり怒っているじゃないか。俺とユリアンナ嬢がお茶をしていたのは、お前のフォローのためだって言っただろう」

「……それに感謝しろと？」

ギロリと睨みつけられて、ハァ～とため息がもれた。

ここは城内のアルの私室だ。学園から帰ってきた俺は真っ直ぐ彼に会いにきていた。

こいつが、自分がいない間のユリアンナ嬢の様子を聞きたがるから。

なのに、俺がユリアンナ嬢とお茶を飲んだと言った瞬間から、アルはずっと不機嫌面。

相変わらず婚約者に関してだけは猫の額よりも心の狭い男である。

「じゃあ、ユリアンナ嬢が誤解したまま放っておいてもよかったって言うのか？」

「よくない！　……だが、誰もいない教室で二人きりとか、人目の多いテラスで寄り添って話し合うとかの必要はなかったはずだ」

数日前の教室の件まで把握されているとは思わなかった。

「仕方ないだろう。あのときは一刻を争ったし、テラスだってほかの奴らに話を聞かせるわけにはいかなかったんだ。ある程度近づくのは不可抗力だろう」

マルファ男爵令嬢の件は国王からの密命だ。ユリアンナ嬢にだって王命とは告げても命令の中身までは話せていない。

「はぁ～、ユリに内緒だなんていたたまれない。叔父上なんてどうでもいいから洗いざらい話したいけど……でも、万が一でも王家の人間がみんな浮気性だなんて思われたら立ち直れないし」

アルは黒髪をかきむしる。

このボサボサ頭を、こいつが理想の王子だなんて思っている奴らに見せてやりたい！

「マルファ男爵令嬢からの聞きとりはうまく進んでいるのか？」

「いや。実はあまりはかばかしくない。彼女自身孤児院に引きとられる前のことをほとんど覚えていないしな。孤児院の方も彼女の死んだ母親が彼女そっくりのピンクブロンドだったことぐらいしか記憶にないと言っている」

マルファ男爵令嬢は、三歳まで下町で母親と二人で暮らしていたそうだ。その母親が病に倒れ孤児院に引きとられたのだという。

「下町の住民で覚えている奴はいないのか？」

「十年以上昔の話だからな。それに訳ありの子どもを身ごもった女が下町に流れ、そこで人目を忍んで生きていくケースはそれほど珍しくないそうだ。……生きられずに死んでしまうことも」

アルの口調は重い。いずれは国を統べる者として責任を感じているのだろう。

「ベレーヴィン大公閣下なら、たとえ戯れでも情けをかけた相手をそんな風に放置することはないんじゃないか？」

「ああ、だから叔父上も絶対自分ではないと主張しておられるのだが……噂を完全否定するには証拠が必要だからな」

普通であれば大公閣下自らが自分の子ではないと否定すれば、すべてそこで解決する。

たとえ限りなく疑わしくとも、抗議できる者がいないからだ。

しかし今回は相手が悪かった。

今や、大公閣下が疑いを晴らさなければならない相手は閣下最愛の妻である海賊姫になっている。実家に帰った彼女は泣きすがる大公閣下に、マルファ男爵令嬢が閣下のお子ではないというたしかな証拠を示せと命令したそうだ。

それができない限りは大公家に戻るつもりはないと宣言したともいう。

「絶望的じゃないか?」

天を仰いだ俺に、しかしアルスマールは首を横に振った。

「いや、実はまるっきり手がないわけでもない。……ユリと古代遺跡の文献を調べていて見つけたのだが、古代遺跡のアーティファクトの中に親子の血縁関係を調べられるものがありそうなんだ。ご丁寧に設計図も載っていたから、今魔道具師に再現できるか研究してもらっている。それとは別に遺跡の発掘調査団も予定より大がかりなものにして、それらしきアーティファクトの発見も目指す計画だ。そのどちらかがうまくいけば、叔父上の潔白は証明されるはず。――まあ、あくまで叔父上の言葉が真実ならばだがな」

俺はホッと安堵の息を吐いた。

「そうか、それならこれ以上お前がマルファ男爵令嬢と会う必要はなくなるんだな」

これでもうユリアンナ嬢を悲しませなくて済む。

俺から事情を聞いて、アルを信じることにしたユリアンナ嬢だが、やはり不安そうだった。いつも眩しいくらい真っ直ぐに輝いている碧の目がくもり戸惑う様子は、見ているこちらが切なくなってしまう。彼女が悲しまなくなるなら、それが一番だ。

よかったよかったと頷いていれば、アルが疚《やま》しい表情でそっと目を逸らした。

「……………アル？」

「すまない。少なくともあと一回は、私はマルファ男爵令嬢と会う予定でいる」

こいつは何を言いだしたのだろう？

「なんでだ？　もう王命はないんだろう？」

「ああ」

頷きながらもアルはマルファ男爵令嬢と会うと言ったことを撤回しない。

「……………まさか！　お前、本気でマルファ男爵令嬢に心変わりしたのか？」

「違う！」

大声で怒鳴れば、それを上回る声で怒鳴り返された。

「そんなはずがあるか！　俺はユリ一筋だ！　心変わりなんてありえない！」

耳がキーンとするほどの大音量だった。

この部屋に防音の魔道具を設置しておいてよかったと思う。

そうでなければ何事かと警備の騎士たちが集まってきただろう。

「だったらなぜだ？」

俺が問い詰めれば、不承不承アルは口を開いた。

「実は、マルファ男爵令嬢と私は趣味が一致したんだ。彼女とはどんなに話しても話題が尽きず、会っている間はたいへん有意義な時間を過ごしている」

　俺は眉をひそめた。

「趣味？」

「ああ、ユリの鑑賞というな。――――マルファ男爵令嬢は、ユリの大ファンなんだ」

　俺は呆気にとられてしまった。大真面目な顔をして、こいつは何を言っているのだろう？

「しかもだ！　マルファ男爵令嬢には、絵の才能があったんだ！　彼女の描くユリは本人そっくりで、まるで生きているかのように生き生きとしている。次に会えるときには、私用に描いてくれたユリの絵をもらう約束になっているんだ！」

　キラキラキラキラと黒い瞳を輝かせながらアルは語る。

　正直、こいつはバカか？　と思った。

「絵をもらう約束をしているから、まだマルファ男爵令嬢と会うと言うんだな？」

「いや、絵をもらうだけじゃないぞ。彼女には私が知らない、女性たちの間でのユリの様子を聞かせてもらう約束になっている。代わりに私はユリの幼いときの可愛い話や城での凜として美しい様子をたっぷり語っている。マルファ男爵令嬢とユリについて語り合っていると時間が経つのが速くて困る」

　話の内容を思いだしたのか、アルの端整な顔はだらしなくゆるんだ。

　そういえば最近の俺は、こいつののろけ話にあんまりつき合ってやらなかった。

　一度はじまると延々と続き終わりが見えないのろけ話など、誰だって聞きたくないだろう。

それをマルファ男爵令嬢とは思う存分語り合うことができるのか。

それでは、彼女と会うと言うはずだった。

しかし――――、

「お前がマルファ男爵令嬢と会うと、ユリアンナ嬢が悲しむ」

俺の言葉にアルは目を見開く。

「それは――――」

「お前がマルファ男爵令嬢と会うのは王命でお前自身の意思ではないと、俺はしっかり伝えている。それでも彼女は寂しそうだった」

アルの表情が複雑に変化する。ユリアンナ嬢が悲しみ寂しそうだと言われて申し訳ない気持ちと、それでも嫉妬してもらえて嬉しい気持ちがせめぎ合っているのだろう。

「学園には大勢の目がある。学生たちの大半はユリアンナ嬢の味方で、お前が不実にもマルファ男爵令嬢と密会している現場を見ては、憤りながら彼女に報告してくる」

「なっ！　密会とか――――不実などでは断じてない！」

ガタン！　と音を立てて椅子から立ち上がったアルを俺はジロリと睨んだ。

「落ち着け！　外からはそう見えるという話だ。――――それでもユリアンナ嬢は、お前を庇い、お前を信じ、学生たちを宥めている。……お前が必要もないのにこれ以上マルファ男爵令嬢と会うというなら、俺はお前を軽蔑するぞ」

俺の言葉を聞いたアルは、ストンと椅子に腰かけた。両手で額を押さえてうつむく。

「そうか、ユリはそんなに――――」

語尾は震えて消えた。やがて、

「もう二度とユリのいない場所でマルファ男爵令嬢とは会わないと誓う！」

アルはきっぱり宣言した。

「当然だな」

俺は短く頷く。

「考えてみてよくわかった。……もしも私とユリの立場が反対だったなら、たとえ王命であろうと私は我慢できなかっただろう」

それは考えるまでもない。アルがユリアンナ嬢の立場になったなら、今頃学園は破壊されていたかもしれない。

「私にはユリだけだし、ユリにも私だけでなくてはならない！」

――――おい、それは恋愛に限った話だよな？

ほかの交友関係は、貴族間のつき合いや外交関係もあるからそんなわけにはいかないぞ。

「やはりユリには飛び級をしてもらって私と一緒に卒業するのがいいな！　その後は即結婚式だ。神と国民の前で永遠の愛を誓うのは早ければ早いほどいいだろう」

「なっ！　いい加減にしろ！」

我慢できずに怒鳴ってしまった。

アルはニヤリと笑う。

「……安心しろ。半分くらいは冗談だ」

「後の半分は？」

「もちろん本気だ！」

もう、こいつはどうしてユリアンナ嬢が絡むとこんなに残念な奴になるのだろう。

「そうと決まれば、行くぞ！　古代遺跡の調査とアーティファクトの研究を急かして、さっさとこの件にかたをつけ、ユリの不安をとり除く！」

アルはパッと立ち上がり、歩きはじめた。早くこいと俺を急かす。

「ハイハイ、わかったよ」

まったくこいつはいつまで経っても世話の焼けるどうしようもない俺の友人だった。

第七章　乙女ゲームの終盤と幸せな未来

ユリアンナは、少し混乱していた。

「ユリアンナさま、お顔をもう少しこちらに向けて、そうそうその角度です。とてもお美しいですわ。そのまま少々動かないでいてくださいますか」

ここは学園内の一室。

燦々《さんさん》と光の入る大きな窓のある広い部屋の中央にユリアンナは腰かけている。

同じ部屋の中、彼女から三メートルくらい離れた場所には、イーゼルにキャンバスを固定し絵筆を握るクラーラがいた。

真剣にユリアンナを見つめるクラーラは「ほぅ～」と息を吐きだし、うっとりする。

「陽に透ける黄金の髪に白磁の肌、神秘的な碧の瞳と咲きはじめた紅薔薇よりも赤い唇。そして何よりユリアンナさまの内側から溢れ出る優しく高潔な魂の輝き！　これほどに完璧な美を描く機会をいただけるなんて、今日まで生きてきてよかったです！」

ずいぶん恥ずかしい言葉の羅列も、既にこれが十回目ともなれば聞き流せるようになってきた。

（クラーラさんってこんなキャラだったのね？　絵が描けることにもびっくりしたけれど、この表現は過剰なんじゃないかしら？）

絵の才能だけでなく詩人の才能もあるのかもしれない。

さすがヒロインだとユリアンナは感心する。

たしかに以前クラーラはユリアンナを自分の憧れだと言っていた。その言葉を疑っていたわけではないけれど、彼女は痩せても枯れてもヒロインだ。悪役令嬢のユリアンナにここまで心酔しているのはおかしいと思う。

（まあ、今さら疑いようもないんだけど）

「……フム。よく描けているが、ユリの瞳はもっと深い輝きがあるんじゃないかな？」

クラーラの背後で絵を一心に見つめているのはアルスマールだ。

実は彼女の絵をクラーラに依頼したのもアルスマールだったりする。

『私が、仕事とはいえマルファ男爵令嬢と会っていたことでユリには迷惑をかけたね。もう王命はなくなったから大丈夫だよ。お詫びに絵を贈りたいのだけど、モデルを引き受けてくれるかい？絵はマルファ男爵令嬢に依頼しようと思うんだ。……実は彼女は君の大ファンでね。きっと素晴らしい絵を描いてくれるはずだよ』

お詫びが自分の絵というのは、いかがなものだろう？

しかし貴族の世界では案外一般的らしく、それを聞いたジーナやほかの学生たちも、挙《こぞ》ってユリアンナにモデルを引き受けるよう勧めてきた。

クラーラに依頼することには一瞬モヤッとしてしまったが、実際に彼女の腕前を見れば納得の選任と言える。

(見せられたスケッチブック一冊が丸々私の絵で埋まっていたのには、さすがに引いたけど)

クラーラがユリアンナの大ファンなのは、もはや間違いない。

このときもクラーラはアルスマールの指摘に、食い気味で頷いた。

「おっしゃる通りだと思います！　でも、この絵の具ではどうしてもユリアンナさまの瞳ほど美しい色合いが出せないんです！」

「ならば違う絵の具をとり寄せよう。孔雀《くじゃく》石を使った顔料の碧が近いのではないかな？」

「ではラピスラズリの青色もお願いできますか？　そうすればユリアンナさまの本物の美しさには遠く及ばなくてもそれなりの色は出ると思います！」

……ツッコミどころ満載の会話である。

(孔雀石とかラピスラズリとか！　ものすごく高い絵の具じゃなかったかしら？)

宮廷画家の作品でもあるまいし、たかが学生の絵画にそんなに高価な絵の具を使う必要はないだろう。

急いで止めようとしたユリアンナだが、アルスマールのさらに後ろからキールが首を左右に振って止めてくるのを見て、口を閉じた。

言っても無駄だと彼の赤い目が語っている。

「では絵の具が届くまで描くのは中止にしよう。――――ユリ、これから古代遺跡調査隊の見送りに行く予定だけど大丈夫かな？　疲れているようなら君は休んでいてもいいんだよ」

ユリアンナとアルスマールが古代遺跡の文献調査をした関係かどうか、今回の調査隊はかつてないほどの大規模なものになった。

今日が出発式で、式典は古代遺跡に隣接している学園の講堂で行われる。

王家からはアルスマールが臨席することになっていた。婚約者であるユリアンナも一緒に呼ばれているのだが、どうしても出なければならないわけではないらしい。

「大丈夫ですわ、アルさま。調査隊のお見送りは私もぜひしたいのでご一緒させてください」

ユリアンナは慌てて立ち上がろうとした。

しかし、モデルとして長時間座っていたせいか、少しよろめいてしまう。

「あっ！」

転ぶと思ったユリアンナの体は、電光石火で駆けつけたアルスマールに抱きとめられた。

「ありがとうございます。アルさ――――きゃあっ！」

お礼を言おうとしたのだが、そのまま抱き上げられてしまったため悲鳴を上げてしまう。

「君の絵がほしいからと無理を言ったのは私だ。お詫びに出発式の会場まで運んでいくよ」

有言実行。アルスマールはそのままスタスタと歩きだす。

絵はユリアンナに贈るために描いていたのであって、アルスマール用ではないと思うのだが、今はそこに言及するより下ろしてもらう方が先だった。

「だ、大丈夫です！　アルさま、下ろしてくださいませ！」

しかしアルスマールはニッコリ笑って、ユリアンナを離さない。

「いいから、任せておいて」

むしろ、なおしっかり抱き上げられ、身動きがとれなくなった。

助けてほしくて周囲を見回せば、キールは先ほどと同じく首を横に振り、クラーラは猛然と紙にスケッチをはじめている。

「羞恥に頬を染めているユリアンナさま。最高ですわ！　可愛すぎるそのお姿をぜひ描き留めなければ！」

――――心底やめてほしいとユリアンナは思った。

本当に想定外なヒロインだった。


その後、なんとか出発式をやり終えたユリアンナは、学園内をキールと一緒に移動していた。

アルスマールは、突如式典に顔を出したベレーヴィン大公に呼び止められ別行動だ。

予定外の王族の飛び入り参加に、主催者側は右往左往していた。

「大公閣下が古代遺跡にご興味がおありだとは知りませんでした。アルさまもお聞きになっていなかったみたいで、ずいぶん慌てていらっしゃいましたよね。いったいどうされたのでしょう？」

首を傾げるユリアンナに、キールは引きつった笑みを返す。

「きっと今回の遺跡調査を何がなんでも絶対に成功させたいんだろうな」

そう言われれば急遽組みこまれた大公閣下の激励の挨拶はたいへん熱の入ったものだった。

『――――君たちが、未発見のアーティファクトを持ち帰ってくれることを心より願っている！』

一生懸命すぎて涙目だったように見えたのは気のせいだろうか？

いつもはどちらかといえば軽薄そうな大公の意外な姿に驚かされたユリアンナだ。

なおも考えこんでいれば、隣を歩いていたキールがユリアンナの方に体を近づけささやいてきた。

「盗賊団が全員捕まった」

思わずユリアンナは足を止めて、キールを見上げてしまう。

「本当ですか？」

少し大きな声がでた。

「シッ！」

キールは指を一本口の前に立てる。

ユリアンナが慌てて周囲を見回せば、遠くからこちらを見ている学生たちがいた。

盗賊団の討伐の話を聞いたのは、今がはじめてだ。となれば、これはまだ機密事項扱いでおおっぴらに話してはいけないのかもしれない。

(それに、私がキールさまと熱心に話しこんでいたなんて噂が立ったらまずいわよね)

アルスマールとクラーラの噂がようやく静まりかけている現在、新たな火種を投げこむわけにはいかないと思う。

ユリアンナは、直ぐに前を向きそのまま歩きはじめた。

もちろんこっそり聴力強化の魔法を自分とキールにかけるのも忘れない。

「……その情報はたしかですか？」

聞きとれないほどの小さな声でたずねた。

「ああ」

キールの返事は短く素っ気ないが、間違いなく耳に届いてくる。

ユリアンナの胸は、喜びに溢れた。

（よかった！　これで魔獣襲来イベントは回避できたわ！）

古代遺跡に入って魔法陣を起動する盗賊がいなくなれば、魔獣は出現しない。

アルスマールも戦わずに済んで、当然怪我をする心配もない。

それが何より嬉しいのだ！

（これでアルさまとクラーラさんを無理にくっつけなくてもいいんだわ）

ずっと心の中にあった重苦しい塊がスッと溶けていく。

（我ながら単純ね。でもそれだけアルさまが私から離れていくのが怖かったのだもの）

自然に背筋が伸びて頭が上がった。

心なしか周囲の景色まで明るくなったような気がしてくるから不思議だ。

上機嫌で歩いていたユリアンナだが、しかし、清々《すがすが》しい気分は長く続かなかった。

遠くに目をやり、偶然目に入った光景に、鼓動が跳ね上がる。

――見なければよかったと心から思った。

ピタリと足が止まって、体が重くなってくる。

ユリアンナの視線の先には、アルスマールがいた。

そして、彼の隣に寄り添うようにピンクブロンドの髪が揺れている。

(どうして？　アルさまは大公閣下とお話があったはずなのに)

グルグルグルと思考が回り、何も考えられなくなった。

急にユリアンナが足を止めたため、キールも立ち止まる。

「ユリアンナ嬢？　どうかしたのか？」

心配そうに聞かれたが、答えることができなかった。

ただ一点を見つめるユリアンナを訝しみキールもそちらに視線を向ける。

「なっ！　あいつ！」

途端キールは思いっきり舌打ちした。

その音で、これが間違いなく現実なのだと思い知らされる。

「……キールさま。付き添いはここまでで結構です。私は一人で家に戻れますから」

驚くほど静かな声がユリアンナの口からこぼれた。

「ユリアンナ嬢！　あれは何かの間違いだ！　いや、きっと理由があるんだ！　だから——」

「もう、結構です！」

キールの言葉をユリアンナは強く遮った！

「…………ユリアンナ嬢」

爆発しそうな感情を無理やり抑えつける。周囲にはまだほかの学生たちがいるからだ。

「申し訳ありません。……本当に、もういいのです。お役目ご苦労さまでした。失礼いたします」

ユリアンナは逃げるようにその場を後にした。

「ユリアンナ嬢！」

後ろからキールの声が聞こえたが、振り返らずに走り去る。

それ以上その場にいることなど、とてもできなかった。

（アルさまは、王命はなくなったって言っていたのに。……それなら、あそこでクラーラさんと一緒にいるのはお仕事じゃないんだわ）

胸がズキズキと痛くてたまらなかった。

キールが言うように、何か理由があるのかもしれない。

先ほどの絵の具の注文のことかもしれないし、単純に勉強のことかもしれない。

そうでなくとも、たまたま行き会っただけで普通に挨拶を交わしているだけなのかもしれなかった。

それでも、もうこんな胸の痛みには耐えられないと思ってしまう。

（アルさまを信じたいけれど……きっと私はこれからも二人の姿を見る度に嫉妬してしまうわ）

それはアルスマールのせいではなく、彼を信じきれないユリアンナのせいだ。

そう、ユリアンナは思う。

（だって――――）

アルスマールは、ユリアンナにいつもとても優しくしてくれる。

スキンシップは激しいし、甘い言葉も息をするよう。

全身でユリアンナに好意を告げてくれるアルスマールに、責めるところなんて何もない。

（私は、この上なく大切にされているのに）

それでも彼を信じきれないのは、ユリアンナにゲームの知識があるからだった。

（私は、いつも怖がっているのよ。クラーラさんと出会ったアルさまが、彼女の魅力に惹かれ、私から離れていくことを！　――――だって、ゲームではそうだったから！　画面越しとはいえ、由梨はそんなアルさまをたくさん見てきたわ。だから、同じようになってしまうことを怖《おそ》れている）

これはもうユリアンナ自身にもどうにもできないことだった。

自分の中から前世の記憶がなくならない限り、これからもずっと彼女は不安にかられ嫉妬してしまうだろう。

その度に自己嫌悪に陥り、張り裂けそうな胸の痛みに耐えなければならないのだ。

その事実に、ユリアンナは絶望したのだった。


その後、ショックを受けながらもなんとか自宅に戻ったユリアンナは、自分の部屋に籠もってしまう。

「ユリアンナ！　どうしたの？」

急にひどい顔色をして帰ってきた娘を母であるセイン公爵夫人は心配していた。

鍵のかかっているユリアンナの部屋の前までやってきてドアを強めにノックする。

「ごめんなさい。私が悪いの。ごめんなさい！」

泣きながら謝るユリアンナは、とても顔を見せられなかった。

「ここを開けてちょうだい、ユリアンナ。お願い、話を聞かせて」

戸惑った母の声が聞こえてくる。

「あなたがそんなに嘆くなんて、またアルスマール殿下のことなのでしょう？　ここ最近あなたが悩んでいたのは知っていたわ。……もしも殿下との婚約が嫌なのなら破棄してもかまわないのよ。ローベルトだって諸手を挙げて賛成してくれるはずだわ」

ローベルトというのは、セイン公爵の名前である。

娘を溺愛している父ならば、ユリアンナが嫌だと言えば婚約破棄してくれるのは間違いない。

「とりあえず出てきて話を聞かせてちょうだい。大丈夫。万が一ローベルトや王家があなたの意思を軽んじるようなら、お母さまがみんなまとめて吹っ飛ばしてあげるわ」

溺愛加減では、母も負けていなかった。

「アルスマール殿下なんて、秒殺してあげるから！」

虫も殺さないような顔をして一個師団を軽々壊滅させる力を持つ母の言葉は力強い。

多少問題発言だとは思うが、そこにこめられた母の愛情を感じてユリアンナの心は温かくなる。

そこに――――、

「――――それだけは勘弁してくださいますか」

聞こえるはずのない声が聞こえた。

（なんで？）

心臓がドクン！　と跳ね上がる。

「アルスマール殿下！　いったいどこからいらしたのですか？　それに、そのお顔は？」

訝しそうな母の声は、相手が間違いなくアルスマールなのだと教えてくれる。

ユリアンナは呆然とした。

（だって、私はまだ家に着いたばかりなのよ）

学園でアルスマールとクラーラが話している姿を見かけ、それから直ぐにユリアンナは馬車をとばして帰ってきた。

なのに、どうしてアルスマールがここにいるのだろう？

いくら後を追ってきたと言っても早すぎた。

「緊急事態ゆえ、転移魔法を使わせてもらいました。先触れもせずに訪問した非礼は後ほど幾重にも謝罪いたします。どうか私にユリと話させてください！」

難易度の高い転移魔法は、よほどの緊急事態でなければ使用を禁じられている。古代遺跡の調査で最近は実用性が高くなってきているのだが、それでも現在使えるのは王国内でも数人のみ。

ユリアンナもいずれは使いたいと思っているが、今はまだ夢のまた夢。

そういえばベレーヴィン大公が使用できたのだった。

「その前に、娘がこれほどにショックを受けている理由を私にお聞かせください」

母の声は、底知れぬ怒りを秘めている。

その怖さを知っているユリアンナは、ドア越しに体を震わせた。

「理由は、叔父上がお話しいたします」

アルスマールはきっぱりとそう話す。

なんと、ドアの外にはベレーヴィン大公までいるようだった。

「ひぇっ！　アルスマール、まさか私をセイン公爵夫人への生け贄《にえ》にする気かい？」

情けない悲鳴のような声は、まさしくベレーヴィン大公その人だ。

「生け贄などと人聞きの悪い。今回の件はすべて叔父上の昔の素行の悪さが原因でしょう。きちんと夫人に説明して誤解を解いてください。……もしも、このせいで、万が一にでも私がユリに婚約破棄などされたら、すべて洗いざらい叔母上に報告させてもらいますからね。一緒に叔父上の過去の仕業もみんな暴露して差し上げます。……それが嫌なら精一杯の誠意で夫人を納得させ、攻撃魔法の二、三発甘んじて受けてください！」

「ひぇぇぇっ！」

恐怖の悲鳴が屋敷に響きわたった。

逃げだそうとしたのか、ガタタ！　という音が響いた直後に、ドスッ！　という何かを殴る音が聞こえる。続けて響いたドシン！　という音は、誰かが転んだ音なのか？

「まあ。なんとなく納得しましたわ。……仕方ありませんから、ここは殿下にお任せいたしましょう。私はゆっくりベレーヴィン大公閣下にお話をお聞きしますわね。――――ユリアンナ、あなたもいろいろあるでしょうけれど、とりあえず殿下とお話しなさい。それくらいしてあげてもよさそうよ。……何かあったら直ぐに私を呼ぶように。いつでも駆けつけますからね」

母の声に続いて、ズルズルと何かを引きずる音が聞こえた。

コツコツと靴音が去っていって、束《つか》の間の静寂が訪れる。

「────ユリ」

アルスマールの声が、ドアの外から聞こえた。

「まず謝らせてくれ。君を悲しませてしまった。……すまない」

「アルさま、違います！　アルさまが悪いのではありません！」

ユリアンナは心からそう思う。

「でも、君は悲しかったのだろう？　だったらそれはすべて私の責任だ。キールにもあれほど注意されていたのに。本当にすまない」

ユリアンナはフルフルと首を横に振った。

しかしここは部屋の中で、アルスマールはドアの外。自分の姿は見えないのだと直ぐに思いつく。

「違うんです、アルさま」

声を張り上げた。

「違わない！」

断固とした否定の言葉が返ってくる。

これでは平行線だ。

「……ユリ、君はもう私の顔など見たくもないのかもしれない。でもお願いだ。中に入れてくれないか。直接君と話がしたい」

ユリアンナは、少し迷った。

正直自分が冷静にアルスマールと話せる自信はない。

それでもこうしてばかりいても、なんにもならないことはわかっていた。

ドアノブに手をかけたユリアンナは大きく息を吸う。ギュッと握って、ドアを開いた。

そして見えたアルスマールの姿に驚いてしまう。

いつもきっちり学園の制服を着ているアルスマールの服装が乱れていた。髪もバサバサで、何より整った顔の左頰が赤く腫れている。

「アルさま！　そのお顔は？」

「あ、ああ。キールにやられた。ユリを悲しませたからね」

自業自得だと、アルスマールは自分の頰に触れた。僅かに顔をしかめたのは痛かったせいだろう。

ユリアンナは、焦ってアルスマールを室内に引き入れた。

三人掛けのソファーに座らせ、水差しで湿らせたハンカチをそっと頰に当てて冷やす。

「痛くありませんか？」

「平気だよ。ユリ、君は優しいね」

うっとりと微笑まれて、急に恥ずかしくなった。

なんだかずいぶん距離が近いことにも気がつく。

離れようとしたら、手をギュッと掴まれた。

「ユリ、ユリ、すまない！」

そのまま胸に抱きしめられてしまう。

「ア、アルさま！　違います。悪いのは私で――――」

「違う。違うよ。悪いのは俺だ！　でも、お願いだから話を聞いてほしい！」

ギュウギュウと痛いほどに締めつけられ、胸がドキドキと高鳴った。

「き、聞きます！　聞きますから、離してください！」

ユリアンナの返事を聞いたアルスマールは、「ありがとう」と微笑む。

少し手の力がゆるんで、ユリアンナはホッとした。

急いで体を離そうとしたのだが、なぜかそのまま横抱きでアルスマールの膝の上に座らされてしまう。

「アルさま！」

「ごめん。こうしていないと俺が不安で落ち着けないんだ。このままユリに言い訳もできずに婚約破棄されてしまったらどうしようと思っていたから。……俺はもうユリなしでは生きていけないのに」

そう言いながらアルスマールはユリアンナの首筋に額を押しつける。

「ひぅっ！　ア、アルさま！」

変な悲鳴がでてしまった。

「……可愛い」

そう呟いたアルスマールは、ユリアンナを抱く手に力をこめて、ポツリとポツリと話しはじめる。

「さっきお母上にも言ったけれど、そもそもの原因は叔父上なんだ――――」

そうして語られた内容に、ユリアンナはポカンとしてしまった。

「――――クラーラさんがベレーヴィン大公閣下の娘？　……どうしてそんなおかしな話になったのですか？　クラーラさんの父親は、Sランク冒険者のクラヴジーなのに」

ゲームの続編ではそうだった。

続編の『魔法学園で恋をして2』では、舞台は学園を飛びだしてギルヴェイ王国のみならず隣国のセレミアム王国にまで広がる。

ヒロインは、そのあちこちを冒険しながら旅をして、恋を育むのだ。

攻略対象者も最初のアルスマール以外にセレミアム王国の王子なども加わり、隠しキャラも含めれば総勢十二名。メイン攻略対象者は訳ありの駆けだし冒険者だ。

（この冒険者が実はセレミアム王国の王子さまなのよね。後継者争いから命を狙われて、暗殺者の目を誤魔化すためにSランク冒険者のクラヴジーの息子として育てられたの。彼のルートに入るとクラーラとクラヴジーの邂逅《かいこう》イベントが起こるのよ。そこで親子だって判明するんだわ）

もちろんメイン攻略対象者もクラヴジーも文句なしの美形である。

「なんだって！　それは本当かい？」

アルスマールが大声をだした。

「え、はい。……あっと、そうですわ！　たしかクラーラさんがお母さんの形見だと思って持っているサークレットが実はクラヴジーのものなんです。彼独特の認証魔法が刻まれているはずですから、それでクラヴジーとクラーラさんのお母さんの関係がわかるはずです」

冒険者が認証魔法を刻んだものは、日本で言うところの金額未記入の小切手だ。ギルドに持っていけば引き換えにクラヴジーの預金をいくらでも引き出せる。

しかし、クラーラの母とクラヴジーはつき合いが短かった上に、行き違いからケンカをして別れてしまった。このために、手切れ金のように渡されたサークレットを、クラーラの母は意地でも使わなかったのだ。

その後に妊娠がわかり大公家の召使いを辞めたクラーラの母は、一人で子どもを生み育て、予期せぬ流行病にかかって死んだのだ。

（クラーラさんと再会したときにクラヴジーが泣くのよね。『どうしてサークレットを使わなかったんだ』って、『使えば情報が入るから、そしたら直ぐに迎えに行くつもりだったのに』って）

そのスチルに、悲恋好きな由梨は胸をキュウッとさせて身悶えた。

（でも、私はクラーラさんのお母さんの気持ちもわかるわ。だって、サークレットは愛した人の思い出の品なんだもの。意地なんかじゃなくて、手放せなかっただけよね）

クラーラの母に感情移入して心の中で同情するユリアンナ。

そんな彼女を、アルスマールが横抱きにしたまま立ち上がった。

「すごい！　お手柄だよ、ユリ！　今までマルファ男爵令嬢の父親が誰かわからずに、みんな困っていたんだ！　今の情報が本当なら、これまでの騒動を一気に解決できる！」

アルスマールは、ユリアンナを抱いたまま部屋の中でクルクルと回った。

「きゃあ！　怖い！　怖いです、アルさま！」

振り回されたユリアンナは、アルスマールの首に力一杯しがみつく。

それがなおさら嬉しかったのか、アルスマールはしばらく回り続けた。

やがて笑いながらソファーに戻り、ユリアンナを抱えたままゴロンと横になる。

「ア、アルさま」

この体勢は、いろいろまずかった。

少なくとも未婚の男女がソファーとはいえ、一緒に寝転がるなどあっていいはずがない。

しかし、アルスマールは気にした風もなかった。

「よかった。これでもう叔父上に振り回されないで済む。さっきだって、アーティファクトの再現が思ったより難航しているからって、いきなり出発式にやってきて調査団を激励したんだよ。ついでに直接マルファ男爵令嬢に会いたいから連れてこいなんて言いだしたんだ」

それでアルスマールは、クラーラと一緒にいたのだと言う。

突如大公に会えと言われて動揺し断ろうとしたクラーラを懸命に説得していたら、その姿をユリアンナに見られたのだそうだ。

「そ、そうだったのですね。私ったらたしかめもせずに誤解してしまって」

「いや。悪いのはやっぱり俺だよ。……その件だけでなく、マルファ男爵令嬢に絵を頼んだことも間違っていた。俺は、ユリが不快に思う可能性に気づいていたのに、どうしても君の絵がほしい気持ちを抑えきれなくて強行してしまったんだ」

「ごめん」とアルスマールは、頭を下げる。

そんなに自分の絵がほしかったのかと思えば、ユリアンナも満更ではない。

絵を描かれている間、アルスマールとクラーラが親しそうに話し合うのはたしかに嫌だったが、思い返せば二人はユリアンナを褒めてばかりだった。

「絵の注文はとり下げるよ。マルファ男爵令嬢とも、もう二度と会わないと神に誓う！」

強い口調で宣言したアルスマールに、ユリアンナはちょっと慌てた。

「そんな。そこまでされなくとも。誤解は解けましたし――」

クラーラは同じ学園に通う学生だ。アルスマールが二度と会わないと宣言して彼女を避けてしまったら、それはそれで別の問題が発生する。

描きかけの絵だって急にやめろと言われても困るはずだった。

ユリアンナはそう言ってアルスマールを説得しようとする。

「――でも、そうしないと……いや、そうしなくとも君は逃げてしまうだろう？」

フッと真剣な表情になったアルスマールが、ユリアンナの顔を覗きこんできた。

ユリアンナの胸は、ドキンとする。

いつの間にか彼女の体はアルスマールの下になり、上から覆いかぶさられていた。

（ま、まるで、ソファーに押し倒されているみたいだわ）

まさしくその状態である。

「…………ユリ、どうして君は俺を信じてくれないの？」

自分の顔の上、十センチも離れていないくらいの超至近距離にアルスマールの綺麗な顔があった。

ユリアンナの胸はドキドキと高鳴り、心臓が口から飛びだしそう。

「ア、アルさま？」

アルスマールの右手がユリアンナの左頬を撫でて、唇をなぞった。

「君は、俺がどんなに好意を見せてもいつも一歩引いていたね？　いったい何をそんなに怖がっていたんだい？」

怖がっていると言い当てられて、ユリアンナはたまらず視線を背ける。

気づかれていたのだと思えば、どうしていいかわからなくなる。

アルスマールは、返事を待たずに問いを重ねてきた。

「それに、――ユリ、どうして君はマルファ男爵令嬢の父親のことを知っていたんだい？　それも、マルファ男爵令嬢当人すら知らない母親の形見の真実までも。……王家の力を総動員しても、そこまで探れなかったのに。どうして君が知っていた？」

ユリアンナの背中から、嫌な汗がジワジワと滲《にじ》み出てきた。

「そ、それは……」

「それは？」

――いったい、どう言えばいいのだろう？

たとえ真実を伝えたとしても、それをアルスマールは信じてくれるのだろうか？

グルグルと思考が空回りして、ユリアンナは身動きできなかった。

「言えないの？　だったら俺は君の体に聞くしかないのかな？」

ついにアルスマールは、そんなことを言いだした。

「────へ？」

「安心して。君は俺の婚約者だからね。たとえここで一線を越えてしまったところでなんの問題もないよ」

ものすごい色気を滲ませた笑顔で、アルスマールは笑う。

ユリアンナの顔から血の気がザーッと引いた。

（か、体に聞くって？）

視線が左右に彷徨う。しかし残念なことにアルスマールの顔が近すぎて、どちらを向いても視界に入ってきた。

「ユリ、俺以外に目を向けないで」

ドクン！　と心臓が爆発しそうになる。

アルスマールの手が、有無を言わせぬ強さでユリアンナの顔を正面に向けた。

「ユリ………愛している」

それはアルスマールからのはじめての愛の告白。

（こ、こんなときに！）

息が止まって、視界が涙で滲んできた。

顔が近づいてくるから、思わず目を瞑ってしまう。

唇に吐息がかかり、やがてゆっくり重なった。

アルスマールの唇は、温かくしっとりとしている。

思ったよりも大きな唇がユリアンナの唇をすっぽり覆って優しく食《は》んだ。

(あ、私。………アルさまとキスしているんだわ)

ジ〜ンと心が震えて、胸がキュンとする。

これがファーストキスだと思っていれば、少し唇が離れて、直ぐにセカンドキスがはじまった。

何度も何度もキスを繰り返され、ユリアンナは回数を数えられなくなった。

胸はずっとドキドキキュンキュンしっぱなしで、幸せな気持ちが溢れてくる。

(……あ、どうしよう。悲恋よりもずっとステキだわ)

ユリアンナはうっとりとしてそう思った。

こんな喜びを知ってしまったら、もうほかの感情では我慢できそうにない。

しだいにボーッとしてきたが、アルスマールの手が頬から首筋を辿って、肩を撫で、胸の上に置かれた瞬間に——ハッとした。

(ちょっと！　ちょっと待って！　アルさまさっき『体に聞く』って言っていたわよね？　……『一線を越えても問題ない』とも！)

まるでユリアンナの胸の形を確認するかのようにアルスマールの手が動き、彼女は飛び起きようとした！

実際には、アルスマールに阻まれてまったく動けなかったが。

（ダ、ダメよ！　これ以上は）

「アルさま！　やめ、やめてください！」

「……ユリ？」

「話します！　すべて話しますから！　離れてください！」

アルスマールは、とても残念そうな顔をした。

「無理しなくてもいいんだよ？」

「無理じゃありません！」

耳に聞こえた舌打ちは、聞き間違いなんかでは絶対なかっただろう。


その後ユリアンナは、洗いざらいすべてをアルスマールに告白した。

自分に前世があるなんて、しかもこの世界が前世でプレイしていたゲームの世界にそっくりだなんて、絶対信じてもらえないと思ったが、それでも話す以外の選択肢はない。

我ながらとんでもなく荒唐無稽な話だと思うが、それでも誠心誠意ユリアンナは話した。

「――――乙女ゲーム？」

「――――悪役令嬢？」

「――――婚約破棄！　俺がユリを？」

アルスマールは驚きながらも、ユリアンナの話を聞いてくれる。

「にわかには信じられない話だね」

それが、当然だった。

それなのに――――、

「でも、俺は信じるよ。だってユリがそう言うのだから」

最後にアルスマールはそう言った。

まさか信じてもらえるとは思ってもみなかったユリアンナは、口をポカンと開ける。

「……本当ですか?」

「もちろんだよ。ほかの誰が言っても到底信じられないけれど、ユリの言葉なら信じられる。君はこんなことで嘘を言えるような人じゃないからね」

ユリアンナの目から、ポロリと涙がこぼれ落ちた。

ほかならぬアルスマールに信じてもらえたことが、とても嬉しい。

「その上で、はっきり宣言するけれど――――俺は絶対ユリと婚約破棄なんてしないからね!」

堂々と言われて、ユリアンナは自分の服の胸元をギュッと握った。

その言葉がどんなに嬉しいか、アルスマールはわかっているだろうか?

「俺がユリ以外を妃《きさき》にするとか、絶対にないから! ユリが俺以外の誰かの奥さんになるのも断じてないよ! そんなことになったら俺はそいつを徹底的に破滅させてやるから」

アルスマールの黒い目が剣呑《けんのん》な光を宿す。

「それに、ユリを修道院なんかにやるものか! それくらいなら、今の内にすべての修道院を廃止してやる。……逃げ道を全部塞げば、ユリはどこにも行けないだろう?」

話がどんどん物騒になってきた。

「ア、アルさま」

冗談ですよね？　と言いたい気持ちをこめて、ユリアンナは彼の顔を見上げる。

アルスマールは、獰猛《どうもう》な笑みを浮かべた。

「……ねぇ、ユリ？」

その笑顔のままで聞かれて、思わず「ヒッ」と息をのんでしまう。

「さっきの話では、ユリは前世で三十年生きたってことだったよね？」

その通りなので、コクコク頷いた。

今のアルスマールには、なんだか逆らっちゃいけない雰囲気がある。

「そうか。……俺の知らないユリの人生が三十年もあるのは正直腹立たしいけれど……でも、それならもう遠慮はいらないってことだよね？」

「遠慮……ですか？」

アルスマールは、何かユリアンナに遠慮していたのだろうか？

（そんな風には見えなかったのだけど？）

「そうだよ」と、彼は頷いた。

「だって俺は、ユリは十六歳の純真無垢な少女だとずっと信じていたんだから。これでもずいぶんいろいろ我慢してきたんだよ。たとえば、唇へのキスとか。……どうして俺が今日まで、君の意識のある内は、口づけしなかったのかわかるかい？」

先ほどのキスを思いだしたユリアンナは、頬をカッと熱くする。

(それに、意識のある内って……え?)

その反応を見たアルスマールは、艶然《えんぜん》と笑った。

「ユリの唇に触れたりしたら、その先を我慢できなくなってしまうのがわかっていたからさ。十六歳の少女に無体を働くわけにはいかないだろう? だから必死に自制してきたんだけど。……さっきだってずいぶん我慢したんだよ? ……でも、十六歳じゃなくて四十六歳なら、我慢の必要はまったくないってことだよね?」

(よ、四十六歳?)

ユリアンナは、ガ〜ン! とショックを受けた。

たしかに三十歳と十六歳を足せば四十六歳だ。しかし、そんな数え方は断固お断りしたい!

抗議をしようとアルスマールを睨みつけ——ユリは、動きを止めた。

彼が、とても色っぽかったからだ。

(え? え? どうしたの? なんで急にこんな雰囲気に?)

呆然としているユリアンナの髪を、アルスマールがゆっくりと撫でた。

今さらではあるが、自分が三人掛けのソファーの上でアルスマールに押し倒された体勢なのを思いだす。

「ア、アルさま?」

「ねぇユリ。確認するけれど、前世では恋人とかはいなかったんだよね? まさか結婚していたなんて言わないよね？」

ゾクリとユリアンナの背中に悪寒が走った。

ブンブンブンと激しく首を横に振る。

「い、いません！　私は、年齢イコール恋人いない歴だったから！」

必死に否定する。ともかくこれだけは絶対否定しなければならないと思った！

「だったら、キスしたことは？　……唇へのキスのことだけど。もちろんないよね？」

今度は勢いよく首を縦に振る。

「私のファーストキスは、さっきのアルさまとのキスです！」

誤解されないように大声で叫んだ。

ところが、それを聞いたアルスマールは目を見開き、次いで困ったような顔をする。

「ごめんね、ユリ、それはちょっと違うんだ。俺と君とのファーストキスは、君の社交界デビューのときだからね。誘拐された君が俺の腕の中で気を失ったときに、愛しさが募ってキスしてしまったんだ」

思いもよらないカミングアウトに、ユリアンナは絶句した。

そういえば、先ほどアルスマールは『意識のある内は、口づけしなかった』と言っていた。

それはつまり、意識のないときにしていたということで――――。

（え？　え？　……私、そんなに早くにキスされていたの？　……ってことは、アルさまはその頃から、ずっと私を恋愛感情で好きだったってこと？　……だったら、私が、今まで唇へはキスされないって悩んでいたことって――――）

すべて無駄骨。要は徒労だったということだ。

あまりのことに呆然としていれば、上機嫌なアルスマールが話しかけてきた。

「ああ、よかった。もしもユリに恋人がいたなんて言われたら、俺は自分が何をするかわからなかったからね」

「――――っ！」

咄嗟に逃げよう！　と思った瞬間、捕まった。

視界がアルスマールでいっぱいになり……唇が重なる。

声も、息すらも貪るように食まれて、何もわからなくなった。

やがて、チュッと音がして、いったん離れた熱が耳元に移る。

「ユリ、口を開けて」

深い声色でささやかれた。

ギュッと唇を引き結び、いやいやをする。

（だって、こんなの知らないもの）

十六年だろうと四十六年だろうと、彼女の人生に今の今までこんなことはなかったのだ。

――少なくとも、ユリアンナの意識がしっかりある間は。

いきなり口づけられてその先を促されても、イエスなんて言えるはずがなかった。

「ユリ」

なのに、ことさら甘く名前を呼ばれて、心がうずいた。

無理だと思うのに、彼に従いたくなってしまう。

(どうしよう？　このままじゃ、貞操の危機だわ！　……お願い、誰か助けて！)

心の内で叫んだその声が、誰かに聞こえたわけではないだろう。

しかし次の瞬間、ユリアンナにとってはタイミングよく――アルスマールにとっては最悪のタイミングで、ドアがバン！　と開いた。

「アル！　たいへんだ！」

部屋の中に飛びこんできたのは、学園にいるはずのキールで、勢いよく走ってきた青年は部屋の中の様子を目にした途端立ち止まる。

みるみる顔を赤くした。

「――アル！　お前、な、な、な、何をしているんだ！」

怒鳴られたアルスマールは、不機嫌そうに顔をしかめる。

「うるさい。今はとりこみ中だ。見てわかるだろう？」

「見、見、見るって！」

キールは無茶苦茶動揺していた。

アルスマールは、大きなため息をつく。渋々と体を起こして、ユリアンナのことも抱き起こしてくれた。

ソファーに並んで座らされたユリアンナは、焦って髪や服を手で整える。

「せっかくいいところだったのに。……キール、いったい何用だ？　これで大した用でなければ怒るからな」

アルスマールに冷静に聞かれて、キールも少し落ち着いたようだ。

グッと息をのみこんで、声をだす。

「学園に魔獣が現れた！」

さすがにアルスマールも目を見開いた。


その後、三人は緊張した面持ちで話し合う。

（どうして？　盗賊団は全員捕らえたって言っていたのに！）

ユリアンナの心中も疑問だらけだ。

「――――詳しい話を聞かせろ」

アルスマールの命令でキールは話しはじめた。

魔獣発見の第一報がもたらされたのは、ほんの三十分ほど前のこと。

アルスマールが学園を飛びだして、直ぐだったらしい。

第一発見者は園内を巡回していた男性教諭。幸いにして学園でも一、二を誇る攻撃魔法の使い手だった彼は直ぐに魔獣を倒して緊急警報を鳴らした。

これまた幸運なことに、学園には出発式に急遽参加したベレーヴィン大公の護衛騎士たちがまだ残っていた。正確には、主をアルスマールに拉致されてどうしていいかわからずにその場にとどまっていただけらしい。学園長は、その場で騎士に協力を要請。事態の調査を命じ、まだいるかもしれない魔獣への警戒態勢を整えると同時に、学生たちの避難を開始した。

「ただ、運がよかったのはここまでだ。まだ調査中だが、新たな魔獣の姿が、それも複数発見されたと聞いている。発生源はどうやら古代遺跡のようで、調査団がどうなっているかもわからない。直ぐに城への報告と救助要請が出されて、俺はお前に連絡するよう命じられてここにきた」

キールの話を聞いたアルスマールは、眉間に深いしわを寄せる。

ユリアンナの心も重く沈んだ。

(……たぶんだけど、原因は調査団だわ。きっと調査団の誰かが魔獣を封印した魔法陣の部屋を見つけて起動してしまったのね。全員無事だといいんだけど)

ゲームでは魔法陣から放たれた魔獣は、盗賊など一瞥《いちべつ》もせずに古代遺跡から飛びだしていた。封じられていた魔獣の第一の目的が魔法陣からの逃亡であれば、下手に攻撃さえしなければ調査団に被害はないはずだ。

(それにパーリン伯爵は補助強化系魔法の第一人者だもの。守るのは得意だわ)

きっと大丈夫だと信じたい。

それよりもっと心配なのは、複数の魔獣が放たれてしまった学園だった。

緊急警報を鳴らされたからといって即座に対処できる学生や教師がどれだけいるだろう?

(……もしも犠牲者が出たりしたら)

自分のせいだと、ユリアンナは思った。

自分がゲームと違う動きをしたから魔法陣は封印されず、古代遺跡の調査団が結成され、魔獣が解き放たれたのだ。

心に深い後悔の念が押し寄せる。

（どうしよう？　もしも誰かが死んだりしたら――――）

ガクガクと体が震えだした。

とてつもなく、怖いと思う。

（魔獣襲来イベントは、完璧に防いだと思ったのに……これがゲームの強制力なのかしら？　私が何をしても未来は変わらないの？）

絶望に心が塗りこめられていく。

涙を堪えて下を向くユリアンナの体を、ふわっと温かなぬくもりが包んだ。

「ユリ、大丈夫だよ」

それはもちろんアルスマールで、優しく彼女を抱きしめた青年はいつもと同じ優しい笑みを向けてくれた。

「俺たちの学園は優秀だ。学生も教師もみんな日々鍛錬を積んでいるし、緊急事態への対処訓練だって行っている。連絡を受けた城も直ぐに動いてくれるだろうから、何も心配はいらないよ」

「アルさま」

先ほどユリアンナは、すべてをアルスマールに告げた。だから、この魔獣襲来の原因もわかっているだろうに、彼はユリアンナを責めずに慰めてくれる。

「ユリならわかるだろう？　俺たちが今やらなければならないことは、過剰な心配で心を痛めることじゃない。直ぐに学園に戻り、頑張っている仲間たちと一緒に戦うことだ」

力強く言いきるアルスマールが大きく見えた。

自信に溢れた言動は、やはり王子だと思える。

「行こう、ユリ。君の力が必要だ。みんなに協力して魔獣を倒そう！」

「はい。……はい、アルさま！」

アルスマールを信じよう！

きっと彼ならゲームとは違う、自分たちの未来を切り開いてくれる。

彼とともに生きることを心に誓い、ユリアンナは立ち上がった。


それからのアルスマールは迅速だった。

キールを加えた三人で、ユリアンナの母とベレーヴィン大公の元に直行。事情を話して協力を要請する。

ユリアンナの母は、二つ返事で頷いた。

「魔獣退治なら得意ですわ。一度に百匹を屠《ほふ》ったこともありますのよ」

楚々《そそ》とした公爵夫人の言動に、ほかのメンバーは顔を引きつらせる。

「叔父上」

「もちろん協力させてもらうよ。――だからお願いだ！　セイン公爵夫人をなんとかしてくれ！」

ベレーヴィン大公は、ヨレヨレだった。顔は無事なのだが、足は引きずっているし、動く度に「ぐっ」とか「うぅっ」とか呻いている。

（いったい、お母さまは何をしたのかしら？）

とても気になるユリアンナだが、聞いてはいけない気がして黙っていた。

「仕方ありません。私からユリにお願いしましょう。ユリが許すと言ってくれれば、セイン公爵夫人も考えてくれるはずです」

そうですよね？　という意味をこめて送られたアルスマールからの視線を、公爵夫人は曖昧に笑ってスルーした。

非常に不安の残る反応だが、今はたしかめている時間がない。

「それに叔父上、朗報ですよ。マルファ男爵令嬢の件についてあなたの無罪が証明できる証拠が手に入りそうです」

「なんだって！」

アルスマールの言葉に、ベレーヴィン大公は文字通り飛びついた。

「本当かい！」

グイグイと迫るせいで嫌そうなアルスマールに顔を押しのけられても怯まない。

「ええ。ですから気合いを入れて魔獣退治に協力してくださいね。叔父上は無駄に魔力だけは絶大なんですから」

邪険にされたり何気に失礼なことを言われたりしても、ベレーヴィン大公はへっちゃらだった。

「やった！　これで離婚されずに済むぞ！」

小躍りしながら「イタタ」「ギェッ」と呻く姿はなんとも情けない。

「さあ早く、行きましょう！　叔父上お願いします！」

「任せたまえ！」

アルスマールの言葉に高らかに答えたベレーヴィン大公が手を上げた。

途端、彼の体から溢れた膨大な魔力が、部屋一面に魔法陣を描きだす。

『メタスタシス！』

短い呪文の詠唱と同時に全員の体が光に包まれた。

一瞬の後に景色が変わり、そこは緑濃い林の中。

「アルスマール殿下！」

「ベレーヴィン大公閣下！」

二人を見つけた騎士たちが声を上げた。

どうやらここは学園の中庭で、騎士たちは今しも魔獣退治の最中らしい。

彼らの向こうに見える魔獣は、四つ足で体高は三メートル、体長は四メートルはあろうかという大きな体をしていた。長い尾が二本生えていてそれぞれの尾の先にヘビみたいな頭がついている。

（ゲームの魔獣よりずっと強そうだわ！）

ユリアンナは息をのんだ。

しかし、その直後鈴を振るうような美しい声が攻撃魔法の呪文を紡ぐ。

『アイスランス！』

声の主はユリアンナの母で、呪文と同時に現れた氷の槍《やり》が魔獣の体を串刺しにした！

「ギエエエエッ！」

断末魔の叫びを上げる魔獣に眉をひそめた公爵夫人は『アイスカッター』と呟く。

シュッと薄い氷の破片が現れて魔獣の首をゴトンと切り落とした。

「こっちの方がうるさくなくていいわね。次からはこっちにしましょう」

ドドォ～ン！　と倒れる魔獣の首なし死体を見ながら、セイン公爵夫人はうんうんと頷く。

はじめて見る母の攻撃魔法は、あまりに凄《すさ》まじかった。

「すごい！」

「俺たちが手こずっていた魔獣を一撃で」

どうやらそう思うのはユリアンナだけではないようで、騎士たちも一様に畏怖の眼差《まなざ》しを向けてくる。

そこに、

『サーチ！』

ベレーヴィン大公が、広範囲の捜索魔法を展開した。

声に呼応するように学園のあちらこちらから光の柱が立ち上がる。

「魔獣の位置を特定したよ」

なんでもないようにベレーヴィン大公はそう言った。

「本当に叔父上はデタラメですね。普通そこまで高度で広範囲な捜索魔法を使ったら、魔力切れで倒れるものなんですよ」

「ハハハ、そうなのかい？」

アルスマールの呆れ顔にも動じない。

「私は魔力切れなんて起こしたことがないからね」

これだから、いろいろ面倒ごとを起こしてもベレーヴィン大公の地位は揺るがないのだろう。

「半径一キロ以内なら私がなんとかできるわ。それ以外をお願いね」

ユリアンナの母はあっさりとそう言って笑う。

「一キロ以内――――」

「ほとんどじゃないか？」

騎士の声は驚きを通り越して呆れを含んでいた。

「叔父上、ではそれ以外の場所に私たちを転移させてくださいますか」

「お安いご用さ」

バチンとベレーヴィン大公がウインクした次の瞬間、ユリアンナとアルスマール、キールの三人は、別の場所に転移する。

(今、呪文が聞こえなかったみたいだけど？)

驚いている場合ではないだろう。

「ガォォォ〜！」

ユリアンナたちの目の前には、トカゲが二本足で立ったような身の丈四メートルほどの魔獣がいた。どうやら魔獣の姿形はたいへんバラエティに富んでいるようだ。

全身鱗《うろこ》に覆われていて、手足には鋭い爪が伸びており背中から尾の先まで剣状の背びれがついている姿は、恐竜にしか見えない。大きな口に獰猛な牙がびっしり生えていた。

「下がれ！」

咄嗟にキールが剣を構えて前に出る。

『シールド！』

『アビリティアップ！』

慌ててユリアンナは防御と身体強化の魔法を唱え、自分たちにかけた。

襲いかかってきた魔獣の尾を、キールがガキン！　と剣で払いのける。

（ギリギリ間に合ったわ！）

『ライトアロー』

続いたのはアルスマールの攻撃魔法で、光の矢が魔獣の体を貫いた！

「今だ！」

「もらったぁ〜！」

満身創痍になった魔獣めがけ、キールが剣を振り下ろす！

『ブレイクアップ！』

その刃《やいば》に殺傷力を増す強化魔法を、ユリアンナはかけた。

ザン！　という音がして、ものの見事に魔獣は真っ二つに裂ける。

ドォ～ン！　と音がして、二つに分かれて倒れた。

「やったぞ！」

「ああ」

「お見事です」

三人で顔を見合わせ笑い合う。

「セイン公爵夫人の攻撃範囲から外れた魔獣はあと数体いたはずだ。騎士たちも動いているだろうが、一刻も早く退治した方がいい。行くぞ！」

アルスマールの言葉に即座に頷き返すと同時に、ユリアンナは彼に抱き上げられる。

「きゃあっ！」

「この方が早く移動できるからね。しっかり摑まっていて」

いやいや、いくらそうであってもこんな移動方法はない！

抗議しようと思うのだが、既にアルスマールは走りはじめてしまう。

隣を走るキールを見れば、諦めろとばかりに首を左右に振られた。

（魔獣退治はいいけれど、お姫さま抱っこは勘弁してぇ～！）

ユリアンナの心の声は、誰にも届かなかった。

その後、異例の速さで魔獣襲来イベントは終了した。

結局ユリアンナたちが倒した魔獣はあの一体だけで、あとはほとんどをユリアンナの母が、残り数体を騎士団と一致団結した学生たちが倒した。

魔獣の発生原因は予想どおり古代遺跡の調査団で、うっかり遺跡の魔法陣を起動し多くの魔獣を解放してしまったパーリン伯爵たちは焦って学園に帰ってきた。

調査団に怪我人などはいないそうで、ユリアンナはホッとする。

騎士団や学生たちの中には軽い怪我を負った者もいたが、クラーラたち回復系魔法の使い手によってすべて治されており、被害者ゼロで今回の事件は収まっている。

「……私の怪我もついでに治してくれないかな？」

「あら？　大公閣下はどこかお怪我をなされたのですか？」

「ひぇぇっ！　怪我なんてしていません！」

漫才みたいなベレーヴィン大公とセイン公爵夫人のやりとりに、周囲は明るく笑う。

古代遺跡は当面の間立ち入り禁止となり、今後は厳選された専門家の手で慎重に調査が進められることになった。

そして、いろいろな話し合いの結果、ユリアンナはクラーラに続けて絵を描いてもらうことになった。

ただし、そこにアルスマールは立ち会わず、ユリアンナとクラーラの二人きりで絵は作成されていく。

その際、女の子らしくおしゃれの話をする中で、クラーラが持っていたサークレットに認証魔法がかけてあることに、ユリアンナが偶然気づいた。

冒険者ギルドでの確認を勧めたところ、それがSランク冒険者のクラヴジーのものだとわかり、芋づる式にクラーラがクラヴジーの娘だということも判明する。

大陸を横断して娘の元に駆けつけたクラヴジーに、当初クラーラは頑《かたく》なに会おうとしなかった。

それを説得したのはクラヴジーの義理の息子で、ようやく親子の対面を果たしたクラーラにユリアンナはもらい泣きした。

その際ユリアンナに対し、やたらフレンドリーに話しかけてくるクラヴジーの義理の息子とアルスマールが険悪になったのは語らなくてもいいだろう。

二国間戦争にならずに済んでよかったと、ユリアンナは心から思う。

疑惑を晴らしたベレーヴィン大公は愛する妻をいそいそと迎えに行って、こちらもなんとか平和裏に解決できたようだ。

「みんな丸く収まったのかしら」

教室から学園の中庭を見下ろし、ユリアンナはホッと息を吐く。

「そうだね。ユリのおかげだよ」

窓際に立つユリアンナの背後に、アルスマールが歩いてきた。

背中からハグされて、ユリアンナの心臓はドクン！　と跳ね上がる。

「ハハ、可愛い。首が真っ赤だ」

「もう！　アルさま、私はいくら前世の記憶があってもこういうことには慣れていないって、何度も言っているでしょう！」

何度言ってもアルスマールの態度が改まることはないのだから、いい加減諦めればいいのに、ユリアンナも往生際が悪い。

「ごめんね」

謝りながらアルスマールは、うなじにキスを落としてきた。

「アルさまったら！　まったく悪いと思っていないでしょう！」

怒るユリアンナをアルスマールは笑いながら宥める。

――――いろいろな事件が片付いてから一週間が過ぎた。

なんだかんだと忙しかった二人が、こうしてゆっくり会うのも一週間ぶりだ。

（もっとも、アルさまは短い時間でも毎日必ず会いにきてくださったけど。……ただ、その度にこういう甘い態度をとられるのは困りものだわ）

下手すりゃセクハラだとユリアンナは思う。

（ま、まあ…………それほど嫌ってわけじゃないんだけど）

ユリアンナがそう思っている限り、アルスマールの態度は改まらないだろう。

案の定、バックハグをやめたアルスマールは、今度は正面から堂々とユリアンナを抱きしめた。

「うん。やっぱりこの方が、顔が見えていいいね」

「アルさま！」

ボッボッと、火を噴きそうな顔の熱を誤魔化すため、ユリアンナは叫ぶ。

いつもであればこのへんで頼れる騎士のキールが入ってきてアルスマールを止めるのだが……今日は気配がなかった。

思わず視線を彷徨わせれば、アルスマールが「ダメだよ」とささやきながら抱擁を深くする。

「俺以外の男を探さないで。……キールなら、今日は大事な日だから何があっても邪魔するなって言いつけてあるからね」

それでキールはこないのか。

しかし、大事な日とはいったい何事なのだろう？

ユリアンナは首を傾げてしまう。

（アルさまのお誕生日はまだだし、私の誕生日は過ぎてしまったわ。休日や祝日でもないし、婚約記念日でもないわよね？）

さっぱり思いつかない。

困りきるユリアンナから一歩離れて、アルスマールがその場に片膝をついた。

「え？　アルさま」

まるで忠誠を誓う騎士みたいに頭《こうべ》を垂れる姿に、ユリアンナは戸惑う。

「ユリアンナ・アリューム・セイン公爵令嬢、あなたを一生守り幸せにすると誓います。私と結婚していただけますか？」

なんと！　アルスマールはそう言った。

「…………え？」

婚約なら、もうしている。

でも、結婚？

（どういうこと？）

呆然とするユリアンナに、頭を上げたアルスマールは、甘く笑いかけてきた。

「ユリ、俺と結婚しよう。もちろん、いろいろ準備があるから国内外の賓客を招待する公式の結婚披露宴はユリが学園を卒業してからになるだろうけれど、先に夫婦として誓いを交わし、籍を入れることは可能だ。そうすれば、婚約破棄なんて絶対できなくなる」

ユリアンナは、目を見開いた。

――――この世界が乙女ゲームの世界だと知っている彼女は、ずっと自分がアルスマールに婚約破棄されるのだと信じて生きてきた。

だって、ユリアンナは悪役令嬢で、可愛いヒロインがほかに存在しているのだから。

どんなにアルスマールに愛をささやかれてもそれを信じきれず、一歩離れてアルスマールを見ていた。

幸いにして悲恋が大好きだったため、悲しい結末を自ら受け入れて、抗おうだなんて考えもしなかったのだ。

（もうそんなことはしないって、アルさまを信じるって決めて、今はきちんと現実に向き合ってい

るつもりだけど────）


幼いときからずっと信じてきたことを、一朝一夕で変えることは難しい。

アルスマールは、そんなユリアンナの葛藤をわかって、婚約破棄を現実としてできなくする方法を提案してきたのだ。

「正式に結婚している夫婦が、その関係の破棄────つまり離婚するには、かなり面倒な手続きがいる。王族ならばなおさらで、たかが卒業祝いのパーティーで宣言したくらいでは絶対離婚できないよ。────まあ、俺は離婚なんて世界が滅亡してもするつもりはないけれど」

アルスマールの言葉は正しい。

ただ、正しいけれど無茶苦茶だった。

（婚約破棄をしないために、結婚するなんて！）

誰がそんな荒唐無稽なことを考えつくだろう。

「ユリ、俺と結婚するのは嫌？」

その聞き方は、ズルい。嫌でなどあるはずがないのだから。

「嫌ではありません。……でも、両親が許してくれるかどうか……」

娘を溺愛するセイン公爵が、予定より早く結婚することに同意するとは思えない。

なのにアルスマールは、「大丈夫だよ」と笑った。

「セイン公爵夫妻────義父上《ちちうえ》と義母上《ははうえ》には、先に許可をもらってあるからね。お二人とも快くサインしてくれたよ」

アルスマールが懐からとりだして見せてくれた王族が教会と国に出す結婚届には、間違いなく両親直筆のサインがしてあった。

「どうして?」

にわかには信じがたい事態だ。

アルスマールはいたずらが成功した子どもみたいな顔をした。

「実は、賭けをしたんだ。――一週間。俺が義母上の特訓に耐えられるかどうかを。耐えることができたならなんでも望みを聞いてくれるという約束でね」

セイン公爵夫人の特訓は、別名地獄のフルコース。よほど鍛錬を積んだ騎士でも三日ともたずに逃げだすと評判の厳しさだ。

(実際、評判だけじゃないのよね。お母さまの特訓についていけなくて逃げだした騎士たちを私何人も知っているもの)

まさかその特訓に、アルスマールは耐えたというのだろうか?

「アルさま! どうしてそんな無謀なことを!」

「絶対ユリと結婚したかったからね。それに無謀じゃなかったさ。ちゃんと賭けに勝って結婚の許可をもらったんだから」

晴れやかに笑うアルスマールの顔が……涙で滲んで見えなくなった。

「お母さまは、本当に容赦ないのに」

「ああ、まったくだ。……それでも、それでユリと結婚できるんだ。頑張る以外ないだろう? 義父上もまさか俺が耐えるとは思わなかったんだろうな。最後までごねていたけれど義母上に怒られて渋々署名してくれたよ」

ポロポロとこぼれる涙が止まらない。

アルスマールの心が、とても嬉しかった。

「ユリ、返事をして。『はい』か『わかりました』のどちらかでいいからね。そして早く君を抱きしめて涙を拭う権利を俺に与えてほしい」

それでは選択の余地がないではないか。

「もう、アルさまったら」

ユリアンナは泣き笑いした。

そして――――「はい」と告げる。

「やった！　ありがとうユリ、全力で君を幸せにすると誓うよ！」

立ち上がったアルスマールは、宣言どおり彼女をギュッと抱きしめてきた。

それだけにとどまらず、抱き上げてその場でクルクルと回りだすから、たまらない。

「きゃあ！　アルさま！」

落ちまいとしたユリアンナがしがみつけばしがみつくほど、アルスマールは上機嫌になった。

そして、ようやく笑いながらソファーに隣り合わせで腰かけさせると、目尻から頬にかけてキスしてくる。

「涙を拭わないとね」

そんなことを言ってきた。

「もう、ビックリしたせいで、止まっています！」

ユリアンナが叱りつければ「それはよかった」と言って、今度は唇にキスしてきた。

驚き硬直する彼女に好き放題。

三度口づけされたところで我に返ったユリアンナは、アルスマールの口に自分の手を押しつけてそれ以上のキスを防いだ。

「アルさま！　キスしすぎです！」

頬がありえないほど熱いから、きっと真っ赤になっていることだろう。

それなのに、アルスマールはなおもペロリと押しつけた手のひらを舐めてきた。

ユリアンナは、慌てて手を離す。

「可愛い。ユリ、愛しているよ」

これほどの愛情を向けられては、疑う余地もない。

胸がドキドキ、キュンキュンと締めつけられて、ユリアンナはいっぱいいっぱいになった。

(どんな悲恋物語より強烈だわ！)

こんな高鳴りを知ってしまったら、もうほかでは満足できそうにない。

「アルさま、愛しています。二人で幸せな物語を紡ぎましょうね」

だからユリアンナは、そう言った。

乙女ゲームではなく、自分たちのストーリーを作るのだ。

「ああ。もちろん」

二人は微笑み合い、今度はどちらからともなく深いキスをした。

こうして、悲恋が大好きな悪役令嬢ユリアンナは、悲恋を諦め激甘な恋愛物語のヒロインになったのだった。

エピローグ　それからの二人の物語

一カ月後。

ユリアンナは、本当にアルスマールと結婚した。

（別に、疑っていたわけじゃないけれど）

ただ、一国の王子の結婚を本人たちの意向だけで早めることができるのかが疑問で、正直結婚できる確率は半分くらいだと思っていたのだ。

なのにアルスマールが「結婚式を早めたい。セイン公爵家の同意は得ている」と言った途端、国王夫妻は大喜び。臣下も挙って祝福し、あれよあれよという間に準備が進められてしまった。

「なんで？」

「ユリに逃げられたらたいへんだから気の変わらない内にって感じじゃないのかな？」

「逃げるって――――」

そんなことできるはずがないのに、と思うのだが、アルスマールは苦笑する。

「ユリが俺との結婚にどこか消極的だったことに、みんな気づいていたんだよ。……俺が不甲斐《ふがい》ないせいだって、結構責められていたからね」

衝撃の事実である。

「そんな！」

「本当のことだから気にしなくていいよ。両親を筆頭に城の連中はみんなユリのファンだからね。君が俺の妃になることに前向きになってくれたと聞けば、そりゃあ一致団結して結婚させようとするはずさ」

明るく笑うアルスマールだが、ユリアンナは申し訳なくて仕方ない。

「私がいつまでも前世にこだわっていたせいで、アルさまが責められていたなんて」

「気にしないでいいって言っただろう？　その分これから俺だけを見てくれればそれでいい」

ユリアンナは、コクコクと頷いた。

あらためてアルスマールと二人で生きていくことを誓う。

それでも、やはり貴族の一部や民衆の中には急に早められた結婚に様々な憶測と邪推——たとえば、ユリアンナが婚前交渉で妊娠してしまったのではないか——等々の噂も出たのだが、それすらも概《おおむ》ね好意的なものが大多数で、結婚に反対する意見はなかった。

「アルがユリアンナ嬢を溺愛していることは、この国の民ならば三歳の子どもでも知っている周知の事実だからな」

「男性の方が献身的な理想のカップルとして、お二人はみんなの憧れの的なのですわ」

キールとジーナの兄妹が、親切に理由を説明してくれる。

なんだかそれではユリアンナの方がアルスマールを尻に敷いているような印象だ。

「わ、私だってアルさまを心からお慕いしていますから！」

大声で叫べば、アルスマールは大喜びで彼女を抱きしめてきた。

キールとジーナは呆れたような視線を向けてくるばかり。

ともあれ、そんな経緯で二人の結婚式は挙行されたのだった。

正式な披露宴はユリアンナの卒業後だということだが、それでも地球でいうところのロイヤルウエディング並みの結婚式に、ユリアンナは驚いてしまう。

（これで儀式は半分以下だっていうんだもの。全部やったら、私倒れちゃったんじゃないかしら？）

ユリアンナだって由緒正しき公爵令嬢なのだが、やはり一国を統べる立場は違うと思う。

畏《おそ》るべし王族。畏るべし宮中行事である。

一カ月間、百人の職人が不眠不休で仕上げたという豪華なウエディングドレスに身を包んだユリアンナは、今後の王子妃としての自分の生活が不安になった。

それでも、選んだのは自分だから。

「アルスマール・パルム・ギルヴェイ。あなたはユリアンナ・アリューム・セインを妃とし、いついかなるときも愛し、敬い、慈しむことを誓いますか？」

「はい。誓います」

神殿の神父の言葉に、アルスマールはよどみなく頷く。

「ユリアンナ・アリューム・セイン。あなたはアルスマール・パルム・ギルヴェイを夫とし、いついかなるときも愛し、敬い、慈しむことを誓いますか？」

ユリアンナの胸に、熱い想いがせり上がってきた。

幼い頃から大好きで、でも絶対結ばれないと思っていた人と今日結婚するのだ。

「はい。誓います」

「それでは誓いのキスを」

もう何度もしたはずなのに、そのときのキスは特別だった。


その結果、当然のことながらアルスマールの卒業式に婚約破棄イベントは起こらなかった。

既に婚約者ではなく夫婦なのだから起こしようもないのだが、それ以前にヒロイン、クラーラが学園にいなかったのも大きな要因だろう。

クラーラは卒業式の一月《ひとつき》前、父とわかった冒険者クラヴジーと一緒に暮らすため、彼が拠点としている地方都市に引っ越していった。

そこにある王立学園に転校するのだという。

彼女の養父マルファ男爵は、当初養子縁組の解消にかなり難色を示したらしい。しかし、クラヴジーがSランク冒険者の威光で強引に押しきったそうだ。いくら貴族とはいえ下位の男爵と世界でも数人しかいないSランク冒険者とでは、勝負にならなかったというところだろうか。

「私は、男爵令嬢のままでも全然よかったのですけれどね」

転校の挨拶をユリアンナに告げにきたクラーラは、苦笑を浮かべてそう言った。

「むしろ、ユリアンナさまと一緒にいられるこの学園に残りたかったのが本音ですわ！　でも、あの人がどうしてもと言って泣くので――――」

クラーラは、クラヴジーを父とは呼ばなかった。

生まれてから一度も会ったことがなかったのだから無理もない。

それでも、娘と一緒に暮らしたいというクラヴジーの願いを聞いてやったのは、彼女なりの歩み寄りだろう。

「っていうか、私が行かないなら自分が王都に移住するって言うんですよ。Sランク冒険者がそうそう簡単に拠点を変えられるはずがないっていうのに」

クラヴジーが現在住んでいる都市を治める領主は歴史のある伯爵家。自分の領地にSランク冒険者がいるかどうかというのは土地の格づけにも影響する重大事なのだそうで、伯爵家当主自らが直々にクラーラを訪ねてきて、どうか自分の領地にきてほしいと頭を下げてきたのだとか。

男爵の養女が格上の伯爵家当主からいきなり懇願されるなんてありえない。

そのときのクラーラの心中は察して余りある。

「せっかくですから冒険者のノウハウを学んで強くなって帰ってきますわ！　目標はユリアンナさまの護衛騎士になることです！」

ゲーム続編のクラーラは、かなり強い冒険者だった。きっと頼りになる護衛騎士になってくれることだろう。

（ヒロインが悪役令嬢の護衛騎士ってどうなの？　とは思うけど）

事実は小説よりも奇なり――――ならぬ、現実はゲームよりも奇なりである。

しかし、クラーラが学園からいなくなるということは――――。

「私は急いで結婚する必要はなかったってことじゃないですか？」

ユリアンナは、ついつい大声で叫んでしまった。

婚約破棄をしないために結婚するという必要はどこにもなかったということに、ようやく気がついたのだ。

クラーラが学園を去る件については、貴族籍を抜けることも相俟ってかなり以前から王家に連絡がきていたそうだ。調べればそれはアルスマールがユリアンナにプロポーズするよりも早かった。

「アルさま、知っていらしたのでしょう！」

「だってそんなことを教えたら、ユリは俺と結婚しなかっただろう？」

問い詰めたユリアンナに、アルスマールは悪びれた風もなくそう答えた。

要はわざと内緒にして、結婚の同意をもぎとったということだ。

「俺はユリと一日だって早く結婚したかったからね。みすみすチャンスを棒に振るようなことをするはずがないさ」

呆れかえって言葉もないユリアンナは、パクパクと口を開け閉めする。

「愛しているよ、ユリ。今までもこれからもずっと」

そんな彼女をアルスマールはギュッと抱きしめた。

「――――ズ、ズルいです！　アルさま！」

怒りの声を上げるものの、結局ユリアンナはアルスマールを許してしまうのだろう。

それがいつもの二人の日常なのだから。

◇

そんな日々を何度も何度も繰り返し――――。

「もう！　アルさま！」

「ユリ、ごめん。愛しているよ」

怒るユリアンナをアルスマールが抱きしめて宥める様子を、キールは遠目に眺めていた。

既に飽きるほど見慣れすぎた光景だ。

「またか。どうしてあれでユリアンナ妃が愛想を尽かさないのか、王宮七不思議の一つだな」

彼が肩をすくめるのもいつものこと。

「なんだかんだとおっしゃって、お母しゃまもお父しゃまを大しゅきなのでしゅわ。仕方ないのだと思いましゅ」

キールの隣で幼い少女が舌っ足らずの解説をする。

陽光をそのまま切りとったかのごとく輝く黄金の髪に澄んだ碧の目の美少女は、かつてのユリアンナに、外見だけはうり二つだ。

「…………趣味が悪い」

「その趣味の悪いお母しゃまを、ずっとおしゅきなのでしゅから、キールしゃまの趣味の悪しゃも

筋金入りでしゅわよね？」

残念なことに美少女の性格は、父のアルスマールの方に似たようだ。

幼子の毒舌にムスッとするキールを、ユリアンナとアルスマールの愛娘はキラキラと輝く瞳で見上げてくる。

「でも、ご安心くだしゃいませ、キールしゃま。私もとっても趣味が悪いのでしゅわ！　なので、あと十年もしたら私がキールしゃまの花嫁になってさしあげましゅ！」

美少女はそう言って、キールの手をギュッと握った。

「………………勘弁してくれ」

キールはそう言って天を仰ぐ。

ニコニコ笑う美少女が父親譲りのしつこさを持っているのは疑うまでもない。

果たしてキールは、この幼子から逃げられるのかどうか？


「アルさま！」

「愛しているよ！」

未だにアルスマールとユリアンナは夫婦ゲンカを繰り広げている。

悲恋とはほど遠い幸せな日々が、これからもずっとずっと続いていくのだった。

あとがき

事実は小説よりも奇なり。

予想のつかない世の中となっていますが、皆さまお元気でしょうか？


このたびは拙作をお手に取っていただきありがとうございます。

前作に引き続き悪役令嬢ものです。

思えば、私は昔からヒーロー、ヒロインよりも脇役、敵役の方が好きでした。

『三銃士』であれば、ダルタニアンよりアトス。『スタートレック』ならば、カーク船長よりミスタースポック。『指輪物語』ならアラゴルン——ではなく、フロドよりレゴラス。あ、ガンダルフも好きです！

ヒーロー、ヒロインを支え、ときには過酷な状況に陥り、それでも健気に生き抜く彼らの物語に心躍らせ、その幸せを願って妄想——もとい、想像の翼を広げたのが、私の創作活動の原点かもしれません。

このお話の主人公は、敵役の中でも悪役令嬢の悲恋にのめりこむ女性です。

大好きだった乙女ゲームの悪役令嬢に転生した主人公は、悲恋を満喫するべく幼少時より努力するのですが、なぜか彼女の行動のことごとくが、王子さまの愛と執着を高めてしまいます（苦笑）。

彼女のひたむきな努力と葛藤、そしてお約束のハッピーエンドを、お楽しみいただけたらと思います！


このお話のイラストは、ぽぽるちゃ先生に描いていただきました。

美しくも可愛らしいイラストに、感謝感激雨霰！　特に最初のショタアルスマールに萌えました！　心よりお礼申し上げます！

引き続きご指導いただいた担当さま。本当にありがとうございます！　今回のお話がなんとか書き上げられたのは、すべて担当さまのおかげです。もう、足を向けて寝られません！

そして、私のお話を読んでくださる全ての読者さま。

「ありがとうございます！」

今回もこの一言を伝えられて、嬉しいです！

できうることなら、再びお目にかかれることを願って。

風見くのえ

悲恋に憧れる悪役令嬢は、婚約破棄を待っている

著者　風見くのえ

2021年3月5日　初版発行

発行人　神永泰宏

発行所　株式会社 J パブリッシング
〒102-0073　東京都千代田区九段北3-2-5 5F
TEL 03-3288-7907　FAX 03-3288-7880

製版　サンシン企画

印刷所　中央精版印刷株式会社

定価はカバーに表示してあります。
万一、乱丁・落丁本がございましたら小社までお送り下さい。

ISBN：978-4-86669-372-9
Printed in JAPAN